Von Agatha Christie sind erschienen:

Das Agatha Christie Lesebuch
Agatha Christie's Hercule Poirot
   Sein Leben und seine Abenteuer
Agatha Christie's Miss Marple
   Ihr Leben und ihre Abenteuer
Alibi
Alter schützt vor Scharfsinn nicht
Auch Pünktlichkeit kann töten
Auf doppelter Spur
Der ballspielende Hund
Bertrams Hotel
Die besten Crime-Stories
Der blaue Expreß
Blausäure
Das Böse unter der Sonne
   oder Rätsel um Arlena
Die Büchse der Pandora
Der Dienstagabend-Club
Ein diplomatischer Zwischenfall
Dreizehn bei Tisch
Elefanten vergessen nicht
Die ersten Arbeiten des Herkules
Das Eulenhaus
Das fahle Pferd
Fata Morgana
Das fehlende Glied in der Kette
Ein gefährlicher Gegner
Das Geheimnis der Goldmine
Das Geheimnis der Schnallenschuhe
Das Geheimnis von Sittaford
Die großen Vier
Das Haus an der Düne
Hercule Poirots größte Trümpfe
Hercule Poirot schläft nie
Hercule Poirots Weihnachten
Karibische Affaire
Die Katze im Taubenschlag
Die Kleptomanin
Das krumme Haus
Kurz vor Mitternacht
Lauter reizende alte Damen
Der letzte Joker
Die letzten Arbeiten des Herkules
Der Mann im braunen Anzug
Die Mausefalle und andere Fallen
Die Memoiren des Grafen

Mit offenen Karten
Mörderblumen
Mördergarn
Die mörderische Teerunde
Die Mörder-Maschen
Mord auf dem Golfplatz
Mord im Orientexpreß
Mord im Pfarrhaus
Mord im Spiegel
   oder Dummheit ist gefährlich
Mord in Mesopotamien
Mord nach Maß
Ein Mord wird angekündigt
Die Morde des Herrn ABC
Morphium
Nikotin
Poirot rechnet ab
Rächende Geister
Rotkäppchen und der böse Wolf
Ruhe unsanft
Die Schattenhand
Das Schicksal in Person
Schneewittchen-Party
Ein Schritt ins Leere
16 Uhr 50 ab Paddington
Der seltsame Mr. Quin
Sie kamen nach Bagdad
Das Sterben in Wychwood
Der Tod auf dem Nil
Tod in den Wolken
Der Tod wartet
Der Todeswirbel
Tödlicher Irrtum
   oder Feuerprobe der Unschuld
Die Tote in der Bibliothek
Der Unfall und andere Fälle
Der unheimliche Weg
Das unvollendete Bildnis
Die vergeßliche Mörderin
Vier Frauen und ein Mord
Vorhang
Der Wachsblumenstrauß
Wiedersehen mit Mrs. Oliver
Zehn kleine Negerlein
Zeugin der Anklage

Agatha Christie

Ruhe unsanft

Scherz
Bern München Wien

Einzig berechtigte Übertragung aus dem Englischen
von Eva Schönfeld
Titel des Originals: »Sleeping Murder«
Schutzumschlag von Heinz Looser
Foto: Thomas Cugini

13. Auflage 1998, ISBN 3-502-51073-3
Copyright © 1976 by Agatha Christie Limited
Gesamtdeutsche Rechte beim Scherz Verlag Bern und München
Gesamtherstellung: Ebner Ulm

1

Gwenda Reed stand fröstelnd auf dem Ankunftskai. Der Hafen, das Zollgebäude und alles übrige, was sie von England sehen konnte, schwankte noch sacht vor ihren Augen auf und ab.
In diesen Minuten faßte sie den Entschluß, der zu so folgenschweren Ereignissen führen sollte. Nein, sie würde nicht, wie sie beabsichtigt hatte, mit dem Anschlußzug nach London weiterfahren.
Wozu auch? Niemand holte sie ab, niemand erwartete sie. Eben erst war sie glücklich von den knarrenden Schiffsplanken herunter – die letzten drei Tage durch die Biscaya nach Plymouth waren besonders strapaziös gewesen –, und das letzte, was sie sich wünschte, war das Einsteigen in einen ratternden, wackelnden Zug. Lieber ging sie in ein Hotel, ein nettes, solides Hotel, das auf festem, solidem Boden stand. Und dort würde sie sich in ein schönes, solides Bett legen, das nicht wie eine schaukelnde Wiege hin und her schwang. Sie würde sich richtig ausschlafen, und am nächsten Morgen ... Ja, natürlich, was für eine großartige Idee! Da konnte sie sich einen Wagen mieten und ohne Eile durch Südengland fahren, um sich nach einem Haus umzusehen, einem hübschen Haus, in dem sie und Giles künftig miteinander leben würden. Wirklich, ein glänzender Gedanke!
Auf diese Art würde sie gleich etwas von England sehen, das sie bisher nur aus Giles' Erzählungen, nicht aus eigener Anschauung kannte, obgleich sie es wie alle Neuseeländer »die alte Heimat« nannte. Im Moment machte England allerdings keinen sehr anziehenden Eindruck. Der Tag war grau, naßkalt und windig. Vermutlich, dachte Gwenda, während sie folgsam in der Passagierschlange zur Paß- und Zollabfertigung weiterrückte, war Plymouth nicht gerade das beste Schaufenster Englands.
Am folgenden Morgen wurden ihre ersten Eindrücke jedoch gründlich umgeworfen. Die Sonne schien. Der Blick aus ihrem Fenster war reizvoll, und die Welt im allgemeinen wogte und wankte nicht mehr, sondern hatte sich beruhigt.

Dies war endlich England, und dies war sie, Gwenda Reed, frischgebackene junge Ehefrau auf Reisen. Wann Giles nach England nachkommen würde, war noch etwas unsicher. Vielleicht folgte er ihr in ein paar Wochen, aber es konnte auch noch bis zu einem halben Jahr dauern. Darum hatte er Gwenda vorgeschlagen, allein nach England vorauszufahren und ein passendes Haus ausfindig zu machen. Beide malten es sich als erstrebenswert aus, irgendwo ein ruhiges Plätzchen auf Dauer zu haben. Zwar würde Giles weiterhin beruflich oft verreisen müssen und Gwenda würde ihn gelegentlich begleiten, aber es war doch ein schöner Gedanke, dann immer wieder wirklich nach Hause in die eigenen vier Wände zu kommen. Da Giles von einer verstorbenen Tante kürzlich einige schöne alte Möbel geerbt hatte, war es das Vernünftigste und Praktischste, damit ein eigenes Heim zu gründen.
Da sie beide ziemlich vermögend waren, machte auch die finanzielle Seite ihres Planes keine Schwierigkeiten.
Gwenda hatte zunächst Bedenken geäußert, das Haus ganz allein auszusuchen. »So was sollte man doch zusammen machen«, meinte sie. Aber Giles hatte lachend erwidert: »Ich habe von Häusern nicht viel Ahnung. Wenn dir eins gefällt, wird es mir recht sein. Ein Garten gehört wohl dazu, und überhaupt – natürlich keiner von diesen neuen Betonklötzen, und nicht zu groß. Irgendwo an der Südküste, das wär mein Traum. Jedenfalls nicht zu weit im Binnenland.«
»Denkst du an einen bestimmten Ort?« hatte Gwenda sich erkundigt.
Giles verneinte. Er hatte seine Eltern früh verloren – sie waren beide Waisen – und war in den Schulferien so viel bei verschiedenen Verwandten herumgereicht worden, daß ihn nichts mit einer besonderen Gegend verband. Es sollte Gwendas Haus werden – und warum so lange warten, bis sie es gemeinsam aussuchen konnten? Gesetzt den Fall, er wurde noch monatelang aufgehalten – was sollte sie dann in der Zwischenzeit mit sich anfangen? Immer nur in Hotels herumhängen? Nein, da suchte sie sich doch lieber ein Haus aus und begann mit dem Einrichten.

»Mit anderen Worten«, sagte Gwenda lachend, »ich soll dir alle Schwierigkeiten abnehmen!«
Aber der Gedanke, Giles bei seiner Ankunft ein fertiges, gemütlich eingerichtetes Heim zu präsentieren, reizte sie. Sie waren erst ein Vierteljahr verheiratet, und sie liebte ihn sehr. Nachdem sie im Bett gefrühstückt hatte, plante sie ihre nächsten Schritte. Sie verbrachte einen Tag mit der Besichtigung von Plymouth, das ihr jetzt ganz gut gefiel, und am nächsten Vormittag mietete sie sich einen Daimler und startete zu ihrer Küstentour.
Das Wetter war schön, und sie genoß die Fahrt. Von den verfügbaren Wohnsitzen, die sie sich in Devonshire ansah, entsprach zwar keiner ganz ihren Vorstellungen, aber sie hatte keine Eile und suchte unverdrossen weiter. Da sie rasch lernte, zwischen den Zeilen der enthusiastischen Maklerprospekte zu lesen, ersparte sie sich eine ganze Reihe nutzloser Abstecher.
Es war an einem Dienstagabend, ungefähr eine Woche später, als sie den Wagen langsam um die letzte Kurve der Hügelstraße nach Dillmouth steuerte. Am Rande dieses noch immer bezaubernden Badeortes stand ein Schild »Zu verkaufen« vor einem Grundstück, durch dessen Bäume eine kleine weiße viktorianische Villa schimmerte.
Es gab Gwenda einen freudigen Ruck, sie hatte fast das Gefühl, sie zu kennen. Das war *ihr* Haus! Sie wußte es mit absoluter Sicherheit. Obwohl sie nichts Genaues sah, konnte sie sich den Garten, die hohen Fenster und Glastüren deutlich ausmalen. Dies war das Haus, das sie gesucht hatte.
Wegen der vorgerückten Stunde logierte sie sich vorerst im »Royal Clarence« ein und holte sich am nächsten Morgen eine Besichtigungserlaubnis von der Maklerfirma, deren Adresse sie auf dem Schild gelesen hatte.
Mit diesem Zettel und einigen Hinweisen ausgerüstet, stand sie bald in einem altmodischen Salon mit zwei Fenstertüren, die auf eine plattenbelegte Terrasse hinausführten. Um die Terrasse zog sich eine Art Steingarten, von Ziersträuchern unterbrochen, der ziemlich steil zum an-

schließenden Rasenstreifen hin abfiel. Durch die Bäume am Ende des Gartens glitzerte hier und da das Meer.
Das ist *mein* Haus, dachte Gwenda wieder. Hier bin ich daheim. Mir ist, als würde ich jede Ecke genau kennen.
Eine Tür ging auf, und eine große, melancholisch aussehende und offenbar erkältete Dame begrüßte Gwenda, die ihren Namen nannte und hinzufügte: »Mrs. Hengrave, nicht wahr? Ich komme von Galbraith & Penderley. Entschuldigen Sie mein frühes Erscheinen ...«
Mrs. Hengrave putzte sich die Nase und erwiderte gramvoll, das mache ihr nichts aus. Der Rundgang durch das Haus konnte beginnen.
Ja, alles stimmte. Nicht zu groß. Ein wenig altmodisch, aber dies und das konnten sie und Giles ja nach eigenem Ermessen modernisieren, zum Beispiel die Küche. Ein Boiler war zum Glück schon vorhanden. Mit einer neuen Spüle und anderen zeitgemäßen technischen Errungenschaften ...
Mrs. Hengraves monotone Stimme untermalte Gwendas vorausplanende Gedanken und berichtete mit großer Ausführlichkeit von der letzten Krankheit ihres verstorbenen Mannes. Gwenda nahm sich zusammen, um an den passenden Stellen mitfühlende und verständnisvolle Laute von sich zu geben. Mrs. Hengraves Familie wohnte in Kent und bestürmte sie, möglichst rasch wieder in ihre Nähe zu ziehen. Ihr Mann hatte sehr an Dillmouth gehangen und war viele Jahre hindurch Vorstandsmitglied des Golfclubs gewesen, aber da sie nun Witwe war ...
»Ja, natürlich ... Wie traurig für Sie ... Ich verstehe ... Krankenhäuser sind nun mal so ... Natürlich ... Gewiß, Sie sollten ...«
Neben solch pflichtschuldigem Gemurmel beschäftigte sich Gwendas Hirn fieberhaft mit praktischen Erwägungen: Wäscheschrank hierhin oder ...? Ja. Das wird unser Schlafzimmer. Blick aufs Meer, das wird Giles freuen. Nützlicher kleiner Nebenraum, Ankleidezimmer oder so. Nun kommt das Badezimmer ... Vermutlich noch eine Wanne aus Queen Victorias Zeiten mit Mahagonirand ... tatsächlich! Wie hübsch – sie steht mitten im Raum! Das ändern wir nicht, das

ist ja ein Museumsstück, und so riesig! Man kann eine Obstschale auf dem Rand abstellen, und Schwimmenten ... Das heißt, zum täglichen Gebrauch bauen wir eins der ziemlich dunklen Hinterzimmer um, hellgrüne Kacheln und mit moderner Installation. Das dürfte kein Problem sein, die Leitungen werden einfach von der Küche heraufgeführt ... Und dieses Bad lassen wir, wie es ist ...
»Rippenfellentzündung«, wiederholte Mrs. Hengrave. »Am dritten Tag wurde doppelseitige Lungenentzündung daraus ...«
»Schrecklich«, sagte Gwenda. »Ist am Ende vom Flur nicht noch ein Schlafzimmer?«
So war es, und zwar haargenau so, wie Gwenda es sich vorgestellt hatte: fast rund, mit einem großen Erkerfenster. Auch hier mußte natürlich einiges renoviert werden. Das Zimmer war in ganz gutem Zustand, aber warum hatten Leute wie Mrs. Hengrave nur so eine Vorliebe für senfgelbe Wände?
Sie gingen den Korridor entlang und zur Treppe zurück.
»Sechs Schlafzimmer«, murmelte Gwenda vor sich hin, »nein, sieben, wenn man das mit dem Erker mitzählt.«
Einige Dielen knarrten leise unter ihren Schritten. Schon war ihr zumute, als gehöre sie hierher und nicht Mrs. Hengrave. Die war ein Eindringling – eine Frau, die Zimmer senfgleich streichen ließ und den Glyzinienfries im Salon sicher sehr schön fand! Gwenda sah verstohlen auf den getippten Merkzettel in ihrer Hand, auf dem auch der Schätzpreis des Grundstücks angegeben war.
Innerhalb weniger Tage hatte sie sich mit Häuserpreisen so vertraut gemacht, daß sie die verlangte Summe richtig beurteilen konnte. Sie war nicht hoch, selbst wenn sie die notwendigen Modernisierungskosten dazurechnete.
Obendrein stand neben dem Preis »Verhandlungsbasis«, sie konnte also noch etwas herunterhandeln. Mrs. Hengrave mußte außerordentlich erpicht darauf sein, nach Kent zu ihren Verwandten zurückzukehren.
Sie schickten sich eben an, die Treppe hinabzusteigen, als Gwenda sich von einer plötzlichen Woge irrationalen Grau-

ens überflutet fühlte. Es war schwindelerregend, schwand aber fast so rasch, wie es gekommen war. Dennoch blieb ein ganz abwegiger Gedanke haften.
»Sagen Sie – spukt es in diesem Haus?« fragte sie unwillkürlich.
Mrs. Hengrave, die schon ein paar Stufen tiefer war und gerade Major Hengraves Agonie schilderte, drehte sich um und sah verletzt zu Gwenda auf.
»Nicht daß ich wüßte, Mrs. Reed. Warum? Hat irgend jemand so etwas behauptet?«
»Sie haben nie etwas gemerkt oder gesehen? Ist denn in diesem Haus nie jemand gestorben?«
Wie dumm und taktlos von mir, dachte sie einen Sekundenbruchteil zu spät, vermutlich ist ja Major Hengrave hier...
»Mein Mann ist im ›Saint-Monica-Krankenhaus‹ verschieden«, sagte Mrs. Hengrave steif.
»Ja, richtig, Sie haben es mir schon erzählt.«
»In einem Haus, das etwa 100 Jahre alt ist«, fuhr Mrs. Hengrave merklich beleidigt fort, »dürften im Laufe der Zeit normalerweise mehrere Personen gestorben sein. Ich weiß da nicht Bescheid. Miss Elworth, von der mein lieber Mann dieses Haus vor sieben Jahren erwarb, befand sich bei bester Gesundheit und beabsichtigte, als Missionarin ins Ausland zu gehen. Auch sie hat keine Todesfälle in ihrer Familie erwähnt.«
Gwenda beeilte sich, die melancholische Witwe zu besänftigen, und sie kehrten in den geräumigen Salon im Erdgeschoß zurück. Dieser Raum hatte die friedliche, anheimelnde Atmosphäre, die ganz nach Gwendas Sinn war. Hier verstand sie den kurzen Moment der Panik selbst nicht mehr. Was war bloß über sie gekommen? An diesem Haus war nichts Unheimliches.
Sie bat Mrs. Hengrave, ihr nun auch den Garten zu zeigen, und ging mit ihr durch eine der Glastüren auf die Terrasse. Hier müßten ein paar Steinstufen zum Rasen hinunterführen, dachte Gwenda an einer bestimmten Stelle, wo ein Forsythienbusch unmäßig in die Höhe und Breite geschossen

war und den Blick aufs Meer versperrte. Nun, das würde sie ändern.
Die vermißten Stufen zum Rasen fanden sich am anderen Ende der Terrasse. Gwenda bemerkte, daß der Steingarten ungepflegt und verunkrautet war und die meisten Ziersträucher gestutzt werden mußten.
Mrs. Hengrave murmelte entschuldigend, daß alles ziemlich verwahrlost sei. Sie konnte sich nur zweimal wöchentlich einen Gärtner leisten, und meistens erschien er nicht einmal. Nach Besichtigung des kleinen, aber ausreichenden Küchengartens gingen sie wieder ins Haus. Gwenda erklärte, sie müsse sich noch ein paar andere Objekte ansehen, ehe sie sich entscheiden könne, obwohl ihr »Hillside« – was für ein nichtssagender Name! – sehr gefiele. Mrs. Hengrave ließ diesen Vorbehalt gelten und trennte sich von Gwenda mit vergrämtem Blick und einem letzten hoffnungslosen Schnüffeln.
Gwenda kehrte zum Maklerbüro zurück, machte ein festes Angebot und verbrachte den Rest des Vormittags mit einem Spaziergang durch Dillmouth. Es war ein hübsches, altmodisches Küstenstädtchen. Am entgegengesetzten modernen Ende standen ein paar neuere Hotels und Bungalowrohbauten; eine weitere Ausdehnung wurde durch die Art der Küste und das hügelig ansteigende Hinterland eingeschränkt.
Nach dem Mittagessen erfuhr Gwenda telefonisch vom Makler, Mrs. Hengrave habe ihr Angebot angenommen. Mit einem Lächeln auf den Lippen begab sie sich zum Postamt, um Giles folgendes Telegramm zu schicken: HAUS GEKAUFT STOP IN LIEBE GWENDA
Das wird ihn munter machen, dachte sie. Jedenfalls sieht er, daß *ich* nichts auf die lange Bank schiebe!

2

Ein Monat verging. Gwenda hatte »Hillside« bezogen, Giles' ererbte Möbel aus dem Lagerspeicher kommen lassen und sie aufgestellt. Es war altmodisches, gediegenes Mobiliar. Zwei übergroße Schränke hatte sie verkauft, alles übrige paßte harmonisch zum Gesamtstil des Hauses. In den Salon kamen ein paar hübsche, mit Perlmutter eingelegte Pappmachétischchen, bemalt mit Burgen und Rosen, und ein zierlicher Handarbeitsständer mit einem Beutel aus flohfarbener Seide unter der Arbeitsplatte. Das große Chesterfield-Sofa stand zwischen den Terrassentüren, die Polstersessel thronten zu beiden Seiten des Kamins. Dazu ein Sekretär aus Rosenholz und ein Mahagoni-Sofatisch. Für die Vorhänge hatte sie Chintz gewählt, aus einem blassen Eierschalenblau, mit feinen Rosenvasen und gelben Vögeln darauf. So war es genau richtig, fand sie.
Allerdings wohnte sie noch etwas provisorisch, da die Handwerker noch nicht aus dem Hause waren. Bis Gwenda durch ihren energischen Einzug Druck dahintersetzte, hatten sie getrödelt. Nun war wenigstens die Küche fertig, und das neue Badezimmer auch.
Mit einigen anderen Veränderungen ließ sie sich bewußt Zeit, um das Vergnügen des Dekorierens auszukosten und genau die Farben und Muster für die Schlaf- und Gästezimmer zu wählen, die ihr vorschwebten. Das Haus war soweit in Ordnung, daß sie wirklich nicht alles auf einmal zu tun brauchte.
In der Küche schaltete und waltete jetzt Mrs. Cocker, eine Frau von herablassender Würde, die dazu neigte, Gwendas demokratische Freundlichkeit in ihre Schranken zu weisen. Aber nachdem Gwenda begriffen hatte, wo ihr Platz war, zeigte Mrs. Cocker sich durchaus willens, einige Zugeständnisse zu machen.
An dem Morgen, von dem hier die Rede sein soll, stellte sie ein Frühstückstablett auf Gwendas Knie, als diese sich kaum im Bett aufgesetzt hatte. Es war ihre unumstößliche Meinung, daß Damen im Bett zu frühstücken hatten, wenn der

Herr nicht zu Hause war, und Gwenda hatte sich dieser Vorschrift gefügt. Offenbar wußte Mrs. Cocker mehr von feiner englischer Lebensart als sie.
»Heute gibt's Rührei«, bemerkte Mrs. Cocker. »Sie sagten etwas von geräuchertem Schellfisch, aber das ist kein Gericht fürs Schlafzimmer. Es riecht. Zum Abendessen werde ich Ihnen den Fisch mit holländischer Sauce auf Toast servieren.«
»Klingt herrlich, Mrs. Cocker, danke!«
Mrs. Cocker lächelte gnädig und wandte sich zur Tür. Gwenda bewohnte noch nicht das Eheschlafzimmer; das schob sie bis zu Giles' Ankunft auf. Statt dessen hatte sie das Zimmer am Ende des Korridors für sich genommen, das mit den abgerundeten Wänden und dem Erkerfenster, in dem sie sich ganz besonders wohl und zu Hause fühlte. Auch heute sah sie sich zufrieden um und sagte impulsiv: »Ich mag dieses Zimmer.«
Mrs. Cocker, die Klinke schon in der Hand, nickte ihr nachsichtig zu.
»Gewiß, es ist ein nettes Zimmer, Madam, nur ein bißchen klein. Nach dem Fenstergitter zu schließen, ist es wohl früher das Kinderzimmer gewesen.«
»Ach ja, vielleicht. Darauf bin ich noch gar nicht gekommen.«
»Eignen tut sich's jedenfalls dafür«, meinte Mrs. Cocker in etwas anzüglichem Ton und zog sich würdevoll zurück. Es war, als hätte sie gesagt: Sobald wir einen Herrn im Haus haben, wird ein Kinderzimmer vielleicht wieder benötigt, wer weiß?
Gwenda war leicht errötet und sah sich daraufhin noch einmal genauer um. Ja, der Raum war wie geschaffen für ein Kinderzimmer. In Gedanken fing sie sofort an, es einzurichten. Ein großes Puppenhaus drüben an der Wand. Niedrige Spielzeugregale. Ein lustig prasselndes Feuer im Kamin, davor ein hohes Schutzgitter, auf dem Kleinigkeiten trockneten. Nur dieser abscheuliche senfgelbe Anstrich mußte weg! Dafür eine helle fröhliche Tapete: kleine Mohn- und Kornblumensträuße ... Ja, das würde reizend aussehen. Sie mußte unbedingt versuchen, so ein Muster aufzutreiben. Ir-

gendwo, das wußte sie bestimmt, hatte sie es schon einmal gesehen.
Sonst waren nicht viele Möbel nötig. Zwei Einbauschränke gab es schon; allerdings war der eine abgeschlossen und mit der häßlichen Farbe übermalt, er mußte seit Jahren nicht benützt worden sein. Die Handwerker sollten ihn wieder öffnen, bevor sie das Haus endgültig räumten. Sie hatte nicht genug Platz für ihre Sachen.
Mit jedem Tag fühlte sie sich in »Hillside« heimischer. Während sie frühstückte, hörte sie durch das offene Fenster ein ausgiebiges Räuspern und dann kurzes, trockenes Husten. Foster, der launenhafte Gelegenheitsgärtner, auf dessen Versprechen nicht immer Verlaß war, hatte sich also eingefunden.
Gwenda brachte rasch ihre Morgentoilette hinter sich und ging in den Garten hinunter. Foster arbeitete im Steingarten bei der Terrassentür. Gwendas erste Anordnung war gewesen, an dieser Stelle einen Weg zwischen Rasen und Terrasse anzulegen. Foster hatte zunächst eingewendet, daß dann einige Forsythien, Weigelien und Fliedersträucher weichen müßten, aber Gwenda hatte auf ihrem Wunsch beharrt, und nun fand er ihn beinahe so richtig wie sie.
Er begrüßte sie mit einem Kichern.
»Sieht aus, als wollten Sie's wieder haben wie in der guten alten Zeit, Miss.« Auch daß er Gwenda hartnäckig »Miss« nannte, gehörte zu seinen Eigenheiten.
»Wie in der guten alten Zeit? Wieso?«
Foster klopfte mit seinem Spaten auf die Erde. »Da waren früher schon mal Stufen, sehen Sie? Ganz wie Sie's jetzt haben wollen. Irgendwer hat die Platten abgetragen und alles zugepflanzt.«
»Wie dumm«, sagte Gwenda. »Dadurch ist die ganze Aussicht aus dem Salon verdorben worden.«
Mr. Foster, der mit einem solchen Gedanken nicht viel anfangen konnte, stimmte vorsichtig zu.
»Ich habe ja nicht bestritten, daß es eine Verbesserung sein könnte, Miss. Sicher, so hat man wieder einen freieren Blick. Die Büsche da haben den Salon dunkel gemacht. Bloß um die

Forsythie ist es schade, die wuchs wie verrückt – hab' nie so eine gesunde Forsythie gesehen. Mit dem Flieder ist nicht viel los, aber die Weigelien haben allerhand gekostet, Miss, und zum Umpflanzen sind sie jetzt zu alt, vergessen Sie das nicht.«
»Ich weiß. Aber so wird es viel, viel hübscher.«
»Na ja.« Foster kratzte sich am Kopf. »Kann sein.«
»Es ist so«, bekräftigte Gwenda. Dann fragte sie plötzlich: »Wer hat eigentlich früher hier gewohnt? Die Hengraves besaßen das Haus doch nicht sehr lange?«
»Nein, höchstens sechs, sieben Jahre. Paßten beide nicht her. Und vorher? Die Damen Elworth. Sehr kirchenfromm, hatten's immer mit der Heidenmission. Einmal kam sogar ein schwarzer Prediger zu Besuch. Drei Schwestern waren es und ein Bruder – aber der hatte bei den Frauen nicht viel zu melden. Und vorher – vorher – da wohnte Mrs. Findeyson in ›Hillside‹. Ach ja, die gehörte nach Dillmouth, eine richtige feine Herrschaft. Wohnte schon im Haus, als ich noch nicht auf der Welt war.«
»Dann ist die alte Dame wohl auch hier gestorben?«
»Gestorben ist sie in Ägypten oder irgendwo in der Fremde. Aber ihr Sarg wurde heimgebracht und auf unserem Friedhof begraben. Die Magnolie und den Goldregen hat sie noch pflanzen lassen. War immer ganz verrückt auf Ziersträucher.« Foster widmete ihr ein paar Schweigesekunden, ehe er fortfuhr: »Damals gab's die neuen Häuser am Hang noch nicht, und keine Andenkenläden und keine Strandpromenade.« Seine Miene verriet die Mißbilligung des Alteingesessenen. »Veränderungen«, knurrte er. »Nichts als Veränderungen.«
»Ich glaube, das ist nicht zu vermeiden«, sagte Gwenda. »Und schließlich bedeuten Veränderungen manchmal auch Verbesserungen, nicht wahr?«
»Ja, alles redet vom Fortschritt. Ich merke nichts davon. Fortschritt, ha!« Er gestikulierte in Richtung eines von einer hohen Hecke umgebenen Nachbargrundstücks zur Linken. »Das war mal unser städtisches Krankenhaus, jawohl. Nett und gemütlich für jeden zu erreichen. Und dann gehen sie

hin und bauen einen Riesenkasten vor der Stadt. Zwanzig Minuten Fußmarsch, wenn man am Besuchstag mal hin muß, oder teures Fahrgeld für den Bus.« Wieder deutete er grimmig auf die Hecke. »Ist jetzt 'ne Mädchenschule. Vor zehn Jahren sind sie eingezogen. Nichts wie Veränderungen. Heutzutage kaufen die Leute ein Haus, wohnen zehn oder zwölf Jahre drin, und plötzlich sind sie wieder auf und davon. Ruhelos... Wozu soll das gut sein? Hat doch gar keinen Zweck, etwas zu pflanzen, wenn's nicht auf lange Sicht ist.«
Gwenda sah liebevoll auf die Magnolie. »Wie Mrs. Findeyson es tat«, sagte sie.
»Ja, die war noch vom alten Schlag. Kam als junge Frau her, zog ihre Kinder auf und verheiratete die Töchter, begrub ihren Mann, kriegte im Sommer Besuch von ihren Enkeln und starb, als sie beinahe achtzig war.«
Diesmal drückte Fosters Ton warme Anerkennung aus, und Gwenda kehrte mit einem Lächeln ins Haus zurück. Nachdem sie ein paar Dinge mit den Handwerkern besprochen hatte, setzte sie sich an den Rosenholzsekretär, um ein paar liegengebliebene Briefe zu beantworten. Darunter war die Einladung eines jungen Ehepaars aus London, Verwandte von Giles. Sie schrieben sehr nett, wenn sie Lust habe, würde sie ihnen in ihrem Haus in Chelsea jederzeit willkommen sein.
Raymond West war ein namhafter, wenn auch nicht besonders populärer Schriftsteller, wie Gwenda wußte, und seine Frau Joan war Malerin. Es war verlockend, ihrer Einladung zu folgen, obwohl sie sie wahrscheinlich für eine schreckliche Spießerin halten würden. Giles und ich, dachte Gwenda, sind wirklich keine Intellektuellen.
Feierliche Gongschläge dröhnten durch die Halle. Auch dieser Gong, der in einem geschnitzten Ebenholzrahmen hing, war eine von Giles' ererbten Raritäten. Mrs. Cocker bereitete es großes Vergnügen, ausgiebig daraufzuschlagen. Gwenda hielt sich die Ohren zu, stand auf und durchquerte rasch den Salon, um sich ins Speisezimmer zu begeben.
Erst dicht vor der Wand blieb sie abrupt mit einem ärgerli-

chen Ausruf stehen. Nun passierte es ihr schon zum dritten Mal, daß sie direkt durch die Wand nach nebenan wollte! Statt dessen mußte sie nun zurück in die Halle, den Flur entlang und um die Ecke des Salons ins Eßzimmer gehen. Es war ein Umweg und würde besonders im Winter eine unangenehme Zugabe sein, denn in der Halle zog es, und Zentralheizung gab es nur in den Wohnräumen.
Eigentlich, dachte Gwenda, als sie sich an den anmutigen Sheraton-Eßtisch setzte, könnte ich noch schnell eine Tür vom Salon ins Speisezimmer durchbrechen lassen. Ich werde heute nachmittag mit Mr. Sims reden.
Mr. Sims, der Innenarchitekt, war ein liebenswürdiger Mittvierziger mit gedämpfter Stimme und stets gezücktem Notizbuch, in das er die teuren Sonderwünsche seiner Klienten einzutragen pflegte. Als Gwenda ihm den ihren vortrug, stimmte er sofort lebhaft zu.
»Nichts einfacher als das, Mrs. Reed – und meines Erachtens eine entschiedene Verbesserung.«
»Wird es sehr kostspielig?« Gwenda war dem stets begeisterten Mr. Sims gegenüber inzwischen etwas vorsichtiger geworden. Sie hatte schon ein paar unerfreuliche Überraschungen erlebt, die nicht in seinem Kostenvoranschlag gestanden hatten.
»Eine Kleinigkeit«, versicherte Mr. Sims mit seiner sanften, verschleierten Stimme, und Gwenda beschlichen mehr Zweifel denn je. Gerade Mr. Sims' »Kleinigkeiten« hatte sie zu mißtrauen gelernt. »Wissen Sie was?« fuhr er überredend fort, »ich werde Taylor beauftragen, sich die Sache nachher mal anzusehen, damit Sie Bescheid wissen. Hängt davon ab, wie das Mauerwerk ist.«
Gwenda willigte ein und kehrte zu ihrer Korrespondenz zurück. Sie dankte Joan West für die Einladung, erklärte aber, daß sie vorläufig nicht von Dillmouth wegkönne, solange die Handwerker im Haus seien und sie die Arbeiten beaufsichtigen müsse. Dann ging sie aus, warf die Briefe ein, machte einen längeren Spaziergang auf der Seepromenade und genoß die salzige Brise. Als sie eine Weile später den Salon betrat, richtete sich Taylor, Mrs. Sims' Vorarbeiter, an

der Wand aus einer Kniebeuge auf und begrüßte sie mit freundlichem Grinsen.
»Macht gar keine Schwierigkeiten, Mrs. Reed«, sagte er. »Hier war nämlich früher schon mal eine Tür. Irgend jemand hat sie nicht gepaßt, und der hat sie einfach zumauern lassen.«
Gwenda war angenehm überrascht. Wie merkwürdig, dachte sie, daß ich von Anfang an das Gefühl hatte, dort müsse eine Tür sein. Sie erinnerte sich an die Selbstverständlichkeit, mit der sie schon dreimal darauf losgegangen war. Gleichzeitig überflog sie ein winziger, unbehaglicher Schauer. Genaugenommen war es doch sehr merkwürdig. Warum hatte sie so todsicher angenommen, daß dort eine Tür hingehörte? Weder an der Salon- noch an der Eßzimmerwand war eine Spur davon zu sehen. Wieso hatte sie geahnt – gewußt –, wie es früher gewesen war? Natürlich war es sinnvoll, sich der Bequemlichkeit halber einen direkten Durchgang zu wünschen, aber warum war sie immer blindlings auf diese eine Stelle losgegangen? Bei der Breite der Wand hätte es mehrere Möglichkeiten gegeben, aber nein, sie war jedesmal automatisch, in Gedanken bei ganz anderen Dingen, genau auf die eine Stelle zugesteuert, wo die Tür sich früher tatsächlich befunden hatte.
Hoffentlich bin ich keine Hellseherin oder so etwas Ähnliches, dachte Gwenda beunruhigt. Soviel sie wußte, war sie immer vollkommen normal gewesen. Sie gehörte nicht zu den Übersensiblen. Oder etwa doch? Wie war das mit den Steinstufen, die von der Terrasse zum Rasen führten, vielmehr geführt hatten? Hatte sie auch da etwas geahnt, weil sie so sehr auf einer Wiederherstellung bestand?
Vielleicht bin ich doch für übersinnliche Einflüsse empfänglich, überlegte sie unbehaglich. Oder lag es am Haus?
Warum hatte sie Mrs. Hengrave bei der Besichtigung die Frage gestellt, ob es hier spuke?
Es spukte nicht, es war ein wunderschönes Haus! Mrs. Hengrave hatte mit Recht über so eine Idee gestaunt. Oder war in ihrer Reaktion nicht doch eine Spur von Reserve und Vorsicht gewesen?

Mein Gott, ich fange noch an, mir Dinge einzubilden, dachte Gwenda und zwang sich, sachlich mit Taylor zu reden, was ihr auch gelang.
»Ach, noch was«, fügte sie am Schluß hinzu. »Oben in dem kleinen Erkerzimmer ist ein Einbauschrank abgeschlossen und übermalt. Können Sie den wieder öffnen?«
Der Mann ging mit ihr hinauf und nahm die Sache in Augenschein.
»Die Tür ist sogar mehrmals übermalt worden«, erklärte er. »Ich besorge jemand, der ihn morgen aufmacht, wenn Ihnen das paßt.«
Gwenda sagte, es passe ihr sehr gut, und Taylor verabschiedete sich.
An diesem Abend war sie schreckhaft und nervös. Während sie im Salon saß und zu lesen versuchte, hörte sie jedes Knacken der alten Möbel überdeutlich. Manchmal überlief sie ein Schauder, und sie blickte unruhig über die Schulter. Immer wieder sagte sie sich, daß an den Vorfällen mit der Tür und den Gartenstufen nichts Übersinnliches sei. Beides ließ sich mit gesundem Menschenverstand ganz einfach erklären.
Obwohl sie es nicht wahrhaben wollte, graute ihr etwas vor dem Zubettgehen, und als sie sich endlich überwand, die Leselampe auszuknipsen und in die Halle hinauszutreten, fürchtete sie sich noch mehr vor der Treppe. Sie rannte beinahe die Stufen hinauf, hastete den Flur entlang und stürzte atemlos in ihr Zimmer. Kaum war sie dort, verflog ihre Angst. Aufatmend sah sie sich um: ja, hier fühlte sie sich geborgen und glücklich, hier war sie sicher. (Sicher wovor, du Dummkopf? fragte sie sich sofort.) Sie griff nach ihrem Pyjama und schlüpfte in die Pantoffeln.
Wirklich, schalt sie sich, du benimmst dich wie ein kleines Kind! Du solltest dir Hausschuhe mit Hasenmuster kaufen, wie für eine Sechsjährige. Mit einem Gefühl der Erleichterung ging sie zu Bett und war bald eingeschlafen.

Am nächsten Morgen hatte sie in der Stadt einiges zu erledigen und kam erst zur Mittagszeit nach Hause.

»Die Leute haben den Schrank aufgemacht«, berichtete Mrs. Cocker, als sie die gebackene Seezunge mit Kartoffelbrei und Karottengemüse hereinbrachte.

»Sehr gut«, sagte Gwenda und machte sich mit Appetit über das Mittagessen her. Nach dem Kaffee im Salon ging sie in das kleine Schlafzimmer hinauf, trat zur Wand und öffnete die Schranktür.

Dann entfuhr ihr ein leiser Schreckensschrei, und sie starrte wie versteinert ins Innere.

An der Rückseite war die ursprüngliche Tapete des Zimmers erhalten geblieben, die überall sonst mit der senfgelben Wandfarbe übermalt worden war. Kein Zweifel: Früher war das ganze Zimmer hell und farbenfroh tapeziert gewesen. Das Muster zeigte Mohn- und Kornblumensträußchen.

Gwenda brauchte lange, bis sie sich von dem Anblick losreißen, mit weichen Knien zum Bett wanken und sich auf die Kante setzen konnte.

Was war los? Hier saß sie in einem kleinen Haus, das sie bis vor ein paar Wochen noch nicht gekannt hatte, in einem Land, in dem sie nie zuvor gewesen war, und doch hatte sie sich erst gestern früh im Bett ausgemalt, wie sie dieses Zimmer dekorieren wollte – mit einer Tapete, die schon frühere Bewohner an der Wand gehabt hatten.

Bruchstückhafte Erklärungen wirbelten ihr durch den Kopf. Dunne fiel ihr ein und seine Zeitexperimente . . . In die Zukunft sehen, nicht in die Vergangenheit . . .

Die Sache mit den Stufen im Garten und der Verbindungstür konnte man noch als Zufälle gelten lassen, aber hier hörten sie auf. Man konnte sich nicht eine Tapete mit einem so auffallenden Muster ausdenken und sie dann prompt hinter einer jahrelang verschlossenen Schranktür finden. Nein, dafür mußte es eine Erklärung geben, die sie nicht kannte und – die sie erschreckte. Jeden Augenblick entdeckte sie womöglich noch mehr Dinge, von denen sie gar nichts wissen wollte. Das Haus ängstigte sie. Aber war es wirklich das Haus, war es nicht sie selbst? Sie wollte nicht zu den Leuten gehören, die das Zweite Gesicht hatten. Gwenda holte tief Atem, zog einen leichten Mantel über und schlüpfte aus dem

Haus. Auf der Post gab sie folgendes Telegramm (mit bezahlter Rückantwort) auf:

19 ADDWAY SQUARE CHELSEA LONDON MEINUNG GEÄNDERT STOP MÖCHTE MORGEN KOMMEN STOP GWENDA

3

Raymond und Joan West taten ihr möglichstes, damit die junge Frau ihres Vetters Giles sich bei ihnen wohl fühlte. Es war nicht ihre Schuld, daß Gwenda sie insgeheim ziemlich beunruhigend fand. Raymond sah sehr herrisch aus, wie eine angriffslustige Krähe. Seine Haarmähne und seine seltsame Unterhaltung, bei der er mitunter sehr laut wurde, verblüfften sie und machten sie nervös. Er und Joan schienen eine eigene Sprache zu sprechen. Gwenda war noch nie bei Intellektuellen zu Gast gewesen, und die ganze Art zu reden war ihr fremd.
»Wir wollen ein paarmal mit dir ins Theater gehen«, sagte Raymond beim Begrüßungsschluck. Obwohl Gwenda nach der Fahrt lieber eine Tasse Tee als den angebotenen Gin getrunken hätte, heiterte sich ihre Miene bei dieser Aussicht auf. Raymond fuhr fort:
»Heute abend haben wir Karten für das ›Sadler's Wells-Ballett‹, und morgen geben wir eine Geburtstagsfeier für meine ziemlich unglaubliche Tante Jane. Ihr zu Ehren sehen wir uns alle den klassischen Thriller *Die Herzogin von Amalfi* an, mit Gielgud in der Hauptrolle. Und am Freitag mußt du unbedingt den *Marsch ohne Füße* sehen, aus dem Russischen übersetzt und mit Abstand das bedeutendste Stück seit zwanzig Jahren. Es läuft im ›Witmore Theatre‹.«
Gwenda bedankte sich, daß man sich so rührend um ihre Unterhaltung kümmere. Wenn Giles kam, dachte sie im stillen, konnte sie mit ihm noch genug Musicals besuchen. Sich *Marsch ohne Füße* ansehen zu müssen, erschreckte sie ein we-

nig, aber vielleicht gefiel es ihr sogar. Nur hatte man an »bedeutenden« Stücken meist nicht viel Freude.

»Tante Jane wird dir gefallen«, sagte Raymond. »Ein herrliches Prachtstück aus einer vergangenen Zeit. Konservativ bis ins Herz. Sie wohnt in einem Dorf, wo nie etwas passiert, still wie ein Waldsee.«

»Einmal ist dort aber doch etwas passiert!« sagte Joan trokken.

»Nur ein Eifersuchtsdrama, plump und ohne psychologische Feinheiten.«

»Na, damals warst du fasziniert«, erinnerte Joan und zwinkerte ihm zu.

»Manchmal spiele ich auch gern Kricket«, gab Raymond würdevoll zurück.

»Wie dem auch sei, Tante Jane hat sich bei der Aufklärung des Falles mit Ruhm bedeckt.«

»Ja – sie ist kein Dummkopf. Sie schwärmt für Denksportaufgaben.«

»Auch rechnerische?« fragte Gwenda, weil ihr sofort Dreisatzrechnungen einfielen.

Raymond winkte ab. »Alles mögliche. Zum Beispiel: Warum hat die Lebensmittelhändlersfrau an einem klaren Frühlingsabend ihren Regenschirm zum Gemeindetreffen mitgenommen? Wie kamen die Reste einer Dosenkrabbe aufs Fensterbrett? Was geschah mit dem Chorhemd des Vikars? All das ist Wasser auf Tante Janes Mühle. Also, falls du irgendein Problem hast, Gwenda, vertrau es ihr an! Sie wird es unverzüglich lösen.«

Er lachte, und Gwenda lachte auch, obwohl nicht so unbefangen wie er. Und am nächsten Tag lernte sie Tante Jane, Miss Marple, persönlich kennen. Miss Marple war eine reizende alte Dame, groß und dünn, mit rosigen Wangen, blauen Augen, die oft humorvoll funkelten, und von freundlichem, etwas umständlichem Wesen.

Nach einem frühen Abendessen, bei dem auf Tante Janes Gesundheit angestoßen wurde, fuhren sie ins Theater. Zwei Bekannte, ein älterer Kunstmaler und ein junger Rechtsanwalt, waren mit von der Partie. Der Maler widmete sich

Gwenda, und der Jurist teilte seine Aufmerksamkeiten zwischen Joan und Miss Marple, deren Bemerkungen ihm offenbar großen Spaß machten. Im Theater wurde die Sitzordnung allerdings geändert. Gwenda saß nun mitten in der Reihe zwischen Raymond und dem Rechtsanwalt. Die Lichter im Zuschauerraum erloschen. Der Vorhang ging hoch. Es wurde großartig gespielt, und Gwenda war begeistert. Sie hatte noch nicht viele gute Aufführungen gesehen.
Gegen Ende des Stücks kam der schaurige Höhepunkt. Die Stimme des Schauspielers tönte tragisch über die Rampe: »*Bedeckt ihr Antlitz! Vor meinen Augen flimmert es, sie starb so jung...*«
Gwenda schrie, sprang von ihrem Sitz auf, ohne sich um die Unruhe, die im Publikum entstand, zu kümmern, drängte sich durch die Reihe und stürzte blindlings ins Foyer und auf die Straße hinaus. Erst am Piccadilly kam sie auf die Idee, ein Taxi zu nehmen. In Chelsea bezahlte sie mit zitternden Fingern den Fahrer und klingelte am Haus ihres Vetters. Das Dienstmädchen, das öffnete, sah sie erstaunt an.
»Sie kommen früh zurück, Ma'am. Ist Ihnen nicht gut?«
»Doch... Nein... Es sind nur Kopfschmerzen...«
»Soll ich Ihnen etwas bringen, Ma'am? Vielleicht einen Brandy?«
»Nein, danke. Ich gehe lieber gleich zu Bett.« Gwenda eilte die Treppe hinauf, um weiteren Fragen auszuweichen.
Sie zog sich aus und ließ die Kleider unordentlich auf dem Boden liegen. Bald lag sie zitternd, mit klopfendem Herzen, da und starrte an die Zimmerdecke.
Sie hörte nicht, wie Joan, Raymond und Miss Marple nach Hause kamen, aber fünf Minuten darauf öffnete sich die Tür, und die alte Dame trat mit einer Wärmflasche und einer Tasse Tee ein.
Gwenda setzte sich im Bett auf und bemühte sich, ihr Zittern zu unterdrücken.
»Ach, Miss Marple – ich weiß nicht, wie ich mich entschuldigen soll. Ich habe mich idiotisch aufgeführt. Sind Joan und Raymond sehr wütend auf mich?«
»Keine Angst, mein liebes Kind!« antwortete Miss Marple. »Legen Sie sich nur schön die Wärmflasche ins Bett.«

»Ich brauche eigentlich keine.«
»Heute schon. So ist's gut. Und jetzt trinken Sie den Tee.«
Der Tee war heiß, stark und viel zu süß, aber Gwenda trank ihn gehorsam aus. Das Zittern ließ fast sofort nach.
»Nun legen Sie sich brav hin und schlafen«, sagte Miss Marple. »Über Ihren kleinen Schock unterhalten wir uns morgen. Grübeln Sie nicht unnötig darüber nach! Schlafen Sie!«
Sie zog die Decke hoch, tätschelte Gwenda sanft die Wange und ging hinaus.
Unten fragte Raymond seine Frau gerade in gereiztem Ton: »Was, in aller Welt, war bloß in Gwenda gefahren? Ist sie krank, oder was?«
»Keine Ahnung, Raymond. Sie hat einfach geschrien. Vermutlich war das Stück zu unheimlich.«
»Na ja, der alte Webster ist schon ein wenig unheimlich. Trotzdem – ich hätte nicht gedacht...« Er brach ab, weil Miss Marple eintrat. »Hat sie sich beruhigt?«
»Soweit ja, glaube ich. Aber es war ein schwerer Schock für sie.«
»Wieso? Wer kriegt von so einem alten Schauerstück gleich Zustände?«
»Wahrscheinlich steckt ein bißchen mehr dahinter«, sagte Miss Marple nachdenklich.

Gwenda frühstückte in ihrem Zimmer, Kaffee und ein wenig Toast. Als sie hinunterkam, war Joan in ihr Atelier gegangen, Raymond hatte sich in seinem Arbeitszimmer eingeschlossen, und Miss Marple saß strickend beim Wohnzimmerfenster, das eine schöne Aussicht auf die Themse bot. Bei Gwendas Eintritt blickte sie friedlich lächelnd von ihrem Strickzeug auf.
»Guten Morgen, liebes Kind. Geht's Ihnen besser?«
»Danke ja, ich bin wieder völlig in Ordnung. Ich weiß wirklich nicht, warum ich mich gestern abend so aufgeführt habe. Sind Joan und Raymond sehr wütend auf mich?«
»Aber nein, Kind. Sie verstehen es.«
»Was verstehen sie.«
»Daß Sie einen Schock erlitten haben.« Nach einer kurzen

Pause fügte Miss Marple freundlich hinzu: »Wollen Sie sich nicht mit mir darüber aussprechen?«
Gwenda ging rastlos auf und ab.
»Ich glaube, ich gehe besser zum Psychiater.«
»Natürlich gibt es ausgezeichnete Nervenärzte in London, aber halten Sie das wirklich für nötig?«
»Nun ... ich glaube allmählich, ich werde verrückt ... Wie könnte ich sonst immer wieder ...«
Das Erscheinen des Dienstmädchens, das ihr ein Telegramm brachte, ließ sie stocken. Es war ihr von Dillmouth nachgeschickt worden. Sie riß den Umschlag auf, las mit unbewegter Miene den kurzen Text und knüllte das Blatt zusammen.
»Hoffentlich keine schlechte Nachricht?« fragte Miss Marple besorgt.
»Nein. Giles – mein Mann – kündigt seine Ankunft an. Nächste Woche wird er hier sein.«
Sie sagte das mit einer so tonlosen, traurigen Stimme, daß Miss Marple mitfühlend hüstelte. »Nun«, sagte sie. »Das ist doch sehr erfreulich! Oder nicht?«
»Erfreulich? Wenn ich nicht weiß, ob ich verrückt bin? Da hätte ich Giles nie heiraten dürfen. Und dieses Haus – und alles! Ich kann nicht mehr dahin zurück. Ach, ich weiß nicht, was ich tun soll!«
Miss Marple klopfte einladend neben sich auf das Sofa. »Wie wär's, wenn Sie sich zu mir setzten und erzählten, was eigentlich los ist?«
Mit einem Gefühl der Erleichterung gehorchte Gwenda und schüttete der alten Dame ihr Herz aus. Sie berichtete, wie sie »Hillside« zum ersten Mal von der Straße aus gesehen hatte, und zählte dann all die kleinen Ereignisse auf, die sie erst verblüfft und dann erschreckt hatten.
»Jetzt habe ich richtig Angst«, schloß sie. »Ich dachte, wenn ich nach London fahre und in netter Gesellschaft bin, komme ich davon los. Aber es ist mir nicht gelungen, wie Sie selber sehen. Es verfolgt mich. Und gestern abend im Theater ...« Sie schloß die Augen und schluckte krampfhaft.
»Was war gestern abend?« fragte Miss Marple behutsam.
»Sie werden es sicherlich kaum glauben«, antwortete

Gwenda hastig. »Sie werden mich für hysterisch halten, oder seltsam oder so etwas. Es passierte ganz plötzlich, fast am Schluß des Stücks. Dabei hatte es mir bis dahin gut gefallen; ich hatte überhaupt nicht an ›Hillside‹ gedacht. Es kam sozusagen aus heiterem Himmel, als der Held die Worte sprach...« Sie zitierte mit leiser Stimme: »*Bedeckt ihr Antlitz! Vor meinen Augen flimmert es, sie starb so jung...* Da war ich plötzlich wieder in ›Hillside‹, oben auf dem Treppenabsatz, und schaute durch das Geländer in die Halle hinunter, und da lag sie – auf dem Rücken – tot. Ihr Haar war wie ein goldener Fächer um den Kopf gebreitet und das Gesicht – dunkelblau angelaufen! Sie war erdrosselt, erwürgt worden, und irgend jemand sagte genau diese Worte, in demselben entsetzlichen Ton, und ich sah die Hände... nein, keine Hände, eher Affenpfoten, sie waren grau und runzlig... Entsetzlich, glauben Sie mir. Die Frau war tot...«
»Wer war tot?« fragte Miss Marple freundlich.
Gwendas Antwort kam rasch und automatisch: »Helen...«, sagte sie.

4

Gwenda starrte Miss Marple entgeistert an und strich sich benommen das Haar aus der Stirn.
»Was war das? Wieso habe ich Helen gesagt? Ich kenne gar keine Helen!«
Sie ließ die Hand mit einer verzweifelten Geste sinken.
»Da haben Sie es: Ich bin verrückt! Ich sehe Gespenster! Auf Schritt und Tritt sehe ich Dinge, die gar nicht da sind – erst ist es nur eine Tapete, und nun sind es schon Leichen. Es wird ja immer schlimmer!«
»Ziehen Sie keine übereilten Schlüsse, meine Liebe...«
»Oder es liegt am Haus. Das Haus ist verhext oder verwunschen, irgend so etwas! Ich sehe Dinge, die früher dort passiert sind oder die sich dort ereignen werden – und das wäre noch schlimmer. Vielleicht wird eine Frau namens Helen in

›Hillside‹ ermordet! Obwohl das Haus doch nicht verhext sein kann, wenn ich diese Erscheinungen auch hier in London habe, weit entfernt. Also muß ich es sein, bei der etwas nicht stimmt. Ich gehe lieber zu einem Psychiater – am besten gleich heute morgen noch!«
»Meine liebe Gwenda, natürlich bleibt Ihnen das unbenommen, aber Sie sollten diesen Gang erst tun, wenn alle Stricke reißen. Ich halte es immer für das Gescheiteste, erst nach den einfachsten und gewöhnlichsten Erklärungen zu suchen. Zählen wir noch einmal die nüchternen Fakten auf. Es waren drei bestimmte Ereignisse, die Sie verwirrten. Ein paar Gartenstufen, die Sie an einer bestimmten Stelle vermuteten, waren überpflanzt und eine früher vorhandene Tür war zugemauert worden; hinter einer übermalten Schranktür befand sich eine Tapete, die Sie sich bis ins Detail vorgestellt, aber noch nie gesehen hatten. Soweit richtig?«
»Ja.«
»Dann ist die natürliche Erklärung, daß Sie diese drei Dinge tatsächlich schon einmal gesehen haben.«
»Wann? In einem früheren Leben?«
»Nein, in diesem. Ich meine, es könnten durchaus echte Erinnerungen sein.«
»Aber, ich bin erst vor einem Monat nach England gekommen! Vorher war ich nie hier!«
»Sind Sie so sicher?«
»Natürlich. Ich habe mein ganzes Leben in Neuseeland verbracht, in oder bei Christchurch.«
»Sind Sie auch dort geboren?«
»Nein, geboren wurde ich in Indien. Mein Vater war Offizier. Meine Mutter ist ein oder zwei Jahre nach meiner Geburt gestorben, und mein Vater schickte mich zu ihrer Familie nach Neuseeland. Dann starb auch er, nur wenige Jahre später.«
»Erinnern Sie sich noch an Ihre Umsiedlung von Indien nach Neuseeland?«
»Nicht genau. Ich war noch klein. Ja, an das Schiff erinnere ich mich, undeutlich, vor allem an ein dickes rundes Glas in der Wand – wahrscheinlich ein Bullauge – und an einen gro-

ßen Mann in einer weißen Uniform. Er hatte ein rotes Gesicht und blaue Augen und eine tiefe Kerbe im Kinn – eine Narbe, vermute ich. Er warf mich immer in die Luft und fing mich wieder auf, und ich erinnere mich, daß es mir halb Angst und halb Spaß machte. Aber das alles weiß ich nur noch bruchstückhaft.«
»Hatten Sie nicht ein englisches Kindermädchen, oder ein indisches? Eine Aja?«
»Keine Aja. Aber eine Nannie, ja, natürlich. An die erinnere ich mich gut, denn sie blieb, bis ich ungefähr fünf Jahre alt war. Sie schnitt mir Papierenten aus. Ja, Nannie war mit auf dem Schiff. Sie hat geschimpft, wenn ich schrie, weil der Kapitän mich immer küssen wollte, und sein Bart kratzte so.«
»Aha! Das ist interessant, Gwenda. Sie bringen zwei verschiedene Seereisen durcheinander; merken Sie es nicht? Einmal hatte der Kapitän einen Bart, das andere Mal ein rotes Gesicht und eine Narbe am Kinn.«
»Da könnten Sie recht haben«, sagte Gwenda betroffen.
»Ich schließe daraus, daß Ihr Vater Sie nach dem Tod Ihrer Mutter zunächst nach England gebracht hat und daß Sie eine Zeitlang wirklich in jenem Haus, in ›Hillside‹, gewohnt haben. Sie sagten selbst, daß es Ihnen auf den ersten Blick so vertraut schien und Sie sich buchstäblich zu Hause fühlten. Wahrscheinlich schlafen Sie zur Zeit in Ihrem ehemaligen Kinderzimmer.«
»Ein Kinderzimmer war es auf jeden Fall. Vor dem Fenster ist ein Gitter.«
»Sehen Sie? Und damals hatte es noch die hübsche bunte Korn- und Mohnblumentapete. Kinder erinnern sich sehr genau an so etwas. Ich selbst habe nie die Schwertlilien in meinem Kinderzimmer vergessen, obwohl ich kaum älter als drei war, als es neu tapeziert wurde.«
»Habe ich deshalb auch gleich an das Puppenhaus und die Spielzeugregale gedacht?«
»Sicher. Und beim Anblick der Badewanne mit dem Mahagonirand dachten Sie an Schwimmtiere.«
»Stimmt«, sagte Gwenda nachdenklich, »es war, als wüßte ich sofort, wo alles hingehörte, bis zur Küche und zum Wä-

scheschrank, und daß früher eine Verbindungstür zwischen Salon und Eßzimmer war. Aber es ist doch ganz unmöglich, daß ich nach England komme und ausgerechnet dasselbe Haus kaufe, in dem ich vor langer Zeit schon gewohnt habe?«
»Unmöglich ist es nicht, meine Liebe. Es ist lediglich ein bemerkenswerter Zufall – und derartige Zufälle sind gar nicht so selten. Ihr Mann wollte gern ein Haus an der Südküste haben, Sie suchten etwas Passendes, kamen an einem vorbei, das Ihnen irgendwie vertraut schien und gefiel, und da es die richtige Größe und einen annehmbaren Preis hatte, kauften Sie es. Das alles ist nicht allzu unwahrscheinlich. Hätte es im Haus gespukt, würden Sie ganz anders reagiert haben. Aber Sie hatten keine Angstgefühle, wie Sie sagten, ausgenommen in einem ganz bestimmten Moment: als Sie mit der Besitzerin die Treppe hinuntergehen wollten und von oben in die Halle blickten.«
Eine Erinnerung an den überstandenen Schrecken flackerte wieder in Gwendas Augen auf. »Sie meinen . . . daß die Sache mit Helen auch einmal Wirklichkeit war?«
»Ja, meine Liebe«, sagte Miss Marple sehr freundlich. »Wenn die anderen Erinnerungen echt waren, müssen wir daraus schließen . . .«
»Daß ich wirklich eine Frau tot – erwürgt – dort liegen gesehen habe?«
»Daß sie erwürgt worden war, konnten Sie als Kind sicher nicht erkennen; diese Todesart ist Ihnen durch den Theatermord gestern abend suggeriert worden, zumal Sie als Erwachsene wissen, was ein blau angelaufenes Gesicht bedeuten kann. Ein kleines Kind, das gerade die Treppe hinunterkrabbeln will, begreift nur das allgemein Gräßliche von Gewalttat, Verbrechen und Tod, und falls dabei bestimmte Worte und Sätze ausgesprochen werden, prägen sie sich unauslöschlich in das kindliche Gehirn ein. Ich zweifle nicht daran, daß der Mörder tatsächlich die betreffende Stelle aus dem alten Webster-Drama zitiert hat. Für ein Kind muß so etwas ein schwerer Schock sein. Kinder sind seltsame kleine Wesen. Wenn sie ein Angsterlebnis haben, das sie nicht ver-

stehen können, verschweigen sie es. Sie scheinen es sogar zu vergessen. Aber es ist nur verdrängt. Tief im Innern lebt es weiter.«

Gwenda holte tief Luft. »Und das soll mir passiert sein? Aber warum erinnere ich mich dann nicht gleich an alles?«

»So einfach ist das nicht. Meist entgleitet die Erinnerung, je mehr man sie zu fassen versucht. Aber mir sind noch ein oder zwei Hinweise aufgefallen. Zum Beispiel gebrauchten Sie eine sehr bezeichnende Redewendung, als Sie von Ihrem gestrigen Theatererlebnis erzählten. Sie sagten, Sie glaubten wieder durch das Geländer in die Diele zu sehen. Nun schaut ein Erwachsener gewöhnlich nicht *durch,* sondern *über* das Geländer. Nur ein Kind sieht hindurch.«

»Sie denken aber auch an alles«, sagte Gwenda bewundernd.

»Solche Kleinigkeiten sind oft bedeutsam.«

»Aber wer war Helen?« fragte Gwenda verwirrt.

»Sie sind immer noch so sicher, daß sie Helen hieß?«

»Ja . . . es ist sehr seltsam, weil ich keine Helen kenne, zugleich aber sicher weiß, daß es eine Helen war, die tot in der Halle lag . . . Wie kann ich nur mehr herausfinden?«

»Zunächst brauchen wir, glaube ich, die Bestätigung, daß Sie als Kind in England waren. Ihre Verwandten müßten das . . .«

»Tante Alison«, unterbrach Gwenda sie. »Natürlich, Tante Alison muß das wissen.«

»Dann fragen Sie am besten gleich per Luftpost bei ihr an. Tun Sie so, als müßten Sie wegen irgendwelcher Formalitäten wissen, ob Sie schon mal in England waren. Bis zur Ankunft Ihres Mannes haben Sie vielleicht schon Antwort.«

»Danke, Miss Marple. Sie sind so furchtbar nett zu mir. Ich hoffe nur, Ihre Vermutungen treffen zu – weil dann alles in Ordnung wäre. Ich meine, es wäre nichts Übernatürliches im Spiel.«

Miss Marple lächelte. »Das wird sich schon herausstellen. Übermorgen fahre ich nach Nordengland auf Besuch zu alten Freunden. In etwa zehn Tagen komme ich noch einmal durch London. Wenn Sie und Ihr Mann dann hier sind und Sie Antwort aus Neuseeland haben, so wäre ich sehr neugierig auf das Resultat.«

»Natürlich halte ich Sie auf dem laufenden, Miss Marple! Und Sie müssen unbedingt Giles kennenlernen. Er ist ein so lieber Kerl. Und dann reden wir ausführlich über die ganze Geschichte.«
Gwenda war wieder ganz munter geworden. Aber Miss Marple sah sehr gedankenvoll aus.

5

Etwa zehn Tage später betrat Miss Marple ein kleines Hotel in Mayfair und wurde von dem jungen Ehepaar Reed begeistert begrüßt.
»Das ist also mein Mann, Miss Marple«, stellte Gwenda vor. »Ich hab' dir ja schon erzählt, Giles, wie reizend Miss Marple zu mir gewesen ist.«
»Es freut mich, Sie kennenzulernen, Miss Marple. Wie ich gehört habe, hätte Gwenda beinahe durchgedreht.«
Miss Marples milde blaue Augen betrachteten Giles Reed wohlwollend. Ein sympathischer junger Mann, groß, blond, der ab und zu entwaffnend schüchtern mit den Augen zwinkerte. Seine Kinnpartie wirkte jedoch energisch.
»Ich habe den Tee in das kleine Schreibzimmer bestellt«, sagte Gwenda. »Dahin verirrt sich nie jemand, und wir können uns in Ruhe über Tante Alisons Brief unterhalten. Ja«, fügte sie auf Miss Marples Blick hinzu, »sie hat sofort geantwortet, und zwar ganz so, wie Sie prophezeit haben.«
Bald danach, als sie ihren Tee getrunken hatten, las Miss Marple, was Gwendas Tante geschrieben hatte.

Liebste Gwenda,
ich bin sehr besorgt, daß Du in England Schwierigkeiten mit den Behörden hast. Und aus so nichtigem Grund! Offen gestanden, ich hatte völlig vergessen, daß Du als Kind eine Weile mit Deinem Vater in England warst.
Deine Mutter, meine Schwester Megan, hatte Major Halliday, Deinen Vater, bei einem Besuch in Indien kennenge-

lernt, wo damals gute Freunde von uns stationiert waren. Sie heirateten, und Du wurdest dort geboren. Knapp zwei Jahre später ist Deine Mutter gestorben. Es war ein großer Kummer für uns. Wir schrieben Deinem Vater, den wir leider nie persönlich kennengelernt haben, er möge Dich uns doch anvertrauen. Für ihn als aktiven Offizier müßte ein kleines Kind sehr hinderlich sein. Wir würden uns freuen, für Dich sorgen zu dürfen. Dein Vater lehnte jedoch ab und teilte uns mit, er wolle seinen Abschied nehmen und mit Dir nach England zurückkehren. Hoffentlich könnten wir einmal eine Europareise machen und Euch besuchen.
Soviel ich weiß, begegnete Dein Vater schon auf der Fahrt nach Hause der jungen Dame, mit der er sich verlobte und die er gleich nach der Ankunft heiratete. Die Ehe wurde offenbar nicht glücklich, denn das Paar trennte sich schon nach etwa einem Jahr, und Dein Vater fragte uns brieflich, ob wir immer noch bereit seien, Dich in Pflege zu nehmen. Ich brauche Dir wohl nicht zu sagen, meine Liebe, wie gern wir das taten. Also wurdest Du unter der Obhut einer englischen Nurse zu uns geschickt. Zu unserer Bestürzung starb Dein Vater etwa ein Jahr später in einem Sanatorium. Ich vermute, daß er schon über seinen schlechten Gesundheitszustand im Bild war, als er Dich zu uns schickte, zumal er um diese Zeit auch sein Testament zu Deinen Gunsten machte.
Leider kann ich Dir nicht genau mitteilen, wo Du damals mit Deinem Vater in England wohntest. Natürlich stand die Adresse auf den Umschlägen seiner Briefe, aber es ist nun an die achtzehn Jahre her, und ich kann mich leider nicht mehr genau erinnern. Es war an der Südküste, das weiß ich, und ich nehme an, Dillmouth ist korrekt. Ich hätte eher an Dartmouth gedacht, die beiden Namen ähneln sich allerdings sehr. Deine Stiefmutter hat, glaube ich, wieder geheiratet, aber ich kann mich nicht an ihren Mädchennamen erinnern, obwohl Dein Vater ihn natürlich in der Heiratsanzeige mitgeteilt hat. Wir nahmen es ihm wohl etwas übel, daß er so schnell nach Megans Tod wieder heiratete, und wollten nichts von ihr wissen. Aber es ist ja bekannt, daß

man sich auf Schiffsreisen sehr viel schneller näherkommt, und wahrscheinlich dachte er, es würde gut für Dich sein.
Wirklich dumm, daß ich Dir nie von Deinem früheren Aufenthalt in England erzählt habe. Du warst natürlich zu klein, um Dich daran zu erinnern, und mir war es, wie gesagt, in all den Jahren einfach entfallen. Megans Tod in Indien und Dein Aufwachsen bei uns, das eine solche Freude für uns war, schienen mir stets das Wichtigste in Deinem Lebenslauf.
Ich hoffe, damit ist alles geklärt.
Giles wird ja nun in wenigen Tagen bei Dir sein. Die Trennung war sicher schwer für Euch beide.
Alles Weitere über uns demnächst. Ich habe diesmal nur schnell Deine Fragen beantwortet, damit Du den Behörden die verlangten Auskünfte geben kannst.
Mit vielen herzlichen Grüßen und Wünschen Deine Tante Alison

»Sehen Sie?« sagte Gwenda. »Sie haben richtig vermutet!«
Miss Marple glättete das dünne Luftpostpapier.
»Hm ... ja, das stimmt. Die einfachste Erklärung ist, wie ich festgestellt habe, oft auch die richtige.«
»Jedenfalls bin ich Ihnen sehr dankbar«, sagte Giles. »Die arme Gwenda war ganz durcheinander, und ich muß gestehen, ich habe mir Sorgen gemacht, daß Gwenda sich als Hellseherin oder sonstwie verdreht entpuppen könnte.«
»Eine hellseherische Ehefrau wäre sicher etwas beunruhigend«, meinte Gwenda, »es sei denn, du hast immer ein ordentliches Leben geführt!«
»Das habe ich«, antwortete Giles.
»Und das Haus? Wie denken Sie jetzt über das Haus?« fragte Miss Marple.
»Oh, mir ist jetzt alles recht«, sagte Gwenda. »Morgen fahren wir hin. Giles stirbt bald vor Neugier.«
»Ich weiß nicht, ob es Ihnen so klar ist wie mir, Miss Marple«, sagte Giles, »alles deutet doch darauf hin, daß wir einer erstklassigen Mordgeschichte auf der Spur sind, die sich direkt vor unserer Haustür zugetragen hat – genauer gesagt, in unserer Eingangshalle.«

»Ja, daran habe ich gedacht«, sagte Miss Marple zögernd.
»Giles schwärmt für Kriminalromane«, warf Gwenda ein.
»Nun, es ist tatsächlich einer«, sagte Giles. »Die Leiche einer schönen Frau – erwürgt – Identität bis auf den Vornamen unbekannt. Tatzeit vor fast zwanzig Jahren. Heutzutage natürlich keine genauen Ermittlungen mehr möglich, aber mit etwas Spürsinn kann man vielleicht ein paar lose Fäden zu fassen bekommen. Das ganze Rätsel wird sich kaum noch lösen lassen, aber . . .«
»Vielleicht doch«, sagte Miss Marple. »Trotz der langen Zeit. Ich halte es für möglich.«
»Sie meinen«, fragte Giles fröhlich, »es kann nichts schaden, wenn wir es versuchen?«
Miss Marple zuckte unbehaglich mit den Schultern und machte ein ernstes, beinahe besorgtes Gesicht.
»Es könnte sehr üble Folgen haben«, sagte sie. »Wenn ich Ihnen raten darf – und ich möchte das mit allem Nachdruck tun: Lassen Sie die Finger von der ganzen Geschichte.«
»Was? Von unserer schönen Mordgeschichte – das heißt, wenn es Mord war?«
»Es war sicherlich Mord. Und eben deshalb sollten Sie das Ganze auf sich beruhen lassen. Mord ist wirklich keine Sache, mit der man leichtfertig herumspielt.«
»Aber, Miss Marple, wenn alle so dächten . . .«
»Natürlich«, unterbrach sie ihn, »kann es sogar eine Pflicht sein, selbst etwas zu unternehmen: wenn ein Unschuldiger angeklagt wird, Leute zu Unrecht verdächtigt werden, oder ein gefährlicher Verbrecher auf freiem Fuß ist, der wieder zuschlagen könnte. Aber wenn eine Geschichte so weit zurückliegt wie diese, entfallen solche Gründe. Wahrscheinlich ist es nie als Mord erkannt worden, denn sonst hätten Sie schnell genug von Ihrem alten Gärtner oder anderen Einheimischen etwas darüber gehört. Mord verjährt nie, wenigstens nicht in den Erzählungen der Leute, die ihn aus der Nähe miterlebt haben. Nein, die Leiche muß irgendwie spurlos beseitigt worden sein, so daß nie ein Verdacht aufkam. Halten Sie es unter diesen Umständen wirklich für klug, die Vergangenheit wieder auszugraben?«

»Das klingt ja, als machten Sie sich Sorgen um uns!« rief Gwenda.
»So ist es, meine Liebe. Sie beide sind ein so nettes und charmantes junges Paar, erst seit kurzem verheiratet und glücklich. Darum bitte ich Sie inständig, nicht an alte Dinge zu rühren, die – wie soll ich es ausdrücken –, die Sie aufregen und betrüben könnten.«
Gwenda starrte sie entgeistert an. »Denken Sie an etwas – oder jemand – Bestimmtes? Was wollen Sie damit andeuten?«
»Ich spiele auf gar nichts an, ich möchte Ihnen nur einen Rat geben, denn in meinem langen Leben habe ich schon viele erschreckende menschliche Reaktionen kennengelernt. Lassen Sie die Finger davon!«
»Darum geht es jetzt nicht mehr.« Auch Giles war ernst geworden. »›Hillside‹ ist Gwendas und mein Haus, und wenn in unserem Haus einst ein Mord geschehen ist oder wir es annehmen müssen, gedenke ich es nicht tatenlos auf sich beruhen zu lassen, selbst wenn es angeblich achtzehn Jahre her ist!«
Miss Marple seufzte. »Entschuldigen Sie. Vermutlich würden die meisten mutigen jungen Männer empfinden wie Sie. Ich kann Sie verstehen und bewundere Sie. Aber ich wünschte – ja, ich wünschte wirklich –, Sie würden nicht daran rühren.«

Am folgenden Tag verbreitete sich in St. Mary Mead rasch die Kunde, daß Miss Marple wieder da sei. Um elf Uhr vormittags wurde sie in der Hauptstraße gesehen. Zehn Minuten vor zwölf machte sie eine Visite im Pfarrhaus. Am Nachmittag besuchten sie drei Klatschtanten des Ortes, um Miss Marples Eindrücke von dem schönen London zu erfahren und um – nachdem der Höflichkeit Genüge getan war – des langen und breiten die Probleme anläßlich des bevorstehenden Wohltätigkeitsbasars zu schildern. Wohin mit dem Handarbeitsstand, und wer sollte die Teebude übernehmen? Gegen Abend konnte man Miss Marple wie gewöhnlich in ihrem Garten sehen, wo ihre Aufmerksamkeit ausnahms-

weise mehr den Verheerungen durch das Unkraut als den Aktivitäten ihrer Nachbarn galt. Auch während ihres einfachen Abendessens hörte sie nur zerstreut dem lebhaften Bericht ihres kleinen Dienstmädchens Evelyn über die letzten Ereignisse in der Dorfapotheke zu. Zerstreut blieb sie auch am nächsten Tage in einem Grade, daß es mehreren Leuten, darunter sogar der Pfarrersfrau, auffiel. Abends ging Miss Marple mit den Worten, sie fühle sich nicht ganz wohl, früh zu Bett, und am nächsten Morgen bat sie Dr. Haydock zu sich.
Dr. Haydock war seit langen Jahren Miss Marples Arzt, Freund und Verbündeter. Er nahm ihre Klagen über verschiedene Krankheitssymptome ernsthaft entgegen, untersuchte sie, lehnte sich dann im Sessel zurück und deutete spielerisch mit dem Stethoskop auf sie.
»Für Ihr Alter und trotz Ihrer täuschend zerbrechlichen Erscheinung sind Sie bemerkenswert gut auf dem Damm.«
»Ich weiß, daß ich eine robuste Konstitution habe«, erwiderte Miss Marple. »Trotzdem muß ich gestehen, daß ich mich ein bißchen überanstrengt fühle – ziemlich erledigt.«
»Sie haben sich zuviel herumgetrieben. In London immer zu lange aufgeblieben ...«
»Ja, natürlich. London ist heutzutage etwas ermüdend. Diese schlechte verbrauchte Luft! Mit frischer Seeluft nicht zu vergleichen.«
»Hier in St. Mary Mead haben wir auch noch unverdorbene Landluft.«
»Leider ist es oft feucht oder schwül. Nicht gerade stärkend, wenn ich so sagen darf.«
Dr. Haydock betrachtete sie mit aufkeimendem Verstehen.
»Ich werde Ihnen ein Stärkungsmittel verschreiben«, versprach er entgegenkommend.
»Danke, Doktor. Ich nehme immer Eastons Sirup – der hilft, und außerdem habe ich ja noch meine ›Violet Pastilles‹.«
»Meine Liebe, das Rezeptschreiben sollten Sie mir überlassen!«
»Ich dachte ...« Miss Marple schaute mit arglosen blauen Augen zu ihm auf, »ob nicht ein Luftwechsel noch besser ...«
»Sie sind gerade drei Wochen unterwegs gewesen.«

»Ja, aber vorwiegend in London, das, wie Sie selbst zugeben, die Nerven angreift, und dann in einem Industriegebiet im Norden. Alles kein Ersatz für frische Seeluft, Doktor.«

Dr. Haydock stand auf und packte seine Tasche. Dann wandte er sich schmunzelnd wieder zu Miss Marple um. »Nun sagen Sie schon offen, was ich den Leuten erzählen soll, wenn sie nach Ihnen fragen. Sie wünschen von mir den ausdrücklichen ärztlichen Rat, sich in ein Seebad zu begeben . . .«

»Ich wußte ja, daß Sie mich verstehen«, sagte Miss Marple dankbar.

»Seeluft – ausgezeichnete Therapie! Also fahren Sie schleunigst nach Eastbourne, sonst könnte Ihre Gesundheit ernstlich Schaden nehmen.«

»Eastbourne ist meines Wissens ziemlich kalt. Die Dünen, wissen Sie.«

»Na, dann eben Bournemouth oder die Insel Wight.«

Miss Marple zwinkerte ihm zu. »Ich halte eigentlich mehr von kleineren Badeorten.«

Dr. Haydock setzte sich wieder. »Jetzt machen Sie mich wirklich neugierig. Und welchen kleinen Badeort haben Sie im Auge?«

»Tja . . . ich denke da zum Beispiel an Dillmouth.«

»Hübsches kleines Nest. Etwas spießig. Warum gerade Dillmouth?«

Miss Marple schwieg sekundenlang. Ihre blauen Augen hatten einen besorgten Ausdruck angenommen. Dann begann sie zögernd:

»Stellen Sie sich mal vor, Sie stießen eines Tages zufällig auf einen Hinweis, daß vor langer Zeit – vor neunzehn oder zwanzig Jahren – ein Mord begangen wurde, der nie entdeckt worden ist und von dem außer Ihnen kein Mensch etwas ahnt. Nie ist ein Verdacht aufgetaucht oder gar gemeldet worden. Was würden Sie tun?«

»Ein Mord, der in der Vergangenheit ruht, meinen Sie?«

»Genau das.«

Haydock überlegte einen Moment.

»Es war doch kein Justizirrtum? Hatte später jemand unter den Folgen dieses Verbrechens zu leiden?«

»Soweit man das bisher beurteilen kann, nein.«
»Hm. Ein unentdeckter Mord, der lange zurückliegt. Ich will Ihnen was sagen: Ich würde ihn ruhen lassen. Schlafende Hunde soll man nicht wecken. Mit einem Mordfall herumspielen könnte gefährlich werden. Sehr gefährlich sogar.«
»Eben das fürchte ich auch.«
»Es heißt, wer einmal mordet, ist zu weiteren Morden fähig. Das ist nicht unbedingt wahr. Es gibt einen Mördertyp, der, einmal davongekommen, verdammt aufpaßt, nicht wieder in so eine Situation zu geraten. Ich will nicht sagen, daß er unbeschwert weiterlebt – das halte ich erst recht für unwahr, denn es gibt viele Arten der Vergeltung. Nur nach außenhin geht dann alles gut. Ich könnte zahlreiche Morde nennen, die unentdeckt blieben oder in denen die Täter – meist waren es Täterinnen – mangels Beweisen freigesprochen wurden. Keine beging einen zweiten Mord. Sie hatten mit dem ersten erreicht, was sie wollten, und waren zufrieden. Aber angenommen, ihnen hätte doch noch die Gefahr der Entdeckung gedroht? Der Täter oder die Täterin, von dem *Ihr* Mord begangen wurde, dürfte zu dem erwähnten Typ gehört haben oder noch gehören. Niemand hat je Verdacht geschöpft. Aber falls er oder sie noch lebt und merkt, daß jetzt, nach all den Jahren, jemand in der alten Geschichte herumstochert, Steine umdreht und überall nach Spuren schnüffelt und am Ende vielleicht ins Schwarze trifft ... Was, meinen Sie, würde ein solcher aufgeschreckter Mörder dann machen? Lächelnd abwarten und zusehen, wie die Jagd näher und näher kommt? Nein, Miss Marple, wenn's Ihnen nicht wieder mal ums Prinzip geht, würde ich sagen: Halten Sie sich da raus!« Er wiederholte seine Bemerkung von eben: »Schlafende Hunde soll man nicht wecken ... Und«, fügte er energisch hinzu, »dies ist eine ärztliche Verordnung: Sie lassen die Finger davon!«
»Es geht nicht um mich, Doktor. Zwei reizende junge Leute sind in die Sache verwickelt. Lassen Sie es mich erzählen!«
Haydock hörte sich alles aufmerksam an. »Seltsam«, meinte er, als Miss Marple geendet hatte, »wirklich eine ungewöhnliche Häufung von Zufällen. Wie ich Sie kenne, durchschauen Sie die Zusammenhänge bereits?«

»Oh, nur einige. Aber ich glaube nicht, daß die jungen Leute schon darauf gekommen sind.«

»Es wird sehr viel Kummer bedeuten, und hinterher werden sie wünschen, sie hätten sich nie auf die Geschichte eingelassen. Skelette sollten begraben bleiben. Trotzdem ... Ich verstehe auch den Standpunkt des jungen Giles Reed. Zum Teufel, ich könnte an seiner Stelle die Hände auch nicht in den Schoß legen. Selbst als Unbeteiligter bin ich neugierig ...«

Er unterbrach sich, um Miss Marple streng anzusehen.

»Darum also müssen Sie zur Erholung nach Dillmouth! Sich in Dinge mischen, die Sie nichts angehen!«

»Keineswegs, Doktor. Ich mache mir nur Sorgen um die jungen Leute. Sie sind viel zu unerfahren und gutgläubig. Ich habe das Gefühl, daß ich ein bißchen auf sie aufpassen muß.«

»Aufpassen nennen Sie das? Können Sie einen Mordfall nie ruhen lassen? Nicht mal einen, der Jahrzehnte zurückliegt?«

Miss Marple gestattete sich ein feines kleines Lächeln.

»Aber Sie meinen doch auch, daß ein paar Wochen in Dillmouth meiner Gesundheit guttun würden?«

»Oder Ihnen den Garaus machen«, sagte der Doktor. »Aber Sie hören ja doch nicht auf mich!«

Auf dem Weg zu ihren alten Freunden, Colonel Bantry und seiner Frau, traf Miss Marple den Colonel schon in der Einfahrt, das Gewehr über der Schulter, den Spaniel an seiner Seite. Er begrüßte sie herzlich.

»Freut mich, Sie wieder hier zu sehen. Wie war's in London?«

Miss Marple erwiderte, es sei sehr schön gewesen. Ihr Neffe habe sie ein paarmal ins Theater ausgeführt.

»Verrücktes modernes Zeug, wette ich. Ich persönlich mag nur Musikkomödien.«

»Wir waren in einem russischen Stück«, sagte Miss Marple. »Sehr interessant, nur etwas lang.«

»Russen!« explodierte der Colonel. Er hatte einmal im Krankenhaus einen Roman von Dostojewski zu lesen bekommen. »Wenn Sie Dolly suchen – die ist im Garten«, fügte er hinzu.

Dort war Mrs. Bantry eigentlich immer zu finden. Sie war

Gärtnerin aus Leidenschaft. Ihre Lieblingslektüre waren Knollenkataloge, und ihre Unterhaltung drehte sich fast ausschließlich um Primeln, Tulpenzwiebeln, Ziersträucher und Neuzüchtungen aller Art. Das erste, was Miss Marple von ihr erblickte, war ein hochgerecktes, umfangreiches Hinterteil in verschossenem Tweed.

Als sie die nahenden Schritte hörte, richtete Mrs. Bantry sich mit schmerzlichem Ächzen auf, denn ihr Hobby hatte ihr ein Rheumaleiden eingetragen, wischte sich mit der erdigen Hand die heiße Stirn ab und begrüßte ihre Freundin.

»Hab' schon gehört, daß Sie wieder da sind, Jane. Die neuen Rittersporne gedeihen prächtig, was? Und haben Sie schon mal so eine kleine Enziansorte gesehen? Ich hatte erst Schwierigkeiten, aber ich glaube, die meisten sind nun angegangen. Was wir brauchen, ist Regen. Furchtbar, diese Trockenheit. Esther hat behauptet, Sie lägen krank im Bett«, fügte sie hinzu. Esther war Bantrys Köchin und die Verbindung zum Dorfklatsch. »Freut mich, daß es nicht stimmt.«

»Bloß ein bißchen angegriffen«, sagte Miss Marple. »Dr. Haydock hat mir eine Kur in frischer Seeluft empfohlen.«

»Aber Sie können doch gerade jetzt unmöglich weg!« rief Mrs. Bantry. »In der besten Gartenzeit. Ihr Beet muß auch schon anfangen zu blühen.«

»Nun, der Doktor hält es für ratsam.«

»Na ja«, gab Mrs. Bantry widerwillig zu, »Haydock ist nicht so dumm wie die meisten Ärzte.«

»Etwas anderes, Dolly. Ich mußte neulich an Ihre frühere Köchin denken.«

»Welche? Brauchen Sie eine? Meinen Sie etwa die, die gesoffen hat?«

»Nein, nein ... Ich meine die, die so vorzüglich backen konnte. Ihr Mann war, glaube ich, Butler.«

»Ach, das war die ›Schildkröte‹«, sagte Mrs. Bantry. »Eine Person mit einer tiefen klagenden Stimme, als wollte sie jeden Augenblick in Tränen ausbrechen. Ja, die war tüchtig. Ihr Mann war faul und fett, und Arthur behauptete immer, er verlängere den Whisky mit Wasser. Kann ich nicht beurteilen. Schade, daß bei Dienerehepaaren immer einer nichts

taugt. Sie machten dann eine kleine Erbschaft, kündigten und eröffneten eine Fremdenpension an der Südküste.«
»Richtig, ich hatte so eine schwache Erinnerung. War es nicht in Dillmouth?«
»Stimmt. Dillmouth, Sea Parade 14.«
»Da könnte ich eigentlich wohnen, wenn Dr. Haydock mich sowieso ans Meer schickt. Hießen sie nicht Saunders?«
»Ja. Eine gute Idee, Jane. Besser können Sie nicht unterkommen. Mrs. Saunders wird gut für Sie sorgen, und jetzt, außerhalb der Saison, ist es billiger. Gutes Essen und Seeluft werden Sie bald wieder auf die Beine bringen.«
»Das glaube ich auch, Dolly«, sagte Miss Marple. »Vielen Dank.«

6

»Wo, glaubst du, hat die Leiche gelegen?« fragte Giles.
»Hier?«
Er und Gwenda standen in der Halle von »Hillside«. Sie waren erst am Vorabend eingetroffen, und Giles war so eifrig bei der Sache wie ein kleiner Junge mit einem neuen Spielzeug.
»Ja, ungefähr«, antwortete Gwenda. Sie ging die Treppe hinauf und blickte kritisch über das Geländer. »Ja, ich glaube, dort war es.«
»Knie dich hin!« befahl Giles. »Du warst ja höchstens drei Jahre alt, nicht wahr?«
Gwenda ging gehorsam in die Knie.
»Den Mann, der die ominösen Worte sprach, hast du also nicht gesehen?«
»Nein. Er muß von der Treppe verdeckt gewesen sein, etwas weiter zurück – ja, dort! Ich sah von ihm nur die Pfoten.«
»Pfoten . . .«, wiederholte Giles stirnrunzelnd.
»Wenn ich sie doch so in Erinnerung habe! Es waren Pfoten, graurosa, nicht menschlich.«
»Hör mal, Gwenda, verwechselst du das nicht mit der be-

rühmten Geschichte von Poe? *Der Doppelmord in der Rue Morgue?* Menschen haben keine Pfoten.«
»Doch, der hatte welche.«
Giles sah zweifelnd zu ihr hoch. »Diese Einzelheit hast du sicher hinterher dazugedichtet.«
Gwenda ging langsam wieder hinunter. »Ob ich mir das Ganze nicht nur einbilde? Ich habe inzwischen viel nachgedacht, Giles. Vielleicht habe ich geträumt. Das kommt mir jetzt am wahrscheinlichsten vor. Wenn man als Kind einen solchen Angsttraum hat, bleibt er haften, als wäre er ein reales Erlebnis. Meinst du nicht auch, daß das alles erklärt? Zumal kein Mensch in Dillmouth je etwas von einem Mord in diesem Haus gehört zu haben scheint, oder auch nur von einem plötzlichen Tod oder dem Verschwinden eines Menschen oder sonst etwas Verdächtigem . . .«
Giles sah wieder wie ein kleiner Junge aus, diesmal wie einer, dem man das schöne neue Spielzeug weggenommen hat.
»Natürlich kann es ein Alptraum gewesen sein«, gab er widerstrebend zu. Gleich darauf erhellte sich seine Miene. »Nein, höchstens teilweise! Ein Kind mag von Affenpfoten und sogar von Leichen träumen – aber ich freß einen Besen, wenn du das Zitat aus der *Herzogin von Amalfi* geträumt hast!«
»Vielleicht habe ich es von jemand gehört und hinterher in meinen Traum eingeflochten.«
»Als Dreijährige? Ich glaube, kein Kind wäre zu so einer Gedächtnisleistung fähig, wenn es nicht unter ungewöhnlicher Anspannung stünde – womit wir wieder beim Ausgangspunkt sind. Moment, ich hab's! Nur die Pfoten waren geträumt. Du warst vor Schreck wie erstarrt, als du die Leiche sahst und die dir unverständlichen Worte hörtest, und beides brannte sich förmlich in dein Gehirn ein, und später im Alptraum hast du auch noch schlenkernde Affenpfoten dazu gesehen . . . Wahrscheinlich hattest du als Kind Angst vor Affen.«
Gwenda machte ein etwas zweifelndes Gesicht. »Möglich wäre es«, sagte sie zögernd.
»Ich wünschte, du könntest dich an ein bißchen mehr erin-

nern. Komm mal her, ja, zu der genauen Stelle. Mach die Augen zu und denk nach! Fällt dir nichts ein?«

»Nein, Giles. Je krampfhafter ich nachdenke, desto mehr rückt alles von mir ab. Ich bezweifle jetzt, daß ich als Kind überhaupt so etwas erlebt habe. Vielleicht sind neulich im Theater nur die Nerven mit mir durchgegangen.«

»Nein. Da waren doch noch andere Einzelheiten. Sogar Miss Marple war beeindruckt. Wie war das mit dem Namen Helen? Irgendeine Gedankenverbindung zu Helen mußt du doch haben!«

»Eben nicht, leider. Es war nur ein Name, weiter nichts.«

»Vielleicht nicht der richtige?«

»Doch. Es war Helen.« Gwendas Antwort klang hartnäckig und überzeugt.

»Wenn du so genau weißt, daß es eine Helen war, mußt du mehr von ihr wissen. Kanntest du sie? Wohnte sie hier? Oder war sie nur zu Besuch da?«

»Ich sage dir doch, ich weiß es nicht«, antwortete Gwenda, nun mit allen Anzeichen nervöser Erschöpfung. Giles versuchte es auf einem anderen Wege.

»An wen erinnerst du dich sonst? An deinen Vater?«

»Nein. Das heißt, ich weiß es nicht. In unserem Haus in Neuseeland hing sein Bild, und Tante Alison sagte oft: ›Siehst du, das ist dein Vater.‹ Ob ich ihn hier in ›Hillside‹ je bewußt gesehen habe, kann ich nicht sagen.«

»Und die Angestellten, die Kindermädchen oder so?«

»Nein, nichts. Je mehr ich nachdenke, desto leerer wird mein Kopf. Alles, was mir einfiel, war unbewußt – wie die Wand, auf die ich automatisch zuging. Ich habe mich an keine Tür *erinnert*. Wenn du nicht so drängtest, Giles, würde mir vielleicht mehr einfallen. Unsere Nachforschungen sind ja auf jeden Fall sinnlos. Es ist viel zu lange her.«

»Natürlich ist es nicht sinnlos. Selbst die alte Miss Marple hat das eingeräumt.«

»Aber irgendwelche nützlichen Hinweise hat sie uns nicht gegeben«, sagte Gwenda. »Trotzdem . . . sie machte ein Gesicht, als hätte sie ihre eigenen Ideen. Ich wüßte gern, wie sie selbst die Sache angepackt hätte.«

»Schlauer als wir auch nicht«, behauptete Giles selbstsicher. »Wir müssen mit dem Herumrätseln aufhören, Gwenda, und systematisch vorgehen. Der Anfang ist schon gemacht: Ich habe das Sterberegister im Kirchenbuch durchgesehen. Da steht keine Helen in den Jahrgängen, die in Frage kämen. Eine einzige Ellen klang so ähnlich wie Helen, aber das war eine Frau von vierundneunzig. Also weiter. Da dein Vater und deine Stiefmutter zumindest eine Zeitlang hier wohnten, müssen sie das Haus gekauft oder gemietet haben.«
»Laut Fosters Erzählung – Foster ist der Gärtner – wohnten vor den Hengraves vier Geschwister Elworth hier, und vor denen jahrzehntelang eine Mrs. Findeyson, erst mit Familie, dann als Witwe. Sonst niemand.«
»Dein Vater könnte es irgendwann gekauft und nach sehr kurzer Zeit wieder verkauft oder auch nur gemietet haben, vielleicht möbliert. Danach erkundigen wir uns am besten bei den hiesigen Häusermaklern.«
Die Nachfrage bei den ansässigen Immobilienfirmen dauerte nicht lange, denn in Dillmouth gab es nur zwei. Die Firma Wilkinson war verhältnismäßig neu, sie bestand erst seit elf Jahren und befaßte sich hauptsächlich mit den neuen Bungalows am anderen Ende des Ortes. Galbraith & Penderley, von denen Gwenda das Haus gekauft hatte, waren Alteingesessene; von ihnen war noch am ehesten eine brauchbare Auskunft zu erwarten.
Giles begann das Gespräch mit Komplimenten: Seine Frau und er seien entzückt von Dillmouth im allgemeinen und »Hillside« im besonderen. Nun habe Gwenda immer mehr das Gefühl, als Kind schon einmal in »Hillside« gewohnt zu haben. Sie glaube sich an vieles zu erinnern und möchte es nun ganz genau wissen. Ob nicht ein Major Halliday in den Akten stände? Es sei etwa achtzehn oder neunzehn Jahre her, und ...
Mr. Penderley unterbrach Giles mit einer bedauernden Geste.
»Leider kann ich Ihnen nicht helfen, Mr. Reed. Unsere Akten reichen nicht so weit zurück, jedenfalls nicht bei kurzen Zwischenvermietungen. Und mir ist der Name Reed, geborene

Halliday, neulich, als wir mit Ihrer Gattin verhandelten, zum ersten Mal vorgekommen. Ja, wenn unser alter Hauptbuchhalter noch lebte! Der hatte ein unglaubliches Gedächtnis, er konnte auf Anhieb jede Kleinigkeit erzählen, die sich während seiner dreißig Berufsjahre bei uns zugetragen hatte. Erstaunliches Gedächtnis, wirklich ganz erstaunlich! Aber leider ist er letzten Winter gestorben.«
»Oh! Und sonst ist niemand mehr da, der sich unter Umständen so weit zurückerinnern könnte?«
»Unsere Belegschaft ist jetzt vergleichsweise jung. Der Seniorchef, Mr. Galbraith, lebt zwar noch, hat sich aber schon seit Jahren vom Geschäft zurückgezogen.«
»Könnte ich Mr. Galbraith persönlich sprechen?« fragte Gwenda.
»Ich glaube kaum . . .« Mr. Penderley war offensichtlich verlegen. »Er hat voriges Jahr einen Schlaganfall erlitten, wissen Sie. Seine körperlichen und geistigen Kräfte sind sehr . . . reduziert. Er ist schon in den Achtzigern.«
»Wohnt er in Dillmouth?«
»Das ja. Sein Haus heißt ›Calcutta Lodge‹. Ein sehr hübscher kleiner Besitz in der Seaton Road. Aber ich weiß nicht recht . . .«

»Da bestehen wohl nur schwache Aussichten«, sagte Gwenda draußen zu Giles. »Aber man kann nie wissen. Schriftliche Anfragen wären wohl auch zwecklos. Ich meine, wir gehen einfach hin und erproben die Macht der Persönlichkeit.«
»Calcutta Lodge« war von einem wohlgepflegten kleinen Garten umgeben, und das Wohnzimmer, in das Gwenda und Giles geführt wurden, war ebenso gepflegt, wenn auch etwas übermöbliert. Es roch nach Bienenwachs und Reinigungsmitteln. Die Messingbeschläge funkelten. Vor den Fenstern hingen üppig geraffte Stores.
Eine hagere, verblühte Dame mit mißtrauischem Blick trat ein. Giles beeilte sich, den Zweck ihres Besuchs zu erklären, und zerstreute damit Miss Galbraiths Argwohn, es mit zudringlichen Staubsaugervertretern zu tun zu haben.

»Leider kann ich Ihnen auch nicht helfen«, sagte sie. »Neunzehn bis zwanzig Jahre sind eine lange Zeit...«
»Manchmal erinnert man sich ja trotzdem an einen Namen oder eine Begegnung«, meinte Gwenda.
»Ich selbst hatte nie etwas mit den Angelegenheiten der Firma zu tun. Ein Major Halliday, sagten Sie? Nein, an einen Herrn dieses Namens kann ich mich nicht erinnern.«
»Vielleicht Ihr Vater?« fragte Gwenda.
»Vater?« Miss Galbraith schüttelte den Kopf. »Er nimmt nicht mehr viel von der Umwelt wahr, und sein Gedächtnis ist sehr lückenhaft.«
Gwendas Augen ruhten nachdenklich auf einem ziselierten indischen Messingtisch und wanderten zu einer Reihe Elefanten aus Elfenbein weiter, die der Größe nach auf dem Kaminsims angeordnet waren.
»Vielleicht regt es sein Gedächtnis an«, sagte sie, »wenn er hört, daß mein Vater gerade aus Indien kam, als er sich in Dillmouth niederließ. Ihr Haus heißt ›Calcutta Lodge‹?« fügte sie in fragendem Ton hinzu.
»Ja«, antwortete Miss Galbraith. »Mein Vater war eine Zeitlang geschäftlich in Kalkutta. Nach dem Krieg mußte er die Firma hier übernehmen, aber er sagte immer, er wäre lieber nach Indien zurückgegangen. Meine Mutter war dagegen, und das Klima drüben ist ja auch wirklich alles andere als gesund. Ja, ich weiß nicht... Vielleicht könnten Sie meinen Vater doch kurz sprechen. Ich glaube, er hat einen leidlich guten Tag.«
Sie führte ihre Besucher in ein kleines Arbeitszimmer, wo in einem großen schäbigen Ledersessel ein alter Mann mit einem weißen Walroßschnurrbart saß. Sein Gesicht war etwas schief. Ungeachtet dessen beäugte er Gwenda sehr anerkennend, als seine Tochter ihm die jungen Leute vorstellte.
»Mein Gedächtnis ist wie ein Sieb«, entschuldigte er sich etwas undeutlich. »Halliday, sagen Sie? Nein, den Namen kenne ich nicht. Ein Schulkamerad in Yorkshire hieß mal so ähnlich... Das ist aber mehr als siebzig Jahre her.«
»Major Halliday hatte vor etwa zwanzig Jahren ›Hillside‹ gemietet; jedenfalls nehmen wir das an«, sagte Giles.

»»Hillside‹? Hieß das Haus damals schon ›Hillside‹?« Mr. Galbraiths noch bewegliches Augenlid zuckte. »Findeysons haben da gewohnt. Feine Frau.«
»Möglicherweise hat mein Vater es möbliert gemietet«, sagte Gwenda. »Er kam nämlich gerade aus Indien zurück.«
»Indien? Sagten Sie Indien? Da kannte ich mal einen jüngeren Kerl . . . Offizier. Der kannte auch den alten Gauner Hassan, der mich mit Teppichen übers Ohr gehauen hat. Hatte der nicht eine ganz junge Frau? Und ein kleines Kind . . . ein Mädchen?«
»Das war ich«, sagte Gwenda bestimmt.
»Sie? In . . . der . . . Tat. Kaum zu glauben. Wie die Zeit fliegt! Wie hieß er noch schnell? Suchte hier ein möbliertes Haus, ja . . . Mrs. Findeyson wollte in Ägypten überwintern . . . Kateridee! Wie war noch der Name?«
»Halliday«, sagte Gwenda.
»Richtig, meine Liebe – Halliday. Major Halliday. Netter Bursche. Bildhübsche Frau – blutjung – hellblond. Wollte in die Nähe ihrer Familie oder so. Sehr hübsch.«
»Wissen Sie etwas über ihre Familie?«
»Keine Ahnung. Sind Sie die Tochter. Sie sehen ihr gar nicht ähnlich.«
Gwenda hätte fast gesagt: »Sie war nur meine Stiefmutter«, vermied es aber, das Gespräch damit unnötig zu komplizieren. Statt dessen fragte sie: »Was machte sie für einen Eindruck?«
Mr. Galbraith erwiderte unerwartet: »Sorgenvoll sah sie aus. Als hätte sie Kummer. Dabei war dieser Major doch wirklich ein patenter Kerl. Interessierte sich für meine Erlebnisse in Kalkutta. Nicht wie diese Schnösel, die nie aus England rausgekommen sind. Borniert sind sie, jawohl! *Ich* habe was von der Welt gesehen. Wie hieß er noch schnell, der Major – der ein möbliertes Haus wollte?«
Er erinnerte jetzt an ein ausgeleiertes Grammophon, dessen Nadel auf einer abgenutzten Platte zurückspringt.
›St. Catherine‹. Das war's! Er nahm ›St. Catherine‹ – sechs Guinea die Woche – während Mrs. Findeyson in Ägypten war. Ist dort gestorben, die Ärmste. Haus zur Versteigerung

freigegeben... Wer hat es dann gekauft? Richtig, Elworth hießen die alten Schachteln – Schwestern. Haben den Namen geändert – fanden ›St. Catherine‹ papistisch. Waren gegen alles Papistische – verteilten paulinische Traktätchen. Häßlich allesamt. Kümmerten sich um die Nigger, schickten ihnen Hosen und Bibeln nach Afrika. Wollten mit aller Gewalt die Heiden bekehren.«
Er sank plötzlich seufzend im Sessel zurück.
»Zu lange her«, nörgelte er undeutlich. »Kann keine Namen behalten. Major aus Indien... Netter Kerl... Ich bin müde, Gladys. Ich möchte meinen Tee.«
Giles und Gwenda verabschiedeten sich unter Danksagungen und machten, daß sie hinauskamen.
»Eins steht fest«, sagte Gwenda, »mein Vater und ich waren mal in ›Hillside‹. Was machen wir nun?«
»Ich Idiot!« rief Giles, »›Somerset House‹!«
»Was oder wo ist ›Somerset House‹?« fragte Gwenda.
»Eine Behörde in London, wo sämtliche Eheschließungen registriert werden. Ich brauche nur unter Halliday nachzusehen. Laut Bericht deiner Tante Alison hat dein Vater sofort nach der Ankunft in England zum zweitenmal geheiratet. Überleg mal, Gwenda – das hätte uns längst einfallen können –, es ist doch möglich, daß diese ›Helen‹ Trauzeugin, Schwester oder Freundin deiner Stiefmutter war. Wenn wir ihren Mädchennamen wissen, finden wir eher jemanden, der über alle Verwandtschafts- und Freundschaftsbeziehungen in ›Hillside‹ Bescheid wußte. Der alte Knabe Galbraith hat ja unter anderem gesagt, deine Stiefmutter wollte gern in der Nähe ihrer früheren Familie sein. Wenn die noch hier in der Gegend wohnen, könnten wir mehr erfahren.«
»Giles«, sagte Gwenda, »du bist großartig!«

Ein paar Tage später brachte der Postbote schon die offizielle Antwort auf ihre Eilanfrage in London.
»Das hat geklappt, Gwenda!« rief Giles triumphierend, als er eine Fotokopie aus dem Umschlag zog. »Heiratsregister Kensington, beglaubigte Abschrift«, las er vor. »Freitag,

den 7. August ... und so weiter. Kelvin James Halliday und Helen Spenlove Halliday, geborene Kennedy.«
»Helen?« rief Gwenda.
Sie blickten sich entgeistert an.
»Aber – aber das kann doch nicht deine Helen sein«, sagte Giles langsam. »Ich meine – sie trennten sich, und sie hat wieder geheiratet – und dann gingen sie weg.«
»Daß sie weggegangen ist«, sagte Gwenda, »wissen wir doch gar nicht!«
Sie sah noch einmal auf den sauber getippten Namen: Helen Spenlove Halliday, geborene Kennedy.
Helen ...

7

Als Gwenda ein paar Tage später bei scharfem Wind die Esplanade entlangging, stockte ihr Fuß unvermittelt vor einem der Glashäuschen, die eine rührige Kurverwaltung zur Benutzung der Kurgäste errichtet hatte.
»Miss Marple!« rief sie äußerst überrascht.
Tatsächlich, es war Miss Marple, vermummt in einen dicken Flauschmantel und einen warmen Schal.
»Ja, da staunen Sie, mich hier zu treffen!« sagte sie munter. »Mein Arzt hat mir zur Abwechslung Seeluft verordnet, und da Sie mir Dillmouth so verlockend geschildert hatten und ich außerdem in einer mir empfohlenen Pension unterkommen konnte, bin ich kurz entschlossen losgefahren.«
»Aber warum haben Sie sich nicht bei uns gemeldet?« fragte Gwenda.
»Liebes Kind, weil alte Leute lästig fallen können. Besonders junge Ehepaare sollte man besser in Ruhe lassen.« Sie lächelte über Gwendas Protest. »Ich weiß, daß Sie mich reizend aufgenommen hätten. Wie geht es Ihnen beiden? Und wie weit sind Sie mit Ihren Nachforschungen?«
»Wir sind auf einer heißen Spur.« Gwenda setzte sich neben Miss Marple, um genau zu berichten. »Und dann«, schloß

sie, »haben wir es mit einer Suchanzeige versucht, vom Lokalblatt bis zur *Times* und den anderen großen Zeitungen: Wer Auskunft über den Verbleib von Mrs. Helen Spenlove Halliday, geb. Kennedy, geben kann, wird gebeten, sich mit uns in Verbindung zu setzen. Darauf müßten wir doch ein paar Antworten kriegen, meinen Sie nicht?«
»Ja, das ist eigentlich anzunehmen.«
Miss Marples Stimme klang friedlich wie immer, aber ihr Seitenblick auf die junge Frau drückte neben Ermunterung auch Besorgtheit aus. Gwendas unbeschwerter Tatendrang klang nicht ganz echt. Die Fragwürdigkeit ihres Unternehmens schien ihr allmählich klarzuwerden. Doch nun war es wohl zu spät, das Ganze einfach fallenzulassen. In einem Ton, als müsse sie sich entschuldigen, sagte Miss Marple: »Ich bin wirklich brennend interessiert. Mein Leben verläuft so eintönig ... Finden Sie es *sehr* neugierig, wenn ich Sie bitte, mich auch künftig auf dem laufenden zu halten?«
»Natürlich, gern!« versicherte Gwenda lebhaft. »Sie werden von allem unterrichtet. Wenn Sie nicht gewesen wären, hätte ich die Ärzte bestürmt, mich in eine Klapsmühle zu stecken. Geben Sie mir bitte Ihre Adresse, und kommen Sie bald auf einen Drink ... ich meine, zum Tee zu uns. Sie müssen doch endlich den Ort des Verbrechens besichtigen, nicht wahr?«
In ihrem Lachen war eine kleine nervöse Schärfe.
Als Gwenda gegangen war, schüttelte Miss Marple kaum merklich, aber mit umwölkter Stirn den Kopf.

Giles und Gwenda stürzten sich jeden Tag ungeduldig auf die Post, wurden aber zunächst enttäuscht. Alles, was kam, waren zwei Briefe von Privatdetektiven, die ihnen ihre »geschulten und erfolgreichen« Dienste anboten.
»Das wäre der allerletzte Notnagel«, sagte Giles. »Und falls wir uns an ein Auskunftsbüro wenden, dann nur an ein seriöses, das nicht per Post auf Kundenfang geht. Übrigens würde auch ein seriöser Detektiv kaum anders vorgehen als wir.«
Sein Optimismus – oder sein Selbstbewußtsein – wurde an einem der nächsten Tage bestätigt. Ein Brief traf ein, dessen

charaktervolle, schwer leserliche Handschrift auf einen Arzt hindeutete.

Galls Hill, Woodleigh Bolton
Sehr geehrter Inserent,
ich habe Ihre Suchanzeige in der *Times* gelesen. Helen Spenlove Kennedy ist meine Schwester. Da ich seit vielen Jahren keinen Kontakt mehr mit ihr habe, würde auch ich mich freuen, etwas über sie zu erfahren. Bitte, verständigen Sie mich, falls Sie von anderer Seite Hinweise bekommen.

Hochachtungsvoll
Dr. James Kennedy

»Woodleigh Bolton.« Giles zog seine Autokarte zu Rate. »Das ist gar nicht so weit weg! Woodleigh Camp ist ein Ausflugsziel ungefähr dreißig Meilen von hier im Hochmoor. Am besten fragen wir gleich bei Dr. Kennedy an, ob wir ihn besuchen dürfen oder ob er herkommen will.«
Die Antwort lautete, Dr. Kennedy sei bereit, sie am nächsten Mittwoch zu empfangen, und so fuhren sie zur verabredeten Zeit die Hügelstraße hinauf. Woodleigh Bolton war ein Dorf, dessen Häuser weit auseinander an den Hang gebaut waren, und »Galls Hill« stand allein auf der Kuppe, mit freiem Ausblick über Woodleigh Camp und die Moorheide bis zum Meer.
»Ziemlich öde«, meinte Gwenda fröstelnd.
Auch das Haus selbst wirkte öde. Dr. Kennedy hielt offenbar nichts von modernen Neuerungen wie Zentralheizung. Giles und Gwenda wurden von einer dunklen, abweisend aussehenden Dame eingelassen und durch eine kahle Halle in ein Arbeitszimmer geführt, wo Dr. Kennedy sich zu ihrer Begrüßung vom Schreibtisch erhob. Die Wände des hohen Zimmers waren von wohlgefüllten Bücherregalen gesäumt.
Dr. Kennedy, ein älterer Mann mit grauem Haar und kühl wirkenden Augen unter buschigen Brauen, ließ den Blick kritisch von einem zum anderen gleiten.

»Mr. und Mrs. Reed? Setzen Sie sich in diesen Sessel, Mrs. Reed, es ist wahrscheinlich der bequemste. Nun erklären Sie mir bitte: Warum suchen Sie meine Schwester?«
Giles trug geläufig die Geschichte vor, wie sie ihm fürs erste Sondieren zweckdienlich schien.
Er und seine Frau hatten also vor ein paar Monaten in Neuseeland geheiratet, wollten sich aber nun in England niederlassen. Seine Frau habe als Kind schon einmal kurze Zeit in Dillmouth gewohnt, und deshalb liege ihr daran, alte Verwandtschafts- und Freundschaftsbindungen wiederaufzuspüren.
Dr. Kennedy lauschte höflich, aber steif. Offensichtlich fühlte er sich von der sentimentalen Neigung aller Kolonialbriten zu ihren teuren Familien in der Heimat leicht angewidert.
»Und Sie glauben«, wandte er sich, von vornherein etwas ablehnend, an Gwenda, »meine Schwester – genauer gesagt, meine Halbschwester – habe zu diesem alten Kreis gehört?«
»Sie war meine Stiefmutter«, erwiderte Gwenda. »Die zweite Frau meines Vaters. Ich kann mich natürlich nicht mehr genau an sie erinnern; ich war noch zu klein, höchstens drei Jahre. Mein Mädchenname ist Halliday.«
Dr. Kennedy starrte sie an – und plötzlich verklärte sich sein Gesicht zu einem Lächeln, das einen ganz anderen Menschen aus ihm machte. Jegliche Reserve schwand. »Lieber Gott«, sagte er, »nun erzählen Sie mir bloß nicht, daß Sie Gwennie sind!«
Gwenda nickte eifrig. Der langvergessene Kosename klang lieb und vertraut in ihren Ohren.
»Ja – ich bin Gwennie!«
»Ich traue meinen Augen nicht – erwachsen, verheiratet! Wie die Zeit vergeht! Es muß – Moment – fünfzehn Jahre her sein ... Nein, viel länger. Sie haben mich auch nicht wiedererkannt, nicht wahr?«
»Nein. Ich erinnere mich nicht einmal an meinen Vater. Ich meine, alles ist nur noch verschwommen da.«
»Natürlich! Ja, Halliday hat mir mal erzählt, daß seine erste

Frau aus Neuseeland stammte. Neuseeland ist wohl sehr schön?«

»Das schönste Land der Welt! Aber hier in England gefällt es mir auch sehr gut.«

»Sind Sie nur besuchsweise hier? Moment.« Er klingelte. »Jetzt müssen wir zusammen Tee trinken.«

Als die zugeknöpfte dunkle Dame erschien, bestellte er: »Tee, bitte, und – äh – Toast und Butter und – äh – Keks oder was sonst da ist.«

Die Haushälterin zog ein giftiges Gesicht, sagte aber: »Ja, Sir«, und verschwand.

»Normalerweise übergehe ich den Tee«, erklärte Dr. Kennedy vage. »Aber heute müssen wir feiern.«

»Wie reizend von Ihnen«, sagte Gwenda. »Nein, wir sind nicht nur auf Besuch gekommen. Wir haben ein Haus gekauft.« Sie hielt einen Moment inne. »Hillside«, fügte sie dann betont hinzu.

»Richtig, in Dillmouth«, wiederholte Dr. Kennedy unbeeindruckt. »Von dort haben Sie ja geschrieben.«

»Es war ein höchst erstaunlicher Zufall«, bemerkte Gwenda. »Nicht wahr, Giles?«

»Das kann man wohl sagen«, bestätigte er. »Wirklich verblüffend.«

Angesichts der offenbaren Verständnislosigkeit des Doktors fügte Gwenda die Erklärung hinzu: »›Hillside‹, das zufällig verkäuflich war, ist nämlich dasselbe Haus, in dem wir vor langer Zeit schon einmal gewohnt haben!«

Dr. Kennedy zog die buschigen Brauen zusammen. »›Hillside‹? Aber das Haus hieß doch . . . Ach ja, ich habe gehört, daß es inzwischen umgetauft worden ist. Damals hieß es irgend etwas mit ›Saint‹, falls ich an das richtige Haus denke. Ist es auf der rechten Seite, wenn man von der Leahampton Road in die Stadt will?«

»Ja.«

»Dann stimmt es. Komisch, wie schlecht man sich an Namen erinnert. Halt! ›St. Catherine.‹ So hieß es seinerzeit.«

»Und dort haben Sie mich als Kind kennengelernt, nicht wahr?« fragte Gwenda.

»Ja, natürlich.« Wieder starrte er sie an, prüfend und amüsiert zugleich. »Warum wollten Sie gerade dahin? Sie konnten sich doch kaum an etwas erinnern.«
»Nein, aber irgendwie... fühlte ich mich gleich angeheimelt.«
»Angeheimelt«, wiederholte der Arzt. Obwohl er dem Wort keinen besonderen Ausdruck gab, fragte Giles sich plötzlich, woran er dabei dachte.
»Sicher verstehen Sie nun«, fuhr Gwenda fort, »warum ich gern Näheres wüßte – über meinen Vater und Ihre Schwester Helen und... –« Sie stockte und endete etwas lahm: »... und alles.«
Er sah sie nachdenklich an.
»Ihre Verwandten in Neuseeland wußten nicht viel über Helen, nehme ich an. Warum auch? Nun ja, da ist nicht viel zu sagen. Helen – meine Schwester – kam mit demselben Schiff aus Indien zurück wie Ihr Vater. Er war verwitwet und hatte eine kleine Tochter. Er tat Helen leid, oder sie verliebte sich in ihn; er war einsam, oder er verliebte sich in sie... Schwer zu beurteilen, was für jeden der Grund war. Auf jeden Fall heirateten sie gleich nach der Ankunft in London und kamen dann zu mir nach Dillmouth. Ich hatte damals meine Praxis dort. Kelvin Halliday war mir sympathisch, nur wirkte er gesundheitlich und nervlich etwas angegriffen. Immerhin, die Ehe schien ganz glücklich zu sein, damals...« Dr. Kennedy schwieg einen Moment. »Trotzdem verging kaum ein Jahr, bis sie mit einem anderen durchbrannte. Das haben Sie doch sicher gewußt?«
»Nein. Mit wem?« fragte Gwenda.
Seine kühlen Augen richteten sich auf ihr Gesicht.
»Das hat sie mir nicht erzählt. Soweit zog sie mich nicht ins Vertrauen. Ich ahnte schon eine Weile vorher – ich konnte nicht umhin, es zu merken –, daß es Reibereien zwischen ihr und Kelvin gab. Warum, weiß ich nicht. Nun war ich vielleicht schon immer etwas einseitig und stur in meinen Ansichten über eheliche Treue, und da Helen mich kannte, hat sie mich nicht eingeweiht. Natürlich hörte ich die Leute tuscheln – wer tut das nicht, besonders als praktischer Arzt –,

aber in diesem Zusammenhang fiel kein bestimmter Name.
Kelvin und Helen hatten oft Gäste aus London oder von weiter her. Es wird wohl einer von denen gewesen sein.«
»Sie haben sich also nicht scheiden lassen?«
»Helen wollte keine Scheidung. Das sagte mir Kelvin einmal, und ich zog daraus den – vielleicht irrigen – Schluß, der Liebhaber sei verheiratet, womöglich auch Katholik oder habe eine katholische Frau.«
»Und mein Vater?«
»Der wollte die Scheidung erst recht nicht«, sagte Dr. Kennedy kurz.
»Bitte, erzählen Sie mir von ihm«, bat Gwenda. »Warum hat er mich plötzlich nach Neuseeland geschickt?«
Dr. Kennedy überlegte einen Moment, bevor er antwortete: »Wahrscheinlich haben die Verwandten seiner ersten Frau, Ihrer Mutter, darauf gedrungen. Nach dem Scheitern der Ehe hielt er es wohl selbst für das Gegebene.«
»Warum ist er nicht mit mir zusammen hingefahren?« Dr. Kennedy nahm geistesabwesend einen Pfeifenreiniger vom Kamin.
»Das weiß ich nicht ... Und seine Gesundheit war sehr zerrüttet.«
»Was hatte er denn? Woran ist er gestorben?«
Das Gespräch wurde durch den Eintritt der Haushälterin unterbrochen, die indigniert den bestellten Tee brachte. Es gab Toast mit Butter und etwas Marmelade, aber keine Kekse. Dr. Kennedy bat Gwenda mit einer flüchtigen Handbewegung, das Einschenken zu übernehmen. Als die Tassen gefüllt waren und jeder einen Toast genommen hatte, sagte er mit etwas gezwungenem Lächeln:
»Nun müssen Sie mir erzählen, wie Sie sich in dem alten Haus eingerichtet haben. Sicher waren ein paar Änderungen und Verbesserungen nötig. Ich würde es jetzt wohl kaum wiedererkennen.«
»Wir amüsieren uns noch mit den Badezimmern«, sagte Giles, aber Gwenda, die Augen auf den Doktor gerichtet, kehrte beharrlich zu ihrer Frage zurück:
»Woran ist mein Vater gestorben?«

»Das kann ich Ihnen wirklich nicht sagen, mein Kind. Wie erwähnt, war Ihr Vater schon eine ganze Weile bei schlechter Gesundheit. Schließlich ging er in ein Sanatorium, irgendwo an der Ostküste. Dort ist er ungefähr zwei Jahre später gestorben.«

»Wo, genau, lag dieses Sanatorium?«

»Tut mir leid, ich weiß es nicht mehr. Ich habe nur die vage Idee, daß es an der Ostküste war.«

Sein Ausweichen war so auffallend, daß Giles und Gwenda einen kurzen Blick tauschten. Dann ergriff Giles wieder das Wort.

»Können Sie uns wenigstens sagen, Sir, wo Gwendas Vater beerdigt wurde? Gwenda möchte – verständlicherweise – sein Grab besuchen.«

Dr. Kennedy beugte sich über den Kamin und kratzte seine Pfeife mit einem Federmesser aus.

»Wissen Sie«, sagte er undeutlich, »ich verweile nicht gern zuviel in der Vergangenheit. Dieser Ahnenkult ist... ein Fehler. Auf die Zukunft kommt es an. Da sitzen Sie beide, jung und gesund, und das Leben ist auf Ihrer Seite. Sehen Sie vorwärts! Es hat wenig Sinn, Blumen auf das Grab eines Menschen zu legen, den Sie, genaugenommen, so gut wie gar nicht gekannt haben.«

»Es war immerhin mein Vater«, sagte Gwenda störrisch. »Ich möchte sein Grab sehen.«

»Da kann ich Ihnen leider nicht helfen.« Dr. Kennedys Ton war höflich, aber kalt. »Es ist lange her, und mein Gedächtnis läßt nach. Ich habe Ihren Vater aus den Augen verloren, als er Dillmouth verließ. Möglich, daß er mir noch einmal aus dem Sanatorium geschrieben hat und ich deswegen glaube, daß es an der Ostküste war – aber selbst das könnte ich heute nicht mehr beschwören. Noch weniger weiß ich, wo er begraben liegt.«

»Für einen Schwager recht sonderbar«, bemerkte Giles.

»Wieso? Das einzige wirkliche Band zwischen uns war Helen. Ich habe Helen immer sehr gern gehabt. Sie ist zwar nur meine Halbschwester und bedeutend jünger als ich, aber ich habe mir alle Mühe mit Ihrer Erziehung gegeben – daß sie in

die richtigen Schulen kam und so weiter. Es liegt nicht an ihrer Ausbildung, daß sie ... nun, daß sie keinen gefestigten Charakter hatte. Sie war noch ganz jung, als es Ärger mit einem sehr unpassenden jungen Verehrer gab. Ich brachte sie glimpflich aus der Geschichte heraus. Danach beschloß sie, nach Indien zu fahren und Walter Fane zu heiraten. Dagegen war nichts einzuwenden. Anständiger Junge, Sohn des ersten Rechtsanwalts von Dillmouth, aber, unter uns gesagt, fade wie Spülwasser. Er hatte Helen schon lange angehimmelt und ihr mehrere Heiratsanträge gemacht, ohne daß sie ihn ihrer Beachtung würdigte. Dann jedoch, als er nach Indien gegangen war, überlegte sie es sich plötzlich anders und fuhr mit der Absicht hin, ihn nun doch zu heiraten. Kaum sah sie ihn wieder, so war's aus. Sie ließ sich telegrafisch Geld von mir für die Heimreise anweisen und kehrte mit dem nächsten Schiff zurück. Dabei lernte sie Kelvin kennen. Als ich davon erfuhr, waren sie schon verheiratet. Und bald hatte ich wieder allen Grund, mich – sagen wir – für meine Schwester zu schämen. Das erklärt, warum Kelvin und ich keine Verbindung mehr hatten, nachdem sie davongelaufen war. Wo ist Helen jetzt?« fügte er plötzlich hinzu. »Ich würde sie gern wiedersehen.«
»Das wissen wir eben nicht«, sagte Gwenda. »Deshalb haben wir ja inseriert!«
»Ach ja. Ich hoffte, Sie hätten schon Informationen erhalten. Was interessiert Sie denn noch so sehr an Ihrer Stiefmutter? An einem Menschen, der in Ihrem Leben kaum eine Rolle gespielt hat?«
»Ich dachte«, sagte Gwenda, »ich könnte – wenn ich sie fände – von ihr etwas über meinen Vater erfahren.«
»Ja, ja, ich verstehe. Tut mir leid, daß ich Ihnen nicht viel nützen kann. Es ist zu lange her. Ich habe Gedächtnislücken.«
»Als Arzt«, sagte Giles, »wissen Sie aber doch sicher, um welche Art Sanatorium es sich handelt? Tuberkulose?«
Dr. Kennedys Gesicht erstarrte wieder zu einer hölzernen Maske.

»Ja . . . Ja, ich glaube, so etwas war es.«
»Das dürfte leicht zu finden sein«, sagte Giles. »Vielen Dank, Sir, für diesen wertvollen Hinweis.«
Er stand auf, und Gwenda folgte seinem Beispiel. »Vielen Dank«, sagte auch sie. »Und bitte, besuchen Sie uns bald einmal in ›Hillside‹.«
Sie gingen. Gwenda warf einen Blick über die Schulter zurück und sah Dr. Kennedy am Kamin lehnen. Er zupfte an seinem graumelierten Schnurrbart und starrte trübe vor sich hin.
»Er weiß mehr, als er uns sagen will«, meinte Gwenda beim Einsteigen ins Auto. »Es gibt da Hintergründe . . . ach, Giles! Ich wünschte, wir hätten nicht damit angefangen!«
Sie sahen einander an, und in jedem regte sich unausgesprochen die gleiche Angst.
»Miss Marple hatte recht«, sagte Gwenda. »Man soll schlafende Hunde nicht wecken.«
»Wir können ja immer noch damit aufhören«, meinte Giles unsicher. »Das wäre wahrscheinlich das klügste, Liebling.«
»Wir stecken schon zu tief drin, Giles«, seufzte Gwenda. »Wir würden dauernd grübeln und uns alles mögliche einbilden. Wir müssen einfach Klarheit haben. Dr. Kennedy hat uns manches verschwiegen, weil er freundlich sein wollte, aber diese Art Güte nützt uns nichts. Wir müssen die ganze Wahrheit wissen, selbst wenn . . . wenn es mein Vater war, der . . .«
Ihre Stimme versagte.

8

Am nächsten Morgen waren sie gerade im Garten, als Mrs. Cocker auf die Terrasse trat und rief: »Verzeihung, Sir – Sie werden am Telefon verlangt, von einem Dr. Kennedy.«
Giles überließ Gwenda ihrem Gespräch mit dem alten Foster, ging ins Haus und nahm den Hörer auf.
»Giles Reed.«

»Hier ist Dr. Kennedy. Ich habe über unsere gestrige Unterhaltung nachgedacht, Mr. Reed, und glaube, einige Tatsachen sollten Sie und Ihre Frau doch noch wissen. Sind Sie heute nachmittag zu Hause? Könnte ich vorbeikommen?«
»Gewiß, gern. Um welche Zeit?«
»Um drei Uhr?«
»Danke, das paßt ausgezeichnet.«
Inzwischen fragte Foster Gwenda im Garten: »Ist das der Dr. Kennedy, der früher drüben in West Cliff gewohnt hat?«
»Wahrscheinlich. Kennen Sie ihn?«
»Er ist der beste Arzt hier gewesen. Aber Dr. Lazenby ist bei den Leuten beliebter. Hat immer ein paar freundliche Worte oder einen Witz für einen übrig und möbelt einen auf. Dr. Kennedy dagegen war immer kurz angebunden und trocken – aber er verstand was von seinem Fach.«
»Wann hat er seine Praxis aufgegeben?«
»Das muß schon lange her sein, fünfzehn Jahre oder so. Er ist selber krank geworden, habe ich gehört.«
Giles trat durch die Glastür und antwortete auf Gwendas stumme Frage:
»Er will uns heute nachmittag besuchen.«
»Aha . . .« Sie wandte sich noch einmal an Foster. »Haben Sie damals auch Dr. Kennedys Schwester gekannt?«
»Schwester? Ich weiß nicht recht – höchstens als ganz kleines Ding. Sie war ja meistens auf auswärtigen Schulen, und dann soll sie ins Ausland gefahren sein. Nach ihrer Heirat war sie dann noch mal eine Weile hier, habe ich gehört, aber dann ist sie angeblich mit irgendeinem Kerl durchgebrannt. Sie soll sehr wild gewesen sein. Ich weiß nicht, ob ich sie überhaupt mal mit eigenen Augen gesehen habe. Ich war eine Zeitlang in Plymouth, wissen Sie.«
Gwenda bedankte sich für die Auskunft und ging mit Giles ans Ende der Terrasse.
»Warum will er kommen?« fragte sie leise.
»Das werden wir heute nachmittag um drei erfahren.«
Dr. Kennedy war pünktlich. Nachdem sie sich im Salon gesetzt hatten, sah er sich um und bemerkte: »Komisches Gefühl, wieder hier zu sein«, und kam dann ohne Umschweife

zur Sache. »Ich habe den Eindruck, Sie beide sind fest entschlossen, das Sanatorium, in dem Kelvin Halliday starb, ausfindig zu machen und alle Details seiner Krankheit und seines Todes zu ergründen?«
»Unbedingt«, sagte Gwenda.
»Die Adresse eines bestimmten Sanatoriums zu finden ist natürlich höchst einfach. Ich bin inzwischen zu der Einsicht gekommen, daß Ihr Schock nicht ganz so groß sein wird, wenn Sie die Tatsachen von mir hören. Ich tue es nicht gern, denn es kommt weder für Sie noch für andere etwas Gutes dabei heraus. Im Gegenteil, es wird besonders Ihnen, Gwennie, sehr weh tun. Aber Sie wollen es sich ja nicht ersparen. Also: Ihr Vater war nicht schwindsüchtig, das fragliche Sanatorium war eine Nervenheilanstalt.«
»Eine Nervenheilanstalt?« Gwenda war sehr weiß im Gesicht geworden. »War er denn geisteskrank?«
»Man kam nie zu einer genauen Diagnose. Meiner Meinung nach war er nicht verrückt im landläufigen Sinn. Er hatte nur einen schweren Nervenzusammenbruch und litt an gewissen Wahnvorstellungen. Er ist freiwillig, auf eigenen Wunsch, ins Pflegeheim gegangen und hätte es nach Belieben jederzeit wieder verlassen können. Aber sein Zustand besserte sich nicht, und er starb dort.«
»Wahnvorstellungen?« wiederholte Giles fragend. »In welcher Weise?«
»Er stand unter der Zwangsvorstellung, seine Frau erdrosselt zu haben«, sagte Dr. Kennedy trocken.
Gwenda unterdrückte einen Aufschrei. Giles nahm ihre kalte Hand in die seine. »Und . . . war etwas dran?« fragte er.
»Wie bitte?« Dr. Kennedy starrte ihn an. »Nichts natürlich! So etwas kam überhaupt nicht in Betracht.«
»Woher wissen Sie das so genau?« fragte Gwenda mit unsicherer Stimme.
»Mein liebes Kind, das ist ausgeschlossen! Helen verließ Kelvin eines anderen Mannes wegen. Kelvin war schon seit längerem in sehr labiler Verfassung – Angstträume, krankhafte Phantasien –, und der letzte Schock gab ihm den Rest. Ich bin kein Psychiater; die Kollegen vom Fach könnten sol-

che Krankheitsbilder besser erklären. Wenn ein Mann seine Frau lieber tot als treulos sieht, ist er fähig, sich in den Wahn hineinzusteigern, sie sei wirklich tot – und er habe sie sogar selbst umgebracht.«
Giles und Gwenda wechselten einen zur Vorsicht mahnenden Blick. Dann sagte Giles ruhig:
»Sie sind also überzeugt, daß er die Tat, deren er sich beschuldigte, keinesfalls wirklich begangen haben kann?«
»Vollkommen. Helen hat mir nämlich hinterher noch zweimal geschrieben. Der erste Brief kam eine Woche nach ihrem Verschwinden aus Frankreich, der zweite nach etwa sechs Monaten. Nein, das Ganze war eine fixe Idee.«
Gwenda atmete tief auf. »Bitte«, sagte sie, »können Sie uns nichts Genaueres erzählen?«
»Alles, was ich weiß, Gwennie. Kelvin war schon seit einiger Zeit in einer seltsamen, neurotischen Verfassung. Er zog mich deswegen zu Rate. Er hatte immer wieder den gleichen entsetzlichen Traum, der jedesmal auf dieselbe Art endete – daß er Helen erwürgte. Ich versuchte, dieser Störung auf den Grund zu kommen. Meines Erachtens mußte es mit einem Konflikt in seiner frühen Kindheit zusammenhängen. Seine Eltern führten keine besonders harmonische Ehe ... Nun, das gehört ins Gebiet der Psychoanalyse, und ich habe Kelvin deswegen dringend geraten, einen Psychotherapeuten aufzusuchen. Ich hätte ihm ein halbes Dutzend erstklassige Fachärzte empfehlen können – aber er wollte nichts davon wissen und hielt alles für Unsinn.
Natürlich hatte ich längst gemerkt, daß er und Helen nicht allzugut miteinander auskamen; aber da er nie darüber sprach, fühlte ich mich nicht zu irgendwelchen Fragen berechtigt. Die Krise trat an einem Freitagabend ein. Ich erinnere mich so genau, weil ich gerade aus dem Krankenhaus kam, und da saß Kelvin bei mir im Sprechzimmer und sagte, er warte schon über eine Viertelstunde. Und dann fügte er ganz ruhig hinzu: ›Ich habe Helen ermordet.‹
Obwohl ich seine Hirngespinste kannte, war ich einen Moment wie vor den Kopf geschlagen. Er sagte es so kühl und sachlich. ›Du meinst, du hast wieder mal schlecht ge-

träumt?‹ fragte ich endlich, und er antwortete: ›Nein, diesmal war es kein Traum. Es ist wahr. Sie liegt tot da. Ich habe sie erwürgt.‹
Dann sagte er, immer noch ganz kalt und vernünftig: ›Du kommst wohl am besten gleich mit mir nach Hause. Dann kannst du von dort aus die Polizei anrufen.‹ Ich wußte nicht, was ich denken sollte, aber ich holte meinen Wagen wieder aus der Garage, und wir fuhren hinüber. Das Haus war still und dunkel. Wir gingen hinauf ins Schlafzimmer...«
»Ins Schlafzimmer?« unterbrach Gwenda ihn erstaunt. Dr. Kennedy schien von diesem Zwischenruf leicht überrascht.
»Ja, da sollte sich laut Kelvin alles abgespielt haben. Na, Sie ahnen es schon: Wir kamen hinauf – und da war niemand! Keine Tote auf dem Bett, keine Kampfspuren, die Tagesdecke makellos glatt. Eine reine Halluzination.«
»Was hat mein Vater dazu gesagt?«
»Er blieb bei seiner fixen Idee. Sie verstehen, er glaubte ehrlich daran. Ich gab ihm ein Beruhigungsmittel und legte ihn nebenan im Ankleidezimmer schlafen. Dann sah ich mich im Haus gründlich um und fand hier im Salon einen zerknüllten Abschiedsbrief von Helen im Papierkorb. Der Text war eindeutig. Er lautete ungefähr: Leb wohl, Kelvin, es tut mir leid, unsere Ehe war von Anfang an ein Irrtum. Darum verlasse ich dich mit dem einzigen Mann, den ich je geliebt habe. Verzeih, wenn du kannst.
Offensichtlich war Kelvin nach Hause gekommen, hatte den Zettel gefunden, war hinaufgelaufen und hatte einen Nervenzusammenbruch. Dann erschien er bei mir, um mich davon zu überzeugen, daß er Helen getötet hatte.
Anschließend befragte ich das Dienstmädchen, das Ausgang gehabt hatte und spät zurückgekehrt war. Ich veranlaßte sie, Helens Kleiderschrank und so weiter durchzusehen. Dabei stellte sich klar heraus, daß Helen einen Koffer und eine Reisetasche gepackt und mitgenommen hatte. Sonst fand sich im ganzen Haus nichts Ungewöhnliches, am allerwenigsten eine Leiche oder irgendwelche Spuren von Gewalttätigkeit.
Am nächsten Morgen hatte ich es sehr schwer mit Kelvin, aber er sah schließlich ein, daß er sich den Mord nur einge-

bildet hatte – oder er tat so; jedenfalls willigte er ein, sich zur Behandlung in eine Pflegeanstalt zu begeben.
Eine Woche später erhielt ich, wie gesagt, einen Brief von Helen. Er war in Biarritz aufgegeben worden. Sie schrieb, sie sei unterwegs nach Spanien. Ich sollte Kelvin bestellen, sie wünsche keine Scheidung. Er solle lieber möglichst rasch vergessen.
Ich zeigte Kelvin den Brief. Er sagte nicht viel dazu, trieb aber nun seine anderen Pläne mit Nachdruck voran. Er bat die Angehörigen seiner ersten Frau telegrafisch, seine Tochter zu sich nach Neuseeland zu nehmen. Dann ordnete er alle seine Angelegenheiten und ging in eine sehr gute private Nervenheilanstalt. Sein Zustand verschlechterte sich jedoch weiter, und nach zwei Jahren starb er. Ich kann Ihnen die Adresse geben. Das Sanatorium ist in Norfolk. Der jetzige Chefarzt war damals als junger Assistenzarzt dort und wird Ihnen den Fall Ihres Vaters wahrscheinlich in allen Einzelheiten schildern können.«
»Sie sagten, Ihre Schwester hat Ihnen dann noch einmal geschrieben?« erinnerte Gwenda.
»Ja, ein halbes Jahr später. Der Brief kam aus Florenz und hatte als Absender Miss Kennedy, postlagernd. Sie schrieb, ihr sei inzwischen klargeworden, daß es unfair gegen Kelvin sei, keine Scheidung zu wollen. Ihr persönlich läge nichts daran; aber wenn er sie wünsche, würde sie ihm die nötigen Beweise geben. Auch diesen Brief zeigte ich Kelvin, der sofort sagte, eine Scheidung sei nicht nötig. Das schrieb ich Helen unter der angegebenen Adresse. Seitdem habe ich nichts mehr von ihr gehört. Ich weiß nicht, wo sie jetzt lebt – ob sie überhaupt noch lebt oder ob sie tot ist. Sie können sich denken, wie mir Ihr Inserat in die Glieder fuhr und wie sehr ich hoffte, auf diesem Wege etwas über sie zu hören.«
Leise fügte er hinzu: »Diese Enthüllungen müssen Sie sehr erschüttern, Gwennie. Aber Sie wollten es ja nicht anders. Ich wünschte, Sie hätten die Sache ruhen lassen ...«

Giles brachte Dr. Kennedy hinaus. Als er in den Salon zurückkam, saß Gwenda noch auf demselben Platz. Auf ihren Wangen brannten unnatürlich rote Flecke, und ihre Augen glänzten fiebrig.
»Wie heißt es doch so schön?« sagte sie. »Tod oder Wahnsinn! Darauf läuft alles hinaus – Tod oder Wahnsinn.«
»Gwenda, Liebling!« Giles trat zu ihr und legte den Arm um sie. Ihr Körper fühlte sich verkrampft und steif an.
»Warum haben wir nicht die Finger davon gelassen, wie alle klugen Leute uns geraten haben? Es war mein eigener Vater, der sie ermordet hat! Es war die Stimme meines Vaters, die das schauerliche Zitat sprach! Kein Wunder, daß es sich so tief in mein Gedächtnis eingegraben hat – daß die Angst wieder in mir aufgestiegen ist. Mein eigener Vater!«
»Natürlich wissen wir es! Er hat seinem Schwager selbst gestanden, daß er Helen erwürgt hat, oder etwa nicht?«
»Aber Kennedy ist fest überzeugt, daß er es nicht getan hat.«
»Nur weil er keine Leiche fand. Aber es gab eine Leiche, und ich habe sie damals gesehen!«
»Unten in der Halle – nicht im Schlafzimmer.«
»Was macht das schon?«
»Na, ich finde es zumindest seltsam, daß dein Vater behauptete, seine Frau im Schlafzimmer erwürgt zu haben, wenn du es in der Halle mit angesehen haben willst.«
»Ach, das ist doch nebensächlich.«
»Ich finde nicht. Bitte, Gwenda, reiß dich zusammen! Einige Punkte an der Geschichte sind doch reichlich sonderbar. Gut, nehmen wir einmal an, dein Vater hat Helen tatsächlich umgebracht, und zwar in der Halle. Was geschah als nächstes?«
»Er lief zu Dr. Kennedy.«
». . . und erzählte ihm, er habe seine Frau erwürgt, im Schlafzimmer. Beide kehrten unverzüglich an den Ort des Geschehens zurück – und fanden keine Leiche, weder in der Halle noch im Schlafzimmer. Verflixt, einen Mord ohne Leiche kann es nicht geben. Was hatte er mit der Leiche gemacht?«

»Vielleicht hat Dr. Kennedy ihm geholfen, sie zu beseitigen und alles zu vertuschen. Und in dem Fall würde er sich natürlich hüten, es gerade uns zu erzählen.«
Giles schüttelte den Kopf.
»Nein, Gwenda, das traue ich Kennedy nicht zu. Er ist ein dickköpfiger, gerissener, unsentimentaler Schotte. So ein Typ macht sich nicht zum Helfershelfer. Ich glaube es nicht. Er würde sein Bestes für seinen Schwager tun, um ihn vor Gericht mit einem Gutachten über seinen Geisteszustand zu entlasten – das ja. Aber warum sollte er den Kopf für einen solchen Schwindel hinhalten? Halliday war weder ein Blutsverwandter noch ein naher Freund. Seine eigene Schwester war getötet worden, und die mochte er sehr gern, obwohl er in seiner prüden und strengen Art manches an ihr mißbilligte. Und du warst nicht das Kind seiner Schwester, eine Tatsache, die ihn auch nicht zur Vertuschung eines Mordes bewogen haben würde. Wenn er trotz allem mitgespielt haben würde, so hätte er es auf die für einen Arzt einfachste Art getan: zu bescheinigen, daß Helen an Herzversagen oder so etwas gestorben sei. Damit wäre er wahrscheinlich durchgekommen – aber wir wissen ja genau, daß er es nicht getan hat. Denn Helen ist nicht bei den Sterbefällen des Gemeinderegisters aufgeführt. Unter diesen Voraussetzungen erkläre bitte, wo die Leiche geblieben ist – wenn du kannst.«
»Vielleicht hat mein Vater sie irgendwo vergraben, etwa im Garten.«
»Und anschließend soll er zu Kennedy gegangen sein, um ihm zu erzählen, er habe soeben seine Frau ermordet? Warum? Warum nicht bei der Version bleiben, sie habe ihn verlassen?«
Gwenda strich sich das Haar aus der Stirn, Ihre Haltung entspannte sich allmählich, und die roten Flecken verschwanden.
»Ich weiß nicht«, murmelte sie. »Wenn du es so zusammenfaßt, kommen mir meine Einwände selber verdreht vor. Glaubst du, daß Dr. Kennedy uns die volle Wahrheit gesagt hat?«
»Ja, da bin ich völlig sicher. Er hat das Ganze vom ärztlichen

Standpunkt aus gesehen, und das ist der einzig vernünftige: Träume, Wahnvorstellungen – zum Schluß regelrechte Besessenheit. Für ihn besteht kein Zweifel, daß alles nur Halluzination war, denn er hat keine Leiche gefunden. Und in diesem Punkt unterscheiden wir uns von ihm. Denn du weißt, daß sie da war.
Zu seiner Aussage paßt auch alles übrige: der zerknüllte Abschiedsbrief im Papierkorb, die mitgenommenen Kleider und das Gepäck. Und vor allem die beiden Briefe, die er später von seiner Schwester erhielt.«
Gwenda bewegte sich unruhig.
»Ja, diese Briefe sind mir unerklärlich ... wenn sie wirklich von ihr stammen. Hat er die Handschrift erkannt? Darüber hat er nichts gesagt.«
»Lieber Himmel, Gwenda, weil die Frage sich für ihn gar nicht ergab. Es ging schließlich nicht um eine gefälschte Scheckunterschrift. Wenn die Handschrift der seiner Schwester auch nur einigermaßen ähnelte, hatte er keinen Grund, ihre Echtheit zu bezweifeln. Er war ja sowieso überzeugt, daß Helen mit einem anderen Mann durchgebrannt sei. Diese Ansicht wurde durch die Briefe nur bestätigt. Wenn er nie wieder etwas von ihr gehört hätte – dann wäre vielleicht auch er mißtrauisch geworden. Trotzdem sind da ein paar Punkte, die ihm nicht aufgefallen zu sein scheinen; aber mir. Mich macht die seltsame Anonymität der Briefe stutzig. Als Absender ist nur ›postlagernd‹ angegeben und keine Andeutung, wer der andere Mann war. Ein klarer Entschluß also, alle alten Bande für immer zu zerreißen. Solche Briefe können durchaus von einem Mörder fingiert sein, der bei den Angehörigen seines Opfers jeden Verdacht zerstreuen will. Die alte Crippen-Methode! Die Briefe im Ausland absenden zu lassen, ist das geringste Problem.«
»Du glaubst, daß mein Vater ...«
»Nein, eben nicht! Nehmen wir mal an, ein Mann plant, seine Frau loszuwerden, verbreitet zunächst Gerüchte über ihre Untreue, inszeniert ihre angebliche Flucht – Abschiedsbrief, fehlendes Gepäck – und läßt in wohlüberlegten Abständen noch zwei Briefe aus dem Ausland folgen. In Wirk-

lichkeit hat er sie heimlich umgebracht und irgendwo verscharrt, sagen wir unten im Keller. Das ist ein Mordschema, das mit am häufigsten vorkommt. Aber dieser Typ von Mörder läuft anschließend nicht zu seinem Schwager, um sich selbst zu bezichtigen und nach der Polizei zu rufen. Wenn anderseits dein Vater ein sehr gefühlsbetonter Mann und in seine Frau wahnsinnig verliebt war und sie wie einst Othello in einem Anfall von Eifersucht erwürgte – dazu würden die von dir gehörten Sätze passen –, packt er keine Koffer und fabriziert Briefe, ehe er davonstürzt, um jemand von seinem Verbrechen zu erzählen, der kaum gesonnen ist, ihn in Schutz zu nehmen. Du siehst, Gwenda, wie man's auch dreht und wendet – die Fakten passen nicht zueinander.«
»Worauf willst du also hinaus, Giles?«
»Ich weiß es nicht, aber mir scheint, da gibt es noch eine unbekannte Größe, nennen wir ihn X. Jemand, der in diesem Fall noch nicht aufgetreten ist. Bis jetzt haben wir nur Kostproben seiner Technik erhalten.«
»X?« wiederholte Gwenda betroffen. Dann verdunkelte sich ihr Blick. »Ach, den erfindest du nur, Giles, um mich zu trösten.«
»Ich denke nicht daran! Du siehst doch selbst, daß wir uns bei dem Versuch, den Fall zu rekonstruieren, dauernd in Widersprüche verwickeln. Wir wissen, daß Helen erwürgt wurde, weil du als Kind gesehen hast . . .« Er unterbrach sich abrupt. »Himmel, wie dumm von mir! Jetzt begreife ich. Es paßt zu allem. Du hast recht und Dr. Kennedy auch. Hör zu, Gwenda! Helen hatte wirklich alles zur Flucht mit ihrem Liebhaber vorbereitet. Wer das war, wissen wir nicht . . .«
»X?«
Giles fegte ihren Einwurf mit einer Geste ungeduldig beiseite.
»Sie schreibt ihren Abschiedsbrief – da kommt ihr Mann zufällig herein, liest ihn und dreht durch. Er zerknüllt ihn, schleudert ihn in den Papierkorb und geht auf sie los. Sie läuft voll Entsetzen in die Halle, er holt sie ein, würgt sie, bis sie schlaff wird, und läßt sie zu Boden sinken. Dann tritt er ein paar Schritte zurück und zitiert die Worte aus der *Her-*

zogin von Amalfi, die das Kind aufschnappt, das von oben durchs Geländer blickt.«
»Und dann?«
»Der Witz ist: Helen war gar nicht tot, sondern nur bewußtlos. Er jedoch war felsenfest überzeugt, sie ermordet zu haben, und während er zu Dr. Kennedys Haus am anderen Ende des Ortes lief, kam sie zu sich, oder der Liebhaber erschien und half ihr auf, und sie machten, daß sie wegkamen. Und zwar schleunigst. Das erklärt alles: Kelvin Hallidays Wahn, er habe sie wirklich getötet, das Fehlen ihrer Kleider und der Gepäckstücke, die an dem Tag schon früher aus dem Haus geschafft worden sein können. Und die Briefe aus dem Ausland, die vollkommen echt sind. Noch Fragen?«
»Es erklärt immer noch nicht«, sagte Gwenda langsam, »warum mein Vater sich so darauf versteifte, sie im Schlafzimmer umgebracht zu haben.«
»Er war eben so durcheinander, daß er sich nicht mehr genau an alles erinnern konnte.«
»Ich möchte dir so gern glauben! Nur zu gern! Aber ich werde das sichere – ganz sichere – Gefühl nicht los, daß ich sie tot in der Halle liegen gesehen habe. Nicht bewußtlos. Tot!«
»Kann ein Kind von drei Jahren das so genau beurteilen?«
»Vielleicht besser als ein Erwachsener. Der Instinkt ist bei kleinen Kindern noch wie bei Tieren. Hunde zum Beispiel wittern den Tod, setzen sich hin und heulen zum Himmel. Ich glaube, Kinder ... wittern den Tod auch ...«
»Unsinn. Das ist reine Phantasterei ...« Das Läuten der Haustürglocke unterbrach ihn. »Wer mag das sein?«
»Ach, das habe ich ganz vergessen«, sagte Gwenda schuldbewußt. »Es ist Miss Marple. Ich habe sie zum Tee eingeladen. Am besten, wir erzählen ihr nichts von der Sache!«

Gwendas Befürchtungen, der Besuch würde sich unter diesen Umständen etwas schwierig gestalten, erfüllte sich zum Glück nicht. Miss Marple schien nicht zu bemerken, daß ihre Gastgeberin ein wenig zu rasch und zuviel plauderte und ihre Heiterkeit etwas gezwungen war. Sie war freundlich

und geschwätzig. Es sei so hübsch und erholsam hier, und – war das nicht wundervoll? – Freunde von Freunden von ihr hatten an Freunde in Dillmouth geschrieben, und dadurch hatte sie ein paar ganz reizende Einladungen von Leuten aus dem Ort bekommen.
»Man fühlt sich nicht so als Außenseiter, wenn Sie wissen, was ich meine, sobald man Leute kennenlernt, die schon lange hier wohnen. So hat mich beispielsweise Mrs. Fane zum Tee eingeladen. Sie ist die Witwe des Seniorchefs der besten Anwaltskanzlei hier. Eine ziemlich altmodische Familienfirma. Jetzt leitet sie der Sohn.«
So führte das freundliche Geplauder von einem zum anderen. Die Pensionswirtin war nett und gab sich rührend Mühe, für ihre Behaglichkeit zu sorgen . . . »Sie kocht wunderbar. Das ist einer der Gründe, warum meine alte Freundin, Mrs. Bantry, mich hierher empfohlen hat; meine Wirtin war nämlich früher eine Zeitlang ihre Köchin. Sie und ihr Mann hatten hier eine alte Tante, die sie oft besuchten; daher waren sie mit dem Stadtklatsch von Dillmouth schon immer ziemlich vertraut. Übrigens, sind Sie mit Ihrem Gärtner zufrieden? Wie ich höre, soll er ein ziemlicher Drückeberger sein – mehr Gerede als Arbeit.«
»Ja, Reden und Teetrinken sind seine Spezialitäten«, sagte Giles lachend. »Er trinkt ungefähr fünf Tassen am Tag. Aber wenn wir dabei sind, arbeitet er großartig.«
»Möchten Sie unseren Garten sehen?« fragte Gwenda.
Sie zeigten Miss Marple Haus und Garten, und Miss Marple sparte nicht mit den passenden Lobesworten. Wenn Gwenda befürchtet hatte, ihr scharfes Auge würde sofort irgendwelche Mängel feststellen, hatte sie sich geirrt. Miss Marple blieb so harmlos und gelassen, daß Gwenda plötzlich ganz gegen ihren ursprünglichen Vorsatz Miss Marples Bericht über ein Kind und eine Muschel impulsiv unterbrach und zu Giles sagte:
»Es ist mir egal! Ich werde sie einweihen!«
Miss Marple wandte aufmerksam den Kopf. Giles öffnete den Mund zum Widerspruch, stockte aber und sagte dann seufzend:

»Na schön, Gwenda, es ist schließlich *deine* Geschichte.«
Gwenda erzählte rückhaltlos von ihrem Besuch bei Dr. Kennedy, seinem Gegenbesuch in »Hillside« und ihrer Unterhaltung mit ihm.
»So etwas haben Sie sich schon in London gedacht, nicht wahr?« fragte sie. »Daß – daß es mein Vater gewesen sein könnte?«
»Ich habe die Möglichkeit in Betracht gezogen, ja. Diese Helen konnte sehr gut eine junge Stiefmutter sein, und wenn Frauen – äh – erwürgt werden, ist der Ehemann als Täter oft nicht auszuschließen.« Miss Marples Ton war nicht anders, als handle es sich um eine Naturerscheinung, über die man ohne Staunen oder Aufregung reden konnte.
»Jetzt begreife ich Ihren dringenden Rat, die Finger davon zu lassen«, sagte Gwenda. »Hätte ich nur auf Sie gehört! Aber nun können wir nicht mehr zurück.«
»Nein«, sagte Miss Marple, »zurück kann man nie.«
»Aber Sie sollten sich auch Giles anhören. Er hat gewisse Einwände und Vermutungen.«
»Nur weil die Fakten nicht zusammenpassen«, sagte Giles und erklärte Miss Marple klar und einleuchtend, was er schon Gwenda zu bedenken gegeben hatte. »Hoffentlich«, schloß er, »können Sie Gwenda überzeugen, daß es gar nicht anders gewesen sein kann.«
Miss Marple sah von einem zum andern. »Ihre Hypothese ist sehr vernünftig, Mr. Reed«, sagte sie. »Aber da bleibt immer noch, wie Ihnen selbst nicht entgangen ist, ein Faktor X.«
»X!« wiederholte Gwenda verblüfft.
»Die unbekannte Größe«, verdeutlichte Miss Marple, die nicht wissen konnte, daß die jungen Leute schon auf denselben Ausdruck gekommen waren. »Sagen wir, jemand, der noch nicht aufgetaucht ist, auf dessen Mitwirkung aber die gegebenen Fakten schließen lassen.«
»Wir wollen das Sanatorium in Norfolk aufsuchen, wo mein Vater gestorben ist«, sagte Gwenda. »Vielleicht erfahren wir da etwas.«

10

Das Sanatorium »Saltmarsh House« lag in einer landschaftlich schönen Gegend, etwa sechs Meilen von der Ostküste entfernt und mit guten Verkehrsverbindungen von der nahen Kreisstadt South Benham nach London.
Giles und Gwenda wurden in einen großen, luftigen Aufenthaltsraum mit geblümten Vorhängen geführt. Bald nach ihnen trat eine reizend aussehende weißhaarige alte Dame mit einem Glas Milch in der Hand ein, nickte ihnen zu und setzte sich in die Nähe des Kamins. Ihre Augen ruhten versonnen auf Gwenda, und plötzlich beugte sie sich vor und flüsterte in vertraulichem Ton:
»Ist es dein armes Kind, meine Liebe?«
Gwenda war leicht zusammengezuckt, faßte sich aber und antwortete unsicher: »Nein – nein, ich glaube nicht.«
»Ach, ich dachte nur.« Die alte Dame nickte vor sich hin und trank in kleinen Schlucken ihre Milch. Dann sagte sie leichthin: »Zehn Uhr dreißig, das ist seine Zeit. Immer um zehn Uhr dreißig. Höchst bemerkenswert.« Sie beugte sich vor und flüsterte: »Da – hinter dem Kamin ist es. Aber sag niemand, daß ich es dir erzählt habe.«
In diesem Augenblick kam eine weißbekittelte Pflegerin an die Tür und bat Giles und Gwenda, ihr zu folgen.
Der Chefarzt Dr. Penrose erwartete sie in seinem Sprechzimmer und begrüßte sie höflich. Gwenda konnte sich des Gedankens nicht erwehren, daß er selbst etwas seltsam aussah, viel seltsamer jedenfalls als die alte Dame im Aufenthaltsraum, aber vielleicht sahen Nervenärzte immer etwas verrückt aus.
»Auf Ihren und Dr. Kennedys Brief hin«, begann er das Gespräch, »habe ich die Krankengeschichte Ihres Vaters aus dem Archiv geholt, Mrs. Reed. Ich erinnere mich noch gut an den Fall, mußte aber in ein paar Einzelheiten mein Gedächtnis auffrischen, um Ihnen detaillierte Auskunft geben zu können. Wenn ich Sie recht verstanden habe, wissen Sie erst seit kurzem, daß Ihr Vater krank war?«
Gwenda erklärte, daß sie bei den Verwandten ihrer verstor-

benen Mutter in Neuseeland aufgewachsen sei und nichts von ihrem Vater gewußt habe, außer daß er schon vor vielen Jahren in einem englischen Sanatorium gestorben sei.

»Ganz recht«, sagte Dr. Penrose und nickte. »Allerdings hatte der Fall Ihres Vaters einige ziemlich ausgefallene Züge.«

»Zum Beispiel?« fragte Giles.

»Nun, seine Zwangsneurose war sehr ausgeprägt. Major Halliday, obwohl in deutlich nervösem Zustand, beharrte außerordentlich fest auf seinem Wahn, er habe seine zweite Frau in einem Eifersuchtsanfall erwürgt. Dieser Behauptung fehlten alle sonst üblichen Zeichen von Bewußtseinstrübung, und ich muß offen gestehen, Mr. Reed, daß ich sie damals für bare Münze genommen hätte, wenn Dr. Kennedy uns nicht versichert hätte, seine Halbschwester, Mrs. Halliday, sei noch am Leben.«

»Sie hatten also den Eindruck, er habe den Mord wirklich begangen?« fragte Giles.

›Damals ja. Später hatte ich allen Grund, meine Meinung zu revidieren, als ich tiefere Einblicke in Major Hallidays Charakter und Veranlagung gewann. Ihr Vater, Mrs. Reed, war entschieden *nicht* der Typ des Paranoikers. Er litt weder an Verfolgungswahn noch an übersteigertem Aggressionstrieb. Er war ein liebenswürdiger, rücksichtsvoller und selbstbeherrschter Mensch. Er war weder das, was die Leute im allgemeinen ›verrückt‹ nennen, noch gefährlich für andere. Er hatte nur diese eine fixe Idee über den Tod seiner Frau, und ich glaube, der Ursprung war weit zurück in der Vergangenheit zu suchen, in einer unverarbeiteten frühkindlichen Erfahrung. Leider haben die von uns angewandten Methoden der Psychoanalyse diese tieferen Schichten nicht erschlossen. Das dauert oft Jahre. Im Falle Ihres Vaters reichte die Zeit nicht aus.«

Er machte eine Pause, sah Gwenda prüfend an und fügte unvermittelt hinzu: »Sie wissen vermutlich, daß Ihr Vater Selbstmord begangen hat?«

»Oh – nein!« rief Gwenda.

»Verzeihung, Mrs. Reed. Ich dachte, es sei Ihnen bekannt. Es

wäre Ihnen nicht zu verdenken, wenn Sie uns deswegen einige Vorwürfe machten, denn eine schärfere Aufsicht hätte diesen Schritt wahrscheinlich verhindern können. Aber offen gestanden, meine damaligen Vorgesetzten und ich hielten Major Halliday nicht für einen potentiellen Selbstmörder. Er zeigte keinen Hang zu Melancholie, Grübelei und Verzweiflung. Er klagte nur über Schlaflosigkeit, und der Chefarzt bewilligte ihm die normale Dosis von Schlaftabletten. Die hat er dann nicht genommen, sondern gespart, bis er...« Dr. Penrose ersetzte den Schluß des Satzes durch eine ausdrucksvolle Geste.
»War er so schrecklich unglücklich?« fragte Gwenda leise.
»Ich glaube nicht. Es war mehr. Ich würde es als Schuldkomplex bezeichnen, als den brennenden Wunsch, mit dem eigenen Leben zu büßen. Zuerst wollte er dauernd, daß die Polizei benachrichtigt würde, und obwohl wir ihm das ausredeten und ihm täglich versicherten, er habe überhaupt kein Verbrechen begangen, hat er sich doch nie ganz überzeugen lassen. Wir erreichten mit unserem unermüdlichen Reden nur, daß er wenigstens zugab, ›er könne sich nicht genau an den Hergang der Tat selbst‹ erinnern.« Dr. Penrose blätterte in Papieren, die vor ihm auf dem Schreibtisch lagen. »Im übrigen schilderte er den Abend unveränderlich mit denselben Worten. Er kam ins Haus, sagte er, und es war dunkel. Das Personal hatte Ausgang. Er ging wie gewohnt zuerst ins Eßzimmer, um sich einen Drink zu genehmigen, und von dort durch die Verbindungstür in den Salon. Von diesem Moment an erinnerte er sich an nichts, absolut nichts, bis er im Schlafzimmer auf die Leiche seiner Frau niederblickte. Sie war erwürgt worden, und er wußte, daß er es getan hatte.«
»Entschuldigung, Dr. Penrose«, unterbrach Giles, »wieso konnte er das so genau wissen, wenn sein Gedächtnis in den entscheidenden Minuten ausgesetzt hat?«
»Für ihn bestand nicht der geringste Zweifel. Schon seit einigen Monaten hatte er die wildesten und melodramatischsten Verdächtigungen gegen seine Frau gehegt. Zum Beispiel argwöhnte er, sie verabreiche ihm Drogen. Er hatte ja in Indien gelebt, und Fälle von Ehefrauen, die ihre Männer mit dem

Gift des Stechapfels langsam zum Wahnsinn treiben, werden dort oft vor Gericht verhandelt. Er litt ziemlich häufig an Halluzinationen, bei denen er Zeit und Ort verwechselte. Er bestritt zwar nachdrücklich, daß er seine Frau der Untreue verdächtigte, aber ich glaube dennoch, dies war die Triebfeder seines Handelns. Tatsächlich schien er an jenem Abend nach Hause gekommen zu sein und den Abschiedsbrief seiner Frau gefunden zu haben. Um sich mit der Wahrheit nicht abfinden zu müssen, zog er es vor, sie zu ›ermorden‹. Daher seine Halluzination.«

»Beweist dies nicht, daß er sehr an ihr hing?« fragte Gwenda.

»Offensichtlich, Mrs. Reed.«

»Und er begriff nie, daß er sich – in eine Halluzination geflüchtet hatte?«

»Er räumte ein – wenigstens nach außen hin –, daß es wohl so sein mußte, aber im tiefsten Innern blieb er unerschütterlich bei seinem Glauben. Die Wahnvorstellung war zu stark, um der Vernunft zu weichen. Wäre es uns gelungen, sein verdrängtes frühkindliches Trauma aufzudecken . . .«

Gwenda unterbrach ihn.

»Aber, Dr. Penrose, Sie sind doch sicher, daß er den Mord nicht begangen hat?«

»Oh, wenn das Ihre einzige Sorge ist, Mrs. Reed, können Sie sie sich getrost aus dem Kopf schlagen. Kelvin Halliday, mag er auch noch so eifersüchtig auf seine Frau gewesen sein, war mit Sicherheit kein Mörder.«

Er hüstelte und zog unter den losen Papieren ein schäbiges schwarzes Oktavheft hervor.

»Wenn Sie dies haben möchten, Mrs. Reed, so ist es bei Ihnen in den richtigen Händen. Es enthält flüchtig hingeworfene Notizen Ihres Vaters aus der Zeit seines Aufenthaltes bei uns. Als wir seinen Nachlaß ordneten, um ihn dem Testamentsvollstrecker zu übergeben, behielt der damalige Anstaltsleiter, Dr. McGuire, dieses Heft als Teil der Krankengeschichte zurück. Er hat den Fall Ihres Vaters nämlich in einem wissenschaftlichen Werk mitveröffentlicht, natürlich nicht unter vollem Namen, sondern nur als ›Patient K. H.‹. Wenn Sie es haben möchten . . .«

Gwenda griff begierig nach dem Heft.
»Vielen Dank, Dr. Penrose. Natürlich lege ich großen Wert darauf.«

Bei der Rückfahrt im Zug nach London holte Gwenda sofort das Heft hervor und begann zu lesen. Da, wo sie es aufs Geratewohl geöffnet hatte, stand:

Angeblich verstehen diese Seelenärzte ja was von ihrem Handwerk. Ich kann mit dem hochgestochenen Blödsinn nichts anfangen. Ob ich meine Mutter geliebt habe? Ob ich meinen Vater gehaßt habe? Ich glaube kein Wort davon! Ich gehöre vor Gericht und nicht in die Klapsmühle. Und doch – manche meiner Hausgenossen wirken so natürlich, so vernünftig wie jeder andere – außer wenn sie einen Anfall kriegen. Dann frage ich mich, ob bei mir nicht auch eine Schraube locker ist . . .
Ich habe James geschrieben. Ihn dringend gebeten, mit Helen Verbindung aufzunehmen und sie zum Herkommen zu bewegen, nur damit ich mit eigenen Augen sehe, daß sie noch lebt. Er behauptet, er wüßte nicht, wo sie ist, das tut er nur, weil er weiß, daß ich sie ermordet habe. Er ist ein guter Kamerad. Aber ich lasse mich nicht täuschen – Helen ist tot . . .
Wann habe ich zuerst Verdacht geschöpft? Es ist schon lange her. Eigentlich gleich nach unserer Ankunft in Dillmouth. Sie benahm sich so anders! Sie verheimlichte mir irgend etwas. Ich habe sie dauernd beobachtet. Ja, und sie hat mich beobachtet . . .
Ob sie mir Drogen ins Essen getan hat? Diese seltsamen grauenhaften Alpträume! Keine gewöhnlichen Träume, furchtbar lebendige Alpträume. Ich weiß, es waren Drogen. Nur sie kann das gemacht haben. Warum? Da war ein Mann, ein Mann, vor dem sie Angst hatte . . .
Ich will ehrlich sein. Ich ahnte, ich wußte, daß ein anderer in ihrem Leben war, ein Liebhaber, ich wußte es. Auf dem Schiff sagte sie selbst, sie liebe jemand, den sie nicht heiraten könne. Das führte uns zusammen. Ich konnte Megan nicht vergessen. Die kleine Gwennie ist ihr manchmal so ähnlich.

Auf dem Schiff spielte Helen so lieb mit Gwennie! Ach, Helen! wie reizend du bist, Helen ...
Lebt Helen noch? Oder habe ich wirklich meine Hände um ihren Hals gelegt und alles Leben in ihr erstickt? Ich kam durch die Eßzimmertür, und da lehnte ihr Brief deutlich sichtbar an einer Vase, und dann – alles dunkel. Alles schwarz um mich. Aber es gibt keinen Zweifel, ich habe sie umgebracht! Gott sei Dank, daß Gwennie in Neuseeland ist. Bei Megans Verwandten ist sie gut aufgehoben. Megan, Megan – wenn du doch bei mir wärst!
Es ist die beste Lösung. Kein Skandal. Das Beste auch für das Kind. Ich kann nicht mehr. Jahr für Jahr! Ich wähle eine schnelle Lösung! Gwennie wird nie etwas erfahren. Sie wird nie erfahren, daß ihr Vater ein Mörder war ...

Tränen trübten Gwendas Blick. Sie sah Giles an, der ihr gegenübersaß. Er deutete mit einer diskreten Kopfbewegung auf ihren in der anderen Ecke sitzenden Abteilnachbarn. Der Mann las eine Abendzeitung, über deren Seite sich die melodramatische Schlagzeile zog: WER WAREN DIE MÄNNER IN IHREM LEBEN?
Gwenda nickte unmerklich und senkte den Blick wieder auf das Tagebuch ihres Vaters.
Ich wußte, daß ein anderer in ihrem Leben war. Ich wußte es, hatte ihr Vater geschrieben ...

11

Miss Marple überquerte die Seepromenade und wandte sich hügelaufwärts den Arkaden zu. Hier gab es noch gemütliche altmodische Läden, wie etwa für Wolle und Handarbeiten, eine Konditorei, ein Damenkonfektionsgeschäft und ähnliches.
Miss Marple spähte durch das Fenster des Handarbeitsladens. Zwei junge Verkäuferinnen bedienten gerade, eine ältere Frau im Hintergrund war frei.

Miss Marple trat ein. Die grauhaarige Verkäuferin wandte sich ihr sofort zu und erkundigte sich freundlich nach ihren Wünschen. Strickmuster wurden durchgesprochen, Miss Marple sah sich mehrere Kindermodenhefte an und erzählte dabei von ihren Großneffen und -nichten. Keine der beiden Damen hatte es eilig. Die Verkäuferin war seit vielen Jahren an Kundinnen wie Miss Marple gewöhnt und schätzte solche freundlichen, weitschweifigen, redseligen alten Damen weit mehr als die jungen, ungeduldigen, oft unhöflichen Mütter, die nicht wußten, was sie wollten, und nur das Billige und Auffällige ins Auge faßten.

»Ja, ich glaube, das ist das Richtige«, sagte Miss Marple endlich. »Storkleg-Wolle bewährt sich doch immer – sie läuft nicht ein. Bitte, geben Sie mir noch zwei Stränge dazu.«

Die Verkäuferin packte das Verlangte ein und bemerkte nebenbei, heute sei ein recht frischer Wind.

»Ja, ich habe ihn draußen auf der Promenade besonders gespürt. Dillmouth hat sich sehr verändert. Ich war lange nicht hier, lassen Sie mich nachrechnen... Ja, neunzehn Jahre sind es beinahe schon!«

»Wirklich, Madam? Dann finden Sie gewiß viele Neuerungen hier. Ich glaube, das ›Superb‹ und das ›Southview‹ waren noch gar nicht gebaut?«

»Ja, es war ein kleiner, ruhiger Ort. Ich wohnte damals bei Freunden in einem Haus namens ›St. Catherine‹... Vielleicht kennen Sie es? In der Leahampton Road.«

Aber die Verkäuferin war erst seit zehn Jahren in Dillmouth. Miss Marple nahm ihr Päckchen, dankte und begab sich in das Ausstattungsgeschäft nebenan. Auch hier suchte sie sich die älteste Verkäuferin aus, mit der das Gespräch unter dem Stichwort Sommerwäsche in ähnlichen Bahnen verlief. Diesmal reagierte Miss Marples Partnerin prompt.

»›St. Catherine‹, das muß Mrs. Findeysons Haus gewesen sein.«

»Richtig. Meine Bekannten hatten es möbliert gemietet. Ein Major Halliday mit Frau und kleiner Tochter.«

»Ja, Madam, ich erinnere mich. Sie wohnten aber nur ungefähr ein Jahr dort, glaube ich.«

»Er war eben erst aus Indien zurückgekehrt. Sie hatten eine Köchin, die mir ein wundervolles Rezept für Apfelauflauf und Pfefferkuchen verriet. Ich frage mich oft, was wohl aus ihr geworden sein mag.«
»Das war sicher Edith Pagett, Madam. Sie ist immer noch hier in Stellung – im ›Windrush Lodge‹.«
»Dann kannte ich noch ein paar andere Leute. Die Fanes zum Beispiel. Er war, glaube ich, Rechtsanwalt.«
»Der alte Mr. Fane ist vor einigen Jahren gestorben. Der junge Mr. Fane, Walter Fane, hat die Anwaltskanzlei übernommen. Er ist unverheiratet und lebt bei seiner Mutter.«
»Ach? Ich dachte, der junge Fane sei Teepflanzer in Indien geworden – oder so etwas Ähnliches.«
»Das stimmt schon, Madam. Als sehr junger Mann war er eine Zeitlang drüben. Er kam nach etwa zwei Jahren zurück und trat in die Firma seines Vaters ein. Sie genießt in weitem Umkreis den besten Ruf. Mr. Walter Fane ist überall sehr beliebt – so still und bescheiden, wie er ist.«
»Richtig, jetzt erinnere ich mich!« rief Miss Marple. »War er nicht mit Miss Kennedy verlobt? Aber dann brach sie plötzlich mit ihm und heiratete Major Halliday.«
»Das stimmt, Madam.« In den Ton der Verkäuferin schlich sich eine leicht mißbilligende Note ein. »Sie fuhr nach Indien, um ihn zu heiraten, aber dann änderte sie ihren Sinn und heiratete den andern.«
Miss Marple beugte sich vor und senkte vertraulich die Stimme.
»Wissen Sie, ich habe die Mutter des Majors gekannt. Er und seine kleine Tochter haben mir immer so leid getan. Die zweite Frau ist ihm doch mit einem andern davongelaufen? Ein ziemlich leichtfertiges junges Ding, scheint mir.«
»Genau das war sie, wenn Sie mich fragen. Und dabei ist ihr Bruder, der Arzt, so ein feiner Mann. Hat mir bei meinem Gelenkrheuma wunderbar geholfen.«
»Mit wem ist sie eigentlich durchgebrannt? Ich habe es nie erfahren.«
»Das kann ich Ihnen auch nicht sagen, Madam. Es hieß, es sei einer von den Sommerfrischlern gewesen. Ich weiß nur,

daß Major Halliday ganz gebrochen war. Er ist von Dillmouth weggezogen; seine Gesundheit soll ruiniert gewesen sein. Ihr Wechselgeld, Madam.«
Miss Marple nahm Kleingeld und Ware an sich.
»Vielen Dank«, sagte sie. »Ob Edith Pagett, die Köchin, wohl noch das vorzügliche Pfefferkuchenrezept hat? Ich habe es verloren, und ich mochte diese Sorte so besonders gern.«
»Das könnten Sie sicher wiederbekommen, Madam. Ihre Schwester wohnt gleich nebenan; sie ist mit dem Konditor Mountford verheiratet. Edith besucht sie meistens, wenn sie Ausgang hat. Mr. Mountford wird ihr gern Ihren Wunsch ausrichten.«
»Das ist eine Idee! Vielen, vielen Dank für Ihre Mühe!«
»Keine Ursache, Madam, es war mir ein Vergnügen.«
Miss Marple ging. Ein nettes altmodisches Geschäft, dachte sie auf der Straße, die Unterhemden sind ganz hübsch und brauchbar; ich habe kein Geld zum Fenster hinausgeworfen. Sie sah auf die kleine, blaßblau emaillierte Uhr, die seitlich an ihrem Kleid befestigt war. In fünf Minuten mußte sie im »Ginger Cat« sein, um ihre Verabredung mit dem jungen Paar pünktlich einzuhalten. Hoffentlich war der Besuch im Sanatorium nicht zu aufregend gewesen, überlegte sie.
Giles und Gwenda saßen schon an einem Ecktischchen, das schwarze Oktavheft vor sich, als Miss Marple von der Straße hereinkam und sich zu ihnen gesellte.
»Was möchten Sie haben, Miss Marple? Kaffee?«
»Ja, bitte. Aber keinen Kuchen – lieber ein Milchbrötchen mit Butter.«
Giles gab die Bestellung auf, und Gwenda schob Miss Marple das kleine schwarze Heft hin.
»Sie müssen es erst lesen, dann können wir uns über alles unterhalten. Es sind Tagebuchaufzeichnungen meines Vaters, die er vor seinem Tod im Sanatorium geschrieben hat. Ach, Giles, vor allem erzähl Miss Marple, was der Arzt gesagt hat!«
Giles tat es, fast wörtlich und ohne eigenen Kommentar.
Dann öffnete Miss Marple das Oktavheft und begann zu lesen, während die Kellnerin dünnen Kaffee, Brötchen, Butter

und ein paar Scheiben Kuchen brachte. Giles und Gwenda beobachteten schweigend Miss Marples Gesicht. Schließlich klappte sie das Heft zu und legte es hin. In ihrer Miene war schwer zu lesen. Sie sah beinahe zornig aus, wie Gwenda fand. Ihre Lippen waren fest aufeinandergepreßt, und ihre Augen funkelten auf eine Art, die eingedenk ihres Alters ungewöhnlich war.

»Also, das ist doch . . .«, murmelte sie. »Da haben wir es!«
»Sie haben uns gleich zu Anfang geraten«, sagte Gwenda, »die Sache auf sich beruhen zu lassen. Ich begreife jetzt, wie gut Sie es meinten. Wir haben trotzdem weitergemacht – und wo sind wir nun? Es scheint, als hätten wir noch einmal einen Punkt erreicht, an dem wir haltmachen können – wenn wir wollen. Was meinen Sie? Sollen wir aufhören?«
Miss Marple schüttelte zögernd den Kopf. Ihr Gesicht war besorgt und ratlos.
»Ich weiß es nicht«, sagte sie. »Ich weiß es wirklich nicht. Es wäre vielleicht das beste, denn nach der vielen Zeit, die inzwischen verflossen ist, können Sie ja doch nichts mehr tun . . . Ich meine, nichts Positives.«
»Sie meinen, nach einem so langen Zeitraum können wir nichts mehr herausbekommen?« fragte Giles.
»O nein, das habe ich nicht gesagt – ganz und gar nicht. Neunzehn Jahre sind keine Ewigkeit. Es sind noch genügend Leute da, die sich an manches erinnern und Fragen beantworten können – Angestellte zum Beispiel. Im Haushalt Ihres Vaters waren sicherlich ein bis zwei Dienstboten und ein Kindermädchen und wahrscheinlich ein Gärtner. Man braucht nur etwas Geduld und Mühe, um diese Leute aufzufinden und mit ihnen zu sprechen. Zufällig bin ich schon auf eine Spur gestoßen, nämlich die Köchin. Nein, es geht mehr um die Frage, was dabei Gutes herauskommen soll. Ich möchte sagen: nichts. Dennoch . . .« Sie hielt inne. »Ja, trotz allem . . . Ich bin ein bißchen langsam im Kombinieren, aber ich habe so das Gefühl, daß da etwas ist, etwas noch Ungreifbares, das der Mühe wert wäre, sogar gewisse Risiken . . . Wenn ich nur sagen könnte, was es ist!«
»Ich glaube . . .«, fing Giles an und stockte.

Miss Marple bedachte ihn mit einem dankbaren Blick.
»Männer können immer alles so logisch ordnen«, sagte sie.
»Sicher sind Sie schon zu einem Schluß gekommen?«
»Das nicht, aber ich habe mir überlegt, daß es nur zwei mögliche Schlußfolgerungen gibt. Die eine habe ich schon früher vertreten: daß Helen Halliday nicht tot war, als das Kind Gwennie sie in der Diele liegen sah. Helen ist kurz danach wieder zu sich gekommen und mit ihrem Liebhaber, wer es auch sein mochte, verschwunden. Das würde mit den Fakten, die wir kennen, übereinstimmen, auch mit Kelvin Hallidays Wahn, er habe seine Frau ermordet, ferner mit den fehlenden Kleidern, dem fehlenden Gepäck und dem Abschiedsbrief, den Dr. Kennedy im Papierkorb fand. Dennoch bleiben gewisse Punkte ungeklärt, zum Beispiel, warum Kelvin Halliday die Tat unbeirrbar ins Schlafzimmer verlegte. Und die Frage, über die ich am meisten stolpere, ist die: Wo ist Helen Halliday geblieben? Es kommt mir so gegen alle Vernunft vor, daß sie sich nie wieder meldete und man nie von ihr gehört hat. Warum hat sie nach den ersten zwei Briefen jegliche Verbindung zu ihrem Bruder abgebrochen? Sie standen doch offenbar auf gutem Fuß miteinander. Er mag manches an ihr mißbilligt haben, aber deshalb muß man sich doch nicht gleich für immer aus den Augen verlieren! Übrigens glaube ich, daß dieses Rätsel auch Kennedy am meisten beunruhigt. Seinerzeit hat er die Sache sicher so gesehen, wie er sie uns dargestellt hat, die Flucht seiner Schwester und Kelvin Hallidays Zusammenbruch. Aber er hat nicht damit gerechnet, nie wieder von ihr zu hören. Als die Jahre vergingen, Helen verschollen blieb, Kelvin auf seinem Wahn beharrte und schließlich Selbstmord beging, muß ein furchtbarer Zweifel in ihm aufgestiegen sein. Wenn Kelvins Version nun doch stimmte? Wenn er Helen wirklich getötet hatte? So viele Jahre kein Lebenszeichen von ihr – und wenn sie im Ausland gestorben wäre, hätte er sicherlich eine Nachricht erhalten. Ich meine, das erklärt den Eifer, mit dem er auf unsere Suchanzeige reagierte. Er hoffte, auf diese Weise endlich auf irgendeine Spur zu stoßen. Es ist ja vollkom-

men unnatürlich, daß jemand so . . . so völlig verschwindet wie Helen. Das ist schon an sich höchst verdächtig.«

»Ganz meine Meinung«, sagte Miss Marple. »Und die Alternative, Mr. Reed?«

»Ich habe mir eine ausgedacht«, sagte Giles langsam, »die phantastisch scheint, sogar schrecklich, weil – wie soll ich es nennen – eine solche Bösartigkeit dazu gehört . . .«

»Bösartigkeit ist genau der richtige Ausdruck«, sagte Gwenda. »So etwas ist nicht normal . . .« Sie brach erschauernd ab.

»Das ist nicht von der Hand zu weisen«, stimmte Miss Marple zu. »Es gibt mehr Böses auf der Welt, als der Mensch sich träumen läßt. Ich habe einiges erlebt . . .« Sie sah gedankenvoll ins Leere.

»Normale Erklärungen gibt es in diesem Fall überhaupt nicht«, sagte Giles. »Dr. Penrose, der ein anständiger Kerl zu sein scheint, denkt offenbar gern das Beste von seinem damaligen Patienten. Sein erster Eindruck von Halliday war aber, daß dieser wirklich gemordet hatte und sich der Polizei stellen wollte. Erst James Kennedys Versicherung, daß dem nicht so war, stimmte ihn um, und nun mußte er notgedrungen annehmen, es handle sich um einen Komplex oder eine Fixierung oder wie immer das Fachchinesisch lautet – aber ganz wohl war ihm dabei auch nicht. Er hatte zuviel Erfahrung mit dieser Art von Kranken, und Halliday war nicht der Typ, der eine Frau mit eigenen Händen erwürgt, und sei er auch bis zur Weißglut gereizt. Nichts paßt zusammen, und das läßt eigentlich nur eine Theorie übrig: Halliday wurde *eingeredet*, er habe seine Frau ermordet, und zwar von einem Dritten. Mit anderen Worten, wir sind bei der unbekannten Größe X angelangt. Nach reiflicher Überlegung möchte ich diese Annahme als zumindest denkbar bezeichnen. Laut Hallidays eigener Erzählung kam er abends nach Hause, ging ins Eßzimmer, nahm einen Drink, wie er es üblicherweise tat, ging nach nebenan, sah einen Brief auf dem Tisch und hatte plötzlich einen Blackout – eine totale Gedächtnislücke.«

Er hielt inne und sah Miss Marple an, die aufmunternd nickte. Daher fuhr er fort:

»Angenommen, diese Gedächtnislücke war einfach auf ein Betäubungsmittel im Whisky zurückzuführen, so wäre die Folgerung ziemlich klar. X hatte Helen in der Halle erwürgt, sie nachher die Treppe hochgeschleift und die Leiche aufs Bett gelegt, damit es nach einem Verbrechen aus Leidenschaft aussähe und Kelvin sie so fände. Kelvin, der arme Teufel, der vielleicht tatsächlich eifersüchtig war, kommt hinauf und glaubt in seiner Benommenheit, er sei der Mörder. Verstört eilt er zu seinem Schwager ans andere Ende der Stadt, zu Fuß. Das gibt X Zeit für seinen nächsten Trick, nämlich den Koffer zu packen und verschwinden zu lassen und schließlich auch die Leiche...« Giles unterbrach sich beunruhigt. »Also, was er mit der Leiche gemacht hat, ist mir unerfindlich.«

»Ja? Das wundert mich, Mr. Reed«, sagte Miss Marple. »Ich glaube, dieses Problem bietet noch die geringsten Schwierigkeiten. Aber bitte, sprechen Sie weiter.«

»Wer waren die Männer in ihrem Leben?« sagte Giles. »Wir hatten bei der Rückfahrt nach London eine Abendzeitung mit dieser Schlagzeile vor der Nase. Sie brachte mich auf den wahrscheinlichen Kernpunkt des Ganzen: Wenn es X, den großen Unbekannten, wirklich gibt, so steht eines fest: Er muß verrückt nach ihr gewesen sein – wortwörtlich verrückt.«

»Folglich haßte er meinen Vater«, fiel Gwenda ein, »und war darauf aus, ihm Schmerz zuzufügen.«

»So kommen wir der Sache schon näher«, sagte Giles. »Wir wissen ja auch einiges über Helens Wesen. Nach allem, was wir gehört haben, war sie...« Er zögerte.

»Mannstoll«, ergänzte Gwenda.

Miss Marple schien eine Bemerkung machen zu wollen, unterließ sie jedoch. Giles fuhr fort:

»... und schön war sie auch. Aber wir wissen immer noch nicht, welche Männer außer Halliday eine Rolle in ihrem Leben spielten. Theoretisch kann sie ja jede Menge Liebschaften gehabt haben.«

Miss Marple schüttelte den Kopf.

»Das wohl kaum. Sie müssen bedenken, wie jung sie war.

Außerdem sind Sie jetzt etwas vergeßlich, Mr. Reed. Wir wissen nämlich etwas über die Männer in ihrem Leben. Da war der Mann, wegen dem sie nach Indien reiste, um ihn zu heiraten.«
»Ach ja! Der junge Rechtsanwalt, nicht? Wie hieß er noch?«
»Walter Fane.«
»Ja, aber der zählt eigentlich nicht mit. Er blieb in Malaya oder Indien oder sonstwo.«
»Wirklich? Er blieb nicht Teepflanzer«, erklärte Miss Marple, »er kam zurück und trat in die Kanzlei seines Vaters ein, deren Chef er jetzt ist.«
»Ob er ihr nachgereist ist?« fragte Gwenda.
»Möglich. Das wissen wir nicht.«
Giles sah die alte Dame forschend an. »Woher wissen Sie eigentlich so erstaunlich viel?«
Miss Marple lächelte verlegen.
»Ach, ich habe nur ein wenig herumgehorcht, in Läden, an Bushaltestellen und so weiter. Alte Damen gelten ohnehin als neugierig und schwatzhaft, nicht wahr? Auf diese Weise schnappt man mühelos ein paar Lokalberichte auf.«
»Walter Fane«, sinnierte Gwenda. »Helen hat ihn sitzenlassen. Das muß ihn ziemlich gewurmt haben. Hat er später eine andere geheiratet?«
»Nein«, antwortete Miss Marple. »Er lebt bei seiner Mutter. Am Wochenende bin ich dort zum Tee eingeladen.«
»Halt, wir kennen noch jemand«, sagte Gwenda plötzlich. »Erinnerst du dich, Giles? Dr. Kennedy sagte, sie hatte so was wie einen Flirt, als sie gerade mit der Schule fertig war, und zwar mit einem jungen Mann, den er nicht mochte – er bezeichnete ihn als unpassend. Ich frage mich, warum er das wohl war!«
»Das sind schon zwei«, konstatierte Giles. »Jeder der beiden mag einen Groll gehegt und einen Racheplan ausgebrütet haben. Vielleicht hatte der erste Verehrer etwas auf dem Kerbholz.«
»Dr. Kennedy würde uns das sicher erzählen können«, sagte Gwenda. »Nur ist es etwas peinlich, gerade ihn auszufragen. Ich meine, es ist nichts dabei, solange ich mich nur nach dem

Verbleib meiner Stiefmutter erkundige, die ich kaum gekannt habe. Es dürfte aber etwas befremdend wirken, wenn ich, das damalige kleine Mädchen, jetzt ein so übertriebenes Interesse für Helens erste Liebesaffären bekunde.«
»Es gibt sicher andere Wege, an Informationen zu gelangen«, meinte Miss Marple. »Wir müssen nur genügend Zeit und Geduld aufbringen.«
»Immerhin, zwei Kandidaten haben wir schon«, sagte Giles.
»Ich glaube, wir können noch einen dritten in Betracht ziehen«, erwiderte Miss Marple. »Es ist nur eine Vermutung, aber sie scheint mir durch den Gang der Ereignisse gerechtfertigt.«
Gwenda und Giles sahen sie leicht überrascht an.
»Es ist, wie gesagt, nur so eine Idee«, meinte Miss Marple, wobei das Rosa ihrer Wangen sich vertiefte. »Helen Kennedy fuhr nach Indien, um den jungen Fane zu heiraten. Zugegeben – sie war nicht gerade rasend verliebt in ihn, aber sie muß ihn gern genug gehabt haben, um sich ein Leben mit ihm vorstellen zu können. Doch kaum angekommen, bricht sie mit Fane und bittet ihren Bruder telegrafisch um das Reisegeld für die Heimfahrt. Warum?«
»Na ja, sie hat sich's eben anders überlegt«, antwortete Giles.
Beide Damen, sowohl Miss Marple als auch Gwenda, betrachteten ihn mit leichter Verachtung. Gwenda sagte:
»Das haben wir auch schon erraten, mein Lieber. Miss Marple fragt nach dem Grund!«
»Junge Mädchen haben nun mal solche Launen . . .«
»Unter bestimmten Umständen schon«, sagte Miss Marple mit jenem bedeutsamen Unterton, den alte Damen fertigbringen, ohne eine Silbe zuviel zu sagen.
»Vielleicht hat Fane sich irgendwie danebenbenommen . . .«, mutmaßte Giles, als Gwenda ihn ungeduldig unterbrach:
»Natürlich kam ein andrer dazwischen!«
Sie und Miss Marple sahen sich verschwörerisch an, wie Angehörige eines Geheimbundes, von dem Männer ausgeschlossen sind.
»Schon bei der Ausreise«, fügte Gwenda mit Überzeugung hinzu.

»Auf Schiffen kommt man sich schnell näher«, sekundierte Miss Marple.
»Mondschein auf Deck«, sagte Gwenda, »und alles, was dazugehört. Nur – es muß eine ernsthafte Sache gewesen sein, mehr als ein kleiner Reiseflirt.«
»Eine sehr ernste Sache«, bekräftigte Miss Marple.
»Warum«, fragte Giles etwas ärgerlich, »warum hat sie den Burschen dann nicht geheiratet?«
»Vielleicht erwiderte er ihre Gefühle nicht«, sagte Gwenda langsam, schüttelte dann aber den Kopf. »Nein, in diesem Fall hätte sie Walter Fane erst recht geheiratet. Oh – wie dumm, daß ich nicht gleich daran gedacht habe! Der Mann war schon verheiratet!«
Sie blickte triumphierend auf Miss Marple, die ihr beipflichtete:
»Ja. So würde ich es auch rekonstruieren. Sie verliebten sich ineinander, wahrscheinlich ging das Gefühl sehr tief, aber er war verheiratet und womöglich Vater und dazu ein Mensch mit einem Gewissen. Nun, und das war das Ende vom Lied.«
»Und nach diesem Erlebnis konnte sie natürlich den Gedanken an eine Ehe mit Walter Fane nicht mehr ertragen«, meinte Gwenda. »Sie telegrafierte ihrem Bruder und fuhr zurück. Und auf dem Schiff lernte sie meinen Vater kennen.«
Sie machte eine nachdenkliche Pause. »Diesmal war von leidenschaftlicher Liebe keine Rede, aber sie fühlten sich zueinander hingezogen – Leidensgenossen, die sich gegenseitig trösteten. Mein Vater erzählte von seiner toten Frau, und vermutlich vertraute auch sie ihm ihren Liebeskummer an . . . Ja, natürlich!« Sie griff nach dem Oktavheft und blätterte hastig darin. »Da steht es schwarz auf weiß: ›. . . ich wußte, daß ein anderer in ihrem Leben war, ein Liebhaber, ich wußte es. Auf dem Schiff sagte sie selbst, sie liebe jemand, den sie nicht heiraten könne. Das führte uns zusammen.‹ Und so weiter. Und so weiter.« Gwenda schloß das Tagebuch und sah auf. »Helen und mein Vater fühlten sicher eine gewisse Seelenverwandtschaft, und irgendwie mußte auch für mich gesorgt werden, und sie glaubte wohl, sie würde ihn glücklich machen und dadurch schließlich selbst

86

wieder ganz glücklich werden.« Gwenda nickte abschließend und sagte strahlend zu Miss Marple: »So war es.«
Giles' Miene war leicht gereizt.
»Du phantasierst einen ganzen Roman zusammen, Gwenda, und behauptest, so habe sich alles zugetragen.«
»Aber es muß so gewesen sein! Und so haben wir einen dritten Kandidaten für den unbekannten X.«
»Den Ehemann vom Schiff?«
»Natürlich. Wir wissen nicht, ob er wirklich so nett und ehrenhaft war, wie wir annehmen. Er kann ebensogut halb verrückt gewesen sein, sie bis Dillmouth verfolgt haben . . .«
»Du hast ihn eben erst bei der Ausreise nach Indien geschildert!«
»Na und? Wer ausreist, kann auch wieder einreisen, oder? Helen tat es, und Walter Fane auch. Nebenbei bemerkt, verschwand Helen erst ein Jahr später. Ich sage nicht, daß dieser X aus Indien zurückkam, sondern nur, daß es möglich ist. Du reitest ja dauernd auf der Frage herum, wer ›die Männer in ihrem Leben‹ waren, und solltest froh sein, daß nun schon drei aufgetaucht sind: Walter Fane, ein früherer Flirt, dessen Namen Dr. Kennedy weiß, und der Mann auf dem Schiff . . .«
». . . dessen Existenz noch nicht erwiesen ist«, ergänzte Giles.
». . . was sich aber feststellen lassen wird. Nicht wahr, Miss Marple?«
»Ich kann nur wiederholen«, sagte Miss Marple, »daß man mit der Zeit und mit viel Geduld manches erfährt. Hier ein kleiner Beitrag. Im Laufe einer sehr erfreulichen kleinen Unterhaltung im Modegeschäft habe ich heute gehört, daß die Köchin Edith Pagett, die zur fraglichen Zeit in ›St. Catherine‹ angestellt war, noch in Dillmouth wohnt. Ihre Schwester ist mit einem hiesigen Konditor verheiratet. Ich glaube, es wäre das Normalste von der Welt, wenn Sie sich mit ihr unterhielten. Sie kann Ihnen sicher viel erzählen.«
»Großartig«, sagte Gwenda begeistert. »Mir ist übrigens noch eine Idee gekommen. Ich werde ein neues Testament machen. Schau nicht so ernst, Giles, du bleibst mein Univer-

salerbe. Ich möchte nur Walter Fane mit der Abfassung betrauen.«
»Gwenda«, mahnte Giles, »sei vorsichtig!«
»Ein Testament zu machen, ist vollkommen unverfänglich. Und der Beweggrund, den ich mir zurechtgelegt habe, ist gut. Jedenfalls möchte ich Fane aufsuchen, um ihn gründlich unter die Lupe zu nehmen. Dann erst kann ich beurteilen, ob er . . .« Sie ließ den Satz unbeendet.
»Was mich wundert«, sagte Giles, »ist, daß sich niemand außer Dr. Kennedy auf unser Zeitungsinserat gemeldet hat. Zum Beispiel die Köchin – Edith Pagett –, die Sie erwähnt haben.«
»In ländlichen Gegenden«, sagte Miss Marple, »brauchen die Leute oft lange, ehe sie sich auf etwas einlassen. Sie sind mißtrauisch. Sie tun nichts Unüberlegtes.«

12

Lily Kimble breitete eine Lage Zeitungspapier auf dem Küchentisch aus, um darauf die Pommes frites zu trocknen, die noch im Topf zischten, und beugte sich müßig, einen Schlager vor sich hin summend, über die Anzeigenseite, die gerade obenauf lag.
Plötzlich unterbrach sie ihr Summen und rief:
»Jim! Hör mal zu, Jim, ja?«
»Hm?« antwortete Jim Kimble mit gewohnter Einsilbigkeit vom Spülbecken her, wo er sich gerade wusch.
»Da steht was in der Zeitung, eine Suchanzeige: ›Jeder, der über den Verbleib von Mrs. Helen Spenlove Halliday, geborenen Kennedy, Auskunft geben kann, wird hiermit gebeten, sich mit Messrs. Reed & Hardy, Southampton Row, in Verbindung zu setzen.‹ Das muß die Mrs. Halliday sein, bei der ich in Stellung war, in ›St. Catherine‹. Sie und ihr Mann hatten das Haus von der seligen Mrs. Findeyson übernommen. Helen hieß sie, das stimmt, und – ja, richtig, sie war eine geborene Kennedy. Ihr älterer Bruder, der Doktor, hat mir da-

mals immer gesagt, ich müßte mir die Polypen rausnehmen lassen.«

Der wortkarge Jim Kimble prustete in das Handtuch, mit dem er sich das Gesicht abtrocknete, während seine Frau die Pommes frites mit geübten Griffen umdrehte. Dann wandte sie sich wieder der Zeitung zu.

»Natürlich ist das eine alte Nummer, gut eine Woche alt. Ich möchte wissen, was das soll. Könnte man da vielleicht was rausholen, Jim? Geld, meine ich.«

Mr. Kimbles Antwort war ein unverbindliches Knurren.

»Es handelt sich wohl um ein Testament oder so«, überlegte Lily. »Es ist alles so lange her.«

»Hm?«

»Achtzehn Jahre, mindestens. Ich frage mich – ich frage mich bloß, was sie da rauskriegen wollen, gerade jetzt. Kann es nach all den Jahren noch die Polizei sein, Jim?«

Jim bekundete sein Interesse mit zwei Silben: »Wieso?«

»Na, du weißt ja, was ich schon immer gesagt habe«, antwortete Lily geheimnisvoll. »Ich habe es mir gleich gedacht, als es mit dem Dienst da zu Ende war. Sie sollte angeblich mit einem Kerl abgehauen sein. Das sagen sie immer, die Männer, wenn sie ihre Frau abgemurkst haben. Verlaß dich drauf, es mar Mord! Habe ich dir gleich gesagt und Edith auch, aber die wollte es ja um keinen Preis wahrhaben. Keine Spur von Phantasie, die Edith. Dabei waren die Kleider, die sie mitgenommen haben sollte, der reine Blödsinn. Ich meine, es waren nicht die richtigen. Jawohl, ein Koffer und eine Reisetasche waren weg und genug Zeug, um sie vollzustopfen, aber es war das falsche – keine Frau nimmt Abendkleider und so etwas mit, wenn sie verduften will. ›Ist doch glatter Schwindel‹, habe ich zu Edith gesagt, ›der Mann hat sie gekillt und im Keller verscharrt‹, habe ich gesagt. Natürlich war es nicht im Keller, denn die Dingsda, die Leonie, das Schweizer Kindermädchen, die hat was gesehen. Aus dem Fenster. Wir hatten uns fürs Kino verabredet, Leonie und ich, obwohl sie eigentlich nicht aus dem Kinderzimmer weg durfte – aber das Kind hat ja immer wie ein Murmeltier geschlafen, es ist nie aufgewacht, darauf konnte man sich verlassen. ›Und Madam kommt abends nicht rauf‹, habe ich zu Leonie gesagt. ›Keiner merkt es, wenn Sie mit mir ins Kino gehen.‹ Na, da ist sie eben mitgegangen. Aber als wir wiederkamen – da war vielleicht was gefällig! Der Doktor war da, und der Herr war krank und hatte was zum Schlafen gekriegt, und der Doktor sah immer mal wieder nach ihm und fragte mich auch so nebenbei nach den Kleidern, und da hatte ich noch nicht gesehen, was fehlte, und habe mir gedacht, es ist schon so: Sie ist mit dem Kerl abgehauen. Auf den war sie ja scharf, und dabei war er doch auch verheiratet, und Edith hat immer gesagt, sie hofft und betet, daß wir nicht 'nen Scheidungsprozeß an den Hals kriegen, wo wir aussagen müssen. Wie hieß der Mann bloß? Fing mit M an, glaube ich - oder war's ein R? Himmel, mit der Zeit vergißt man alles.«

Mr. Kimble hatte keinen Sinn mehr für unwichtige Dinge. Er setzte sich an den Tisch und wartete mit nachdrücklichem Schweigen auf sein Essen.

»Die Pommes frites müssen nur noch abtropfen. Warte, ich hole lieber eine neue Zeitung. Diese hier hebe ich auf. Nach so langer Zeit steckt sicher nicht mehr die Polizei dahinter. Wenn's Anwälte sind, wegen dem Nachlaß oder so, ist vielleicht was drin. Von Belohnung steht ja nichts da, trotzdem ... Ich wünschte, ich wüßte, wen ich fragen könnte, was ich machen soll. Die Adresse ist irgendwo in London. Aber ich glaube nicht, daß ich denen schreiben möchte. Jim, was meinst du dazu?«

»Hm«, machte Mr. Kimble und sah hungrig auf den Fisch und die Pommes frites. Die Diskussion wurde verschoben.

13

Gwenda betrachtete Mr. Walter Fane über den wuchtigen Mahagonischreibtisch hinweg.

Was sie sah, war ein ziemlich müder Mann um die Fünfzig mit freundlich-leerem Gesicht, das man sich schwer merken konnte. Der Typ, dachte Gwenda, den man auf der Straße nur mühsam wiedererkennt, keine sehr ausgeprägte Persönlichkeit. Er sprach langsam und war sehr höflich. Vermutlich ein tüchtiger Anwalt, überlegte sie.

Sie ließ den Blick kurz durch das ganze Büro schweifen – das Büro des jetzigen Seniorchefs. Es paßte zu Walter Fane, fand sie, so entschieden altmodisch, wie es war. Die Möbel waren abgenutzt, aber gediegen. An den Wänden stapelten sich Aktenkästen mit ehrfurchtgebietenden Namensschildern: Sir John Vavasour-Trench. Lady Jessup. Arthur Foulkes, Esquire, verstorben.

Die hohen Schiebefenster, reichlich schmutzig übrigens, gingen auf den Hinterhof hinaus, dessen graues Geviert von den angrenzenden Mauern ebenso alter Häuser gebildet wurde. Es gab nichts Modernes oder gar Elegantes, aber auch nichts Ärmliches. Die Unordnung auf dem mit Papieren bedeckten Schreibtisch, die schief in den Regalen lehnenden juristischen Wälzer, die teils verstaubten Aktenstapel – alles das kennzeichnete das Büro eines erfahrenen Anwalts, der genau wußte, wo er mit einem Griff fand, was er brauchte.

Das leise Kratzen seiner Füllfeder hörte auf. Er sah Gwenda mit einem breiten, freundlichen Lächeln an.

»So, das dürfte klar sein, Mrs. Reed«, sagte er. »Ein sehr einfaches Testament. Wann darf ich Sie zur Unterschrift erwarten?«

Gwenda sagte, sobald es ihm passe. Es sei ja nicht besonders eilig.

»Wir wohnen noch nicht lange hier«, fügte sie hinzu. »In ›Hillside‹.«

»Ja, Sie haben mir die Adresse schon genannt«, sagte Walter Fane mit einem Blick auf seine Notizen. Sein Ton hatte sich um keine Nuance geändert.

»Es ist ein sehr schönes Haus. Wir fühlen uns schon ganz heimisch.«

»Gratuliere«, sagte Walter Fane lächelnd. »Liegt es am Meer?«

»Nicht ganz. Ich glaube, früher hat es anders geheißen. Ja, richtig: ›St. Catherine.‹«

Walter Fane nahm seine Brille ab, um sie mit einem seidenen Taschentuch zu putzen.

»Ach ja«, sagte er. »In der Leahampton Road!«
Er sah kurz auf, und es frappierte sie wieder einmal, wie verändert Brillenträger ohne die gewohnten Gläser wirkten. Walter Fanes Augen, von einem sehr blassen Grau, erschienen besonders kurzsichtig und blicklos. Sein ganzes Gesicht, dachte Gwenda, macht auf einmal den Eindruck, als wäre er nicht ganz da.
Dann setzte er die Brille wieder auf und stellte noch eine seiner präzisen Fragen.
»Wenn ich Sie recht verstanden habe, Mrs. Reed, haben Sie doch schon anläßlich Ihrer Heirat eine Verfügung getroffen?«
»Ja, aber damals hatte ich noch ein paar Verwandte in Neuseeland mit aufgeführt, die inzwischen gestorben sind. Darum dachte ich, es sei am einfachsten, gleich ein neues Testament zu machen, zumal wir die Absicht haben, nun auf die Dauer im Land zu bleiben.«
»Ein sehr vernünftiger Standpunkt.« Walter Fane nickte. »Nun, Mrs. Reed, damit wäre wohl alles klar. Vielleicht könnten Sie übermorgen wiederkommen? Paßt es Ihnen um elf?«
»Ja, das geht sehr gut.«
Gwenda stand auf, Walter Fane ebenfalls. Kurz vor der Tür sagte sie mit einem Stottern, das sie sorgfältig eingeübt hatte:
»Ich ... ich bin extra zu Ihnen gekommen, weil Sie ... ich meine, ich glaube, daß Sie ... meine Mutter gekannt haben.«
»Ach?« Er legte das notwendige höfliche Interesse in seine Stimme. »Wie war denn ihr Name?«
»Halliday. Megan Halliday. Ich glaube – das heißt, ich habe gehört –, daß Sie einmal verlobt mit ihr waren?«
Eine Wanduhr tickte plötzlich überlaut. Eins, zwei, eins, zwei, eins, zwei.
Auch Gwenda fühlte ihr Herz lauter schlagen. Was für ein ruhiges Gesicht Walter Fane hatte! Wie ein Haus mit herabgelassenen Jalousien, ein Haus, in dem eine Leiche lag ... Welch verrückter Gedanke, wies sie sich sofort zurecht.
Walter Fane sagte mit unverändertem Gleichmut:

»Nein, Mrs. Reed, ich habe Ihre Mutter nicht gekannt. Ich war einmal verlobt, nur für eine sehr kurze Zeitspanne, mit der zweiten Frau Ihres Vaters, Miss Helen Kennedy.«
»Ach so – das habe ich verwechselt, wie dumm von mir. Es war ja Helen, meine Stiefmutter! Ich war damals noch so klein, daß ich mich nicht richtig erinnern kann. Ich weiß nur, daß die zweite Ehe meines Vaters gescheitert ist, und irgendwann habe ich mal gehört, daß Sie sich mit Mrs. Halliday in Indien verlobt hätten. Natürlich dachte ich, mit Mrs. Halliday sei meine verstorbene Mutter gemeint. Wegen Indien ... Mein Vater hat sie nämlich in Indien kennengelernt.«
»Helen Kennedy kam nach Indien, um mich zu heiraten. Aber dann überlegte sie es sich anders und fuhr zurück. Auf dem Schiff begegnete sie Ihrem Vater.«
Es war eine einfache leidenschaftslose Feststellung von Tatsachen. Gwenda erinnerte er immer noch an ein Haus mit herabgelassenen Jalousien.
»Bitte, entschuldigen Sie«, sagte sie. »Habe ich Sie verletzt?«
Walter Fane lächelte – sein breites, freundliches Lächeln. Die Jalousien waren oben.
»Das war vor neunzehn oder zwanzig Jahren, Mrs. Reed«, sagte er. »Die Probleme und Verrücktheiten unserer Jugend bedeuten nach so langer Zeit nicht mehr viel. Soso, Sie sind also Hallidays kleine Tochter. Sie wissen doch, daß Ihr Vater und Helen einige Zeit hier in Dillmouth gewohnt haben?«
»O ja«, antwortete Gwenda, »das war der Hauptgrund, warum mein Mann und ich hergekommen sind. Obwohl ich nur ungenaue Kindheitserinnerungen hatte, wollte ich doch zuerst nach Dillmouth, als wir uns überlegten, wo wir in England leben könnten. Erst war ich einfach neugierig auf die Gegend, und dann fand ich sie so reizvoll, daß ich mich nach einem Haus für uns umsah. Und – ist das nicht ein schöner Zufall? Wir haben das Haus bekommen, in dem mein Vater, Helen und ich schon einmal wohnten!«
»Ja, ich war manchmal dort zu Besuch«, sagte Walter Fane und lächelte auf seine angenehme Art. »Sie erinnern sich gewiß nicht an mich, Mrs. Reed, aber ich habe Ihnen immer Bonbons zugesteckt.«

»Wirklich?« Gwenda lachte. »Dann sind Sie ja ein richtiger alter Hausfreund. Leider kann ich nicht so tun, als hätte ich Sie gleich wiedererkannt, aber ich war ja auch höchstens drei Jahre alt. Waren Sie damals auf Urlaub zu Hause?«
»Nein, ich hatte Indien für immer den Rücken gekehrt. Ich hatte mich als Teepflanzer versucht, aber es zeigte sich, daß ich mich nicht dafür eignete. Ich war eben doch dazu bestimmt, in die Fußstapfen meines Vaters zu treten und ein biederer Provinzjurist zu werden. Da ich die nötigen Examen schon vorher gemacht hatte, trat ich gleich in die Kanzlei ein.« Er hielt inne. »Und seitdem bin ich hier. Seit damals. Immer.«
Na, dachte Gwenda, so lang sind achtzehn oder neunzehn Jahre auch wieder nicht.
Walter Fane beendete das Gespräch mit einem Händedruck.
»Da wir so alte Bekannte sind, müssen Sie und Ihr Gatte unbedingt auch meine Mutter kennenlernen. Ich werde ihr von Ihnen erzählen. Inzwischen bleibt es bei Donnerstag vormittag hier zur Unterschrift, nicht wahr?«
Gwenda verließ das Büro und wandte sich zur Treppe. In einer Ecke auf dem Absatz war ein Spinnennetz, in dem eine blasse, ziemlich nichtssagende Spinne saß. Nicht die dicke, lebendige Art, die sich auf gefangene Fliegen stürzte und sie aussog. Eher das Gespenst einer Spinne, dachte Gwenda. Und sie wußte selbst nicht, warum ihr Walter Fane einfiel.

Giles erwartete seine Frau draußen auf der Strandpromenade. »Na?« fragte er.
»Er war in der betreffenden Zeit in Dillmouth«, berichtete Gwenda. »Von Indien zurück, für immer, sagte er. Er erinnerte sich, daß er bei uns im Haus verkehrt hat; er hat mir Bonbons geschenkt. Aber der ist kein Mörder – unvorstellbar! Viel zu still und gutmütig. Ein netter Mensch, wirklich, aber einer von denen, die man übersieht. Wenn sie auf einer Party sind und früher gehen als die andern, nimmt man gar keine Notiz davon. Dabei ist er bestimmt unheimlich anständig und zuverlässig, ein musterhafter Sohn und solide, aber – mit den Augen einer Frau gesehen – unglaublich langwei-

lig! Ich verstehe schon, daß Helen sich damals anders besann. So einen heiratet man, wenn man auf Sicherheit Wert legt und keine andere Chance hat, aber bestimmt nicht aus reinem Gefühlsüberschwang.«
»Armer Teufel«, sagte Giles. »Und er war vermutlich verrückt nach ihr.«
»Ach, ich weiß nicht. Mir kommt's eigentlich nicht so vor. Jedenfalls ist ein gehässiger Racheakt bei ihm undenkbar. Fane hat kein bißchen Veranlagung zum Mörder.«
»Du kennst dich wohl mit Mördern aus, was, Liebling?« neckte sie Giles.
»Irgendwas würde einem doch auffallen...«
»In den letzten Jahren gab es eine ganze Menge Mordprozesse, bei denen kein Mensch den Tätern etwas Böses zugetraut hätte. Stille, brave, bescheidene Mitbürger. Man sieht den Leuten den Mörder nicht an der Nasenspitze an.«
»Trotzdem kann ich nicht glauben, daß Fane...«
Gwenda stockte.
»Was ist los?«
»Ach, nichts.«
Aber sie hatte plötzlich daran denken müssen, wie Walter Fane seine Brille geputzt und seine Augen so sonderbar nackt und blicklos in die Luft gestarrt hatten, als sie »St. Catherine« erwähnte.
»Vielleicht«, sagte sie unsicher, »war er doch verrückt nach ihr...«

14

Mrs. Mountfords Wohnzimmer war sehr gemütlich. Um einen runden Mitteltisch mit gestickter Decke waren mehrere altertümliche Plüschsessel gruppiert, an der Wand stand ein steif aussehendes, aber überraschend gut gepolstertes Sofa. Porzellanhunde und andere Nippsachen thronten auf dem Kamin, und der Bildschmuck an den Wänden bestand aus prächtig kolorierten Bildern der königlichen Familie so-

wie einem Foto, das Mr. Mountford mit hoher Konditormütze im Kreis mehrerer Kollegen zeigte. Ferner gab es ein Kunstwerk aus kleinen Muscheln und Wasserfarbe, das eine sehr blaue Grotte von Capri darstellte. Alle diese Dinge wollten nicht Schönheit oder Geschmack vortäuschen; das Resultat war ein fröhlicher Raum, in dem jeder gern saß und sich entspannte, wenn seine Zeit es zuließ.
Mrs. Mountford, geborene Pagett, war untersetzt und rundlich, mit ein paar grauen Strähnen im dunklen Haar, ihre Schwester Edith dagegen groß und dünn. Sie hatte noch kaum ein graues Haar, obwohl sie um die Fünfzig sein mußte.
»Na, so was!« wunderte sich Edith Pagett nach der Begrüßung. »Die kleine Gwennie! Nehmen Sie's mir nicht übel, Ma'am, es rutscht mir so heraus, wenn ich an die alten Zeiten denke. Ein süßes Ding waren Sie. Kamen immer zu mir in die Küche und wollten ›Sinen‹, damit haben Sie Rosinen gemeint, nicht Apfelsinen, und ich gab Ihnen auch welche, das heißt, Sultaninen, weil da keine Kerne drin sind.«
Gwenda starrte in das rotwangige Gesicht mit den lebhaften schwarzen Augen und zermarterte sich das Hirn, aber ohne Erfolg. Die Erinnerung war eine trügerische Sache.
»Wenn ich mich nur erinnern könnte . . .«, fing sie an.
»Höchst unwahrscheinlich. Sie waren ja noch ein so kleines Mädchen. Heute will niemand mehr zu Kindern. Verstehe ich gar nicht. Kinder bringen doch erst Leben ins Haus, finde ich. Na ja, das Kochen macht ein bißchen Mühe, aber daran sind viel weniger die Kinder schuld, Ma'am, als die Kindermädchen. Die sind heikel und wählerisch und wollen immer bedient werden. Erinnern Sie sich noch an Leonie, Miss Gwennie – Entschuldigung, Mrs. Reed?«
»Leonie? War das mein Kindermädchen?«
»Ja, eine Schweizerin. Sie konnte nicht gut Englisch und war sehr empfindlich, heulte immer gleich, wenn Lily ihr was sagte. Lily war das Hausmädchen, Lily Abbott, jung und ein bißchen schnippisch. Mit Ihnen hat sie immer gespielt, Miss Gwennie, Verstecken und Kuckuck durchs Treppengeländer . . .«

Gwenda zuckte unwillkürlich zusammen. Das Treppengeländer...

Dann sagte sie plötzlich: »An Lily erinnere ich mich. Sie hat der Katze eine Schleife umgebunden.«

»Na, so was! Das ist aber ein Gedächtnis! Stimmt, das war an Ihrem dritten Geburtstag, und Lily war außer Rand und Band, und Thomas mußte unbedingt eine Schleife umhaben. Sie nahm die von der großen Konfektschachtel, und das arme Vieh kratzte und spuckte und raste in den Garten und scheuerte sich so lange an den Bäumen und Sträuchern, bis es die Schleife wieder los war. Katzen mögen solche Späße nicht.«

»Es war eine schwarze mit weißen Pfoten, nicht wahr?«

»Ja. Armer alter Tommy – ein tüchtiger Mäusefänger, und...« Edith Pagett unterbrach sich und hustete verlegen. »Entschuldigen Sie, daß ich so drauflosrede, aber die Zunge geht einfach mit mir durch, wenn ich von alten Zeiten rede. Sie wollten mich was fragen?«

»Ja, gerade das, wovon Sie erzählen«, sagte Gwenda lächelnd. »Ich höre Ihnen gerne zu. Sehen Sie, ich kam ja schon als kleines Kind nach Neuseeland und wuchs dort bei Verwandten auf. Sie wußten wenig von meinem Vater und gar nichts von meiner Stiefmutter. Sie – sie war nett, nicht wahr?«

»Ja, und besonders zu Ihnen, Ma'am. Sie hat Sie immer an den Strand mitgenommen und im Garten mit Ihnen gespielt. War ja selber noch ganz jung, eher ein junges Mädchen als eine verheiratete Frau. Ich hab mir oft gedacht, daß ihr das Spielen den gleichen Spaß machte wie Ihnen. Sie war ja als Einzelkind aufgewachsen, wissen Sie, oder so gut wie allein. Dr. Kennedy, der große Bruder, war viel, viel älter als sie und immer in Büchern vergraben. Und wenn sie nicht weg in der Schule war, mußte sie in den Ferien alleine spielen.«

Hier mischte sich Miss Marple ein, die auf dem Sofa saß:

»Sie haben Ihr ganzes Leben in Dillmouth gewohnt, nicht wahr?«

»O ja, Ma'am. Mein Vater hatte den kleinen Hof auf der anderen Hügelseite. Söhne waren keine da, und meine Mutter

konnte nach seinem Tod die Wirtschaft nicht mehr schaffen, und darum hat sie den Hof verkauft und den kleinen Galanterieladen in der Hauptstraße gepachtet. Ja, ich kenne Dillmouth in- und auswendig.«
»Sicher auch die meisten Einwohner und alle Familiengeschichten?«
»Nicht genau, aber ungefähr. Dillmouth war ja früher ein kleines Nest, obwohl wir eine ganze Menge Sommergäste hatten, solang ich zurückdenken kann. Es waren nette, ruhige Leute, die jedes Jahr wiederkamen, nicht so viele Zugvögel und Autotouristen wie heutzutage. Die guten Familien haben immer im selben Quartier für vier Wochen vorbestellt, Jahr um Jahr.«
»Ich nehme an«, bemerkte Giles, »daß Sie Helen schon vor ihrer Heirat kannten?«
»Nun, ich wußte, wer sie war, und habe sie hin und wieder auch mal von weitem gesehen. Richtig kennengelernt habe ich sie erst, als ich bei den Hallidays Köchin war.«
»Und Sie hatten sie gern«, sagte Miss Marple.
Edith Pagett wandte sich mit einem Anflug von Trotz ihr zu.
»Ja, Madam«, erwiderte sie, »egal, wie die Leute über sie redeten. Zu mir war sie immer so nett, wie man sich's nur wünschen kann. Ich hätte nie gedacht, daß sie so eine Dummheit machen würde. Mir hat es glatt die Sprache verschlagen, als es herauskam, obwohl man schon so was munkelte...«
Sie schloß abrupt den Mund und warf einen raschen, verlegenen Blick auf Gwenda, die mit instinktiver Offenheit sagte:
»Erzählen Sie nur, bitte! Ich möchte gern Bescheid wissen, Sie war nicht meine Mutter.«
»Das stimmt wohl, Ma'am.«
»Und sehen Sie, wir möchten jetzt herausfinden, wo sie ist. Alle Leute scheinen sie ganz aus den Augen verloren zu haben. Wir wissen nicht einmal, ob sie noch lebt. Und wir haben Gründe...«
Da sie nicht weiter wußte, warf Giles rasch ein:
»Rechtliche Gründe. Wir wissen nicht, ob wir sie für tot erklären lassen sollen oder was sonst.«

»Oh, das kenne ich, Sir! Der Mann meiner Kusine wurde im letzten Krieg als vermißt gemeldet, und sie hatte so viele Schwierigkeiten deswegen, bis er nach Jahren für tot erklärt wurde. Es war alles furchtbar aufreibend für die arme Frau. Gewiß, Sir, wenn ich Ihnen helfen kann! Es ist ja nicht so, als wären Sie Fremde für mich. Miss Gwennie und ihre ›Sinen‹! Es war so drollig, wie sie das sagte.«
»Sehr freundlich von Ihnen«, meinte Giles. »Dann will ich gleich losschießen, wenn Sie erlauben. Mrs. Halliday hat das Haus ganz plötzlich verlassen, wie ich hörte?«
»Ja, Sir. Es war ein schöner Schreck für uns alle – besonders natürlich für den armen Major. Es hat ihn völlig umgehauen.«
»Ich möchte Sie ganz offen fragen: Haben Sie eine Ahnung, mit wem sie weggegangen ist?«
»Das hat Dr. Kennedy mich damals als erstes gefragt«, erwiderte Edith Pagett kopfschüttelnd. »Ich konnte es ihm nicht sagen, und Lily auch nicht, und was Leonie betraf – sie hatte als Ausländerin natürlich erst recht keine Ahnung.«
»Gut, Sie wußten nichts Genaues«, sagte Giles. »Aber Sie hatten sicherlich eine Vermutung? Jetzt, nach all den Jahren, ist es ja keine Klatscherei mehr, und es macht auch nichts, wenn Sie sich geirrt haben. Wen hatten Sie in Verdacht?«
»Nun, einen Verdacht hatten wir schon, mehr aber auch nicht, verstehen Sie? Ich selbst habe nie was gemerkt. Aber Lily, die war spitzfindiger, und die hatte so ihre Ideen, schon lange vorher. ›Merk dir meine Worte‹, sagte sie mehr als einmal zu mir, ›der Kerl ist scharf auf sie. Verschlingt sie mit den Augen, wenn sie bloß den Tee eingießt. Und seine Frau sieht aus, als wollte sie sie erdolchen!‹
»Aha. Und wer war der Bursche?«
»Zu dumm, Sir, ich habe seinen Namen vergessen. Esdale, glaube ich, Captain Esdale... Nein, Emery... nein, auch nicht. Ich habe nur das Gefühl, der Name hat mit E angefangen. Oder mit H? Jedenfalls war's ein ungewöhnlicher Name, aber ich habe eben seit Jahren nicht mehr dran gedacht. Er und seine Frau wohnten im ›Royal Clarence‹.«
»Im Hotel? Dann waren es also Sommergäste?«

»Ja, aber ich glaube, er – oder beide – kannten Mrs. Halliday schon von früher her. Sie kamen ziemlich oft zu Besuch ins Haus. Mir ist nichts aufgefallen, aber Lily hat behauptet, er wäre in Mrs. Halliday vernarrt.«
»Und seine Frau sah das nicht gern.«
»Sicher nicht, Sir. Aber ich hab nie geglaubt, daß mit den beiden was wäre. Ich weiß bis heute nicht, was ich denken soll.«
»War das Ehepaar noch im ›Royal Clarence‹, als Helen ... als meine Stiefmutter verschwand?« fragte Gwenda.
»Soweit ich mich erinnere, reisten sie ungefähr um dieselbe Zeit ab, ob einen Tag früher oder später, weiß ich nicht. Auf jeden Fall war es um diese Zeit, so daß die Leute wieder was zu klatschen hatten. Viele sagten, sie wäre schon immer oberflächlich und leichtsinnig gewesen. Na, dann erfuhr man nie was Genaueres, und die Sache war nicht mehr sensationell, und man redete nicht weiter drüber. Ich habe Mrs. Halliday nett gefunden, sonst wäre ich nicht bereit gewesen, mit ihnen nach Norfolk umzuziehen.«
Die drei Besucher starrten sie erstaunt an. Dann fragte Giles: »Norfolk? Wollten sie nach Norfolk?«
»Ja, Sir. Sie hatten dort ein Haus in Aussicht. Mrs. Halliday hat es mir ungefähr drei Wochen vorher erzählt. Ich meine, bevor alles passierte. Sie fragte, ob ich mitkommen würde, und ich war einverstanden. Ich dachte mir, eine andere Gegend wäre vielleicht mal ganz gut für mich, weil ich doch noch nie von Dillmouth weggewesen war, und außerdem war ich gern bei der Familie Halliday und wollte nicht schon wieder die Stelle wechseln.«
»Von einem Hauskauf in Norfolk hören wir zum erstenmal«, sagte Giles.
»Ja, ich fand es auch ein bißchen komisch, Sir, daß Mrs. Halliday so geheimnisvoll tat. Sie sagte, ich sollte vorläufig mit niemand darüber sprechen, und natürlich habe ich den Mund gehalten. Allerdings hatte ich schon seit einer Weile gemerkt, daß sie gern weg wollte und Major Halliday deswegen in den Ohren lag, aber er fühlte sich in Dillmouth sehr wohl. Er wollte sogar an Mrs. Findeyson schreiben,

die damals in Ägypten war, ob sie ihm ›St. Catherine‹ nicht verkaufen würde, aber seine Frau war dagegen. Sie schien beinahe eine Wut auf Dillmouth zu haben oder so was. Es war fast, als hätte sie Angst, lange hierzubleiben.«
Edith Pagett erzählte dies alles ganz arglos und natürlich, aber die drei Gäste lauschten mit gespannter Aufmerksamkeit.
»Halten Sie es für möglich«, fragte Giles, »daß sie nach Norfolk ziehen wollte, um näher bei – bei diesem Mann zu sein, dessen Namen Sie vergessen haben?«
Edith Pagett sah ihn bestürzt an.
»Oh, das möchte ich lieber nicht glauben, Sir! So was habe ich auch damals keinen Moment gedacht. Außerdem wohnten sie gar nicht in Norfolk; daran erinnere ich mich jetzt genau. Sie wohnten im Norden und kamen zur Sommerfrische gern an die Südküste, weil's hier milder ist, aber zu Hause waren sie nicht in Norfolk, sondern in – in Northumberland, glaube ich.«
»Und warum, meinen Sie, fühlte sich meine Stiefmutter hier in Dillmouth nicht wohl? Wovor oder vor wem hatte sie Angst?«
»Ich... Jetzt, wo Sie es sagen...«
»Ja?«
»Jetzt fällt mir ein, wie Lily eines Tages zu mir in die Küche kam. Sie hatte draußen in der Halle Staub gewischt und sagte: ›Da ist mal wieder Mordskrach!‹ Entschuldigen Sie, Lily hatte manchmal eine ordinäre Art, sich auszudrücken. Dann erzählte sie, Mrs. Halliday und der Herr wären vom Garten in den Salon gekommen, und weil die Tür zur Halle einen Spalt offen war, hatte Lily alles mitgehört. ›...Ich habe Angst‹, soll Mrs. Halliday gesagt haben, und es klang auch ganz verängstigt, meinte Lily. Dann ging's ungefähr so weiter: ›Das ist doch Wahnsinn. Das ist nicht normal! Ich fürchte mich schon lange. Ich will endlich in Ruhe gelassen werden. Ich glaube, ich habe schon immer Angst gehabt und es nur nicht gewußt...‹
So etwas Ähnliches hat sie gesagt, die genauen Worte weiß ich natürlich nicht mehr. Lily hat die Sache sehr ernst ge-

nommen, und darum, als Mrs. Halliday verschwunden war ...«

Die Köchin schloß den Mund. Ein seltsam ängstlicher Ausdruck trat in ihr Gesicht.

»Entschuldigung, ich habe mich verplappert, Ma'am«, sagte sie. »Ich wollte nicht ...«

»Erzählen Sie uns nur alles«, ermutigte sie Giles freundlich. »Für uns ist es sehr wichtig. Auch wenn es lange her ist – wir müssen allen Spuren nachgehen.«

»Ja, aber ...«, stammelte Edith Pagett hilflos.

»Sie wollten uns erzählen, was Lily damals glaubte oder nicht glaubte«, half Miss Marple nach.

»Ach, diese Lily«, sagte Edith Pagett entschuldigend, »sie hatte nichts als Flausen im Kopf. Ich habe nie ernsthaft hingehört. Sie rannte dauernd ins Kino, und da hatte sie ihre verrückten Einfälle wohl her. Auch an dem Abend, an dem Mrs. Halliday verschwunden ist, war sie im Kino. Sie hatte Leonie mitgenommen, was sie nicht durfte. Ich hab' ihr den Kopf gewaschen, aber Lily sagte: ›Ach, ist doch egal, das Kind bleibt ja nicht allein im Haus – du bist in der Küche, und abends sind die Herrschaften da, und das Kind wacht sowieso nie auf, wenn's mal schläft.‹ Daß Leonie mit war, wußte ich erst hinterher, sonst wäre ich zwischendurch bestimmt mal ins Kinderzimmer raufgegangen, um nach Gwennie zu sehen – pardon, Ma'am –, aber so blieb ich in der Küche, und wenn da die Tür zu ist, hört man keinen Laut, weil sie mit grünem Tuch bespannt ist. Ich hatte eine Menge zu bügeln, und der Abend verging im Nu, und als nächstes kam plötzlich Dr. Kennedy in die Küche und fragte nach Lily. Ich sagte, sie wär' im Kino, würde aber wohl bald kommen, und richtig, da kam sie auch gerade, und der Doktor nahm sie mit nach oben, damit sie nachsah, ob von Mrs. Halliday was fehlte. Lily kam dann ganz aufgeregt wieder zu mir runter und erzählte, ja, von den Kleidern waren eine ganze Menge weg, auch ein Koffer und eine Reisetasche. ›Sie ist also richtig mit ihrem Galan abgehauen!‹ sagte sie – entschuldigen Sie, so redete sie nun mal –, ›und der Herr ist völlig zusammengebrochen, er hat einen Schlaganfall oder so

was. Der Doktor sagt, das käme vom Schock. Na, er hätte es eigentlich schon lange kommen sehen müssen.‹ Ich sage: ›Woher weißt du denn das so genau, daß sie durchgegangen ist, vielleicht hat sie ein Telegramm von einem kranken Verwandten gekriegt und mußte ganz schnell hin.‹ – ›Daß ich nicht kichere!‹ sagte Lily wieder ganz frech, ›von wegen kranker Verwandter! Sie hat 'nen richtigen Abschiedsbrief hinterlassen.‹ – ›Mit wem soll sie denn deiner Meinung nach durchgegangen sein?‹ fragte ich, und Lily sagte: ›Na, mit dem ehrpusseligen Mr. Fane bestimmt nicht, und wenn er sie noch so anschmachtet und wie ein Schaf hinter ihr hertrottet. Ich wette auf den Captain – wenn's nicht der geheimnisvolle Unbekannte mit dem schicken Wagen war.‹ (Das mit dem feinen Auto war bloß so eine Blödelei unter uns.) ›Ich glaub's nicht‹, habe ich gesagt, ›nicht Mrs. Halliday. Die tut so was nicht.‹ Und Lily hat gesagt: ›Na, offensichtlich doch!‹
Das alles war noch am Abend, gleich danach, müssen Sie wissen. Aber später, mitten in der Nacht, hat Lily mich plötzlich aus dem Schlaf gerüttelt. ›Hör mal‹, hat sie geflüstert, ›da stimmt was nicht.‹ – ›Was stimmt nun schon wieder nicht?‹ frag' ich. ›Das mit den Kleidern‹, sagt sie. ›Als der Doktor mich zum Schrank geführt hat, hab' ich ihm nur bestätigt, daß genug Kleider weg waren, um einen Koffer und eine Reisetasche damit zu füllen. Erst hinterher ist mir aufgefallen, daß es die falschen Sachen waren.‹ – ›Was soll das heißen?‹ frag' ich. ›Na, zum Beispiel das graue Abendkleid mit Silberstickerei‹, sagt sie. ›Das nahm sie mit. Aber nicht die dazugehörige Unterwäsche. Und die Goldbrokatschuhe sind weg statt der silbernen Sandaletten, und das dicke grüne Winterkostüm, das sie frühestens ab November trägt, und kein Pulli, aber massenhaft Spitzenblusen. Keine Frau würde so blödsinnig packen. Und nun merke dir meine Worte, Edith‹, sagte Lily. ›Sie ist gar nicht durchgebrannt. Der Major hat sie umgebracht!‹
Na, mittlerweile war ich hellwach. Ich fuhr im Bett hoch und zischte sie an, wie sie auf solche verrückte Gedanken käme, und da sagte sie: ›Es ist genau wie neulich in der Wochenschau: Da hatte auch einer rausgekriegt, daß seine Frau ihn

betrog, und er hat sie umgebracht und im Keller vergraben.‹ – ›Da hätte ich doch was hören müssen‹, stottere ich ganz verwirrt. ›Von der Küche aus kannst du nichts hören, wenn die Tür zu ist, und der Keller ist auf der anderen Seite unter der Halle. Nein, er hat sie abgemurkst und hinterher einfach irgendwelche Sachen von ihr in den Koffer gepackt und das Gepäck weggeschafft, damit es so aussieht, als hätte sie ihn verlassen – aber in Wirklichkeit ist sie nicht lebend aus dem Haus gekommen. Sie liegt unten im Keller vergraben.‹ Ich hab' Lily angefaucht, sie sollte keinen so sündhaften Unsinn reden, aber Ihnen kann ich ja gestehen, daß ich am nächsten Morgen heimlich in den Keller gegangen bin und nachgesehen habe. Es war alles wie gewöhnlich, kein Stäubchen und schon gar keine Grabspuren, und ich bin wieder raufgegangen und hab' Lily meine Meinung gesagt. Aber sie blieb dabei, der Herr hätte sie umgebracht. ›Sie hatte eine Todesangst vor ihm, weißt du nicht mehr?‹ sagte sie. ›Ich hab's doch neulich mit meinen eigenen Ohren gehört.‹ – ›Da täuschst du dich, Lily‹, sag' ich. ›Der Major war noch gar nicht zu Hause. Ich hab' ihn nämlich erst eine halbe Stunde später mit eigenen Augen vom Golfplatz kommen sehen. Also kann Mrs. Halliday nicht mit ihm gesprochen haben, als du in der Halle Staub gewischt hast. Es muß jemand anders gewesen sein.‹«

Das Echo der letzten Worte schien in dem gemütlichen alltäglichen Wohnzimmer nachzuhallen.

Giles wiederholte halblaut: »Es muß jemand anders gewesen sein ...«

15

Das »Royal Clarence« war das älteste Hotel der Stadt. Es hatte eine altertümliche Fassade mit einem großen Portal und eine ebenso altertümliche Atmosphäre. Die Gäste waren bessere Familien, die regelmäßig für einen Monat im Jahr ans Meer fuhren.

Miss Narracott, die hinter dem Empfangspult thronte, war eine vollbusige Dame von siebenundvierzig mit altmodischer Frisur. Giles gegenüber taute sie auf, da ihr fachmännisches Auge ihn sofort unter die besseren Leute einreihte. Und Giles, der sehr redegewandt und einschmeichelnd sein konnte, wenn er wollte, spann ihr ein gutgefundenes Garn vor. Er habe mit seiner Frau gewettet, ob ihre Patentante vor achtzehn Jahren hier im »Royal Clarence« gewohnt habe oder nicht. Sie, seine Frau, behauptete, diese Streitfrage könne nie gelöst werden, weil so alte Gästebücher bestimmt längst vernichtet seien. Er, Giles Reed, sei dagegen der Meinung, daß ein vornehmes Etablissement wie das »Royal Clarence« seine Gästebücher selbstverständlich aufbewahre. Es seien ja sozusagen historische Dokumente. Das Haus bestünde doch mindestens seit hundert Jahren? »Nun, ganz so alt sind wir noch nicht, Mr. Reed«, sagte Miss Narracott lächelnd. »Aber wir bewahren natürlich alle Gästebücher auf; sie enthalten sehr bekannte Namen. Der Prince of Wales war hier, und die alte Prinzessin Adlemar von Holstein-Rotz verbrachte mit ihrer Gesellschafterin mehrere Winter bei uns. Wir hatten auch einige berühmte Schriftsteller und Maler zu Gast, zum Beispiel den Porträtisten Mr. Dovery.«

Giles antwortete mit angemessenem Respekt, und zur Belohnung wurde der für ihn interessante Jahrgang des geheiligten Gästebuchs aus dem Archiv geholt. Nachdem Miss Narracott ihn auf verschiedene glanzvolle Namen hingewiesen hatte, konnte Giles den August durchblättern.

Ja, da waren die Gesuchten! 27. Juli bis 17. August: Major Setoun Erskine und Frau, Anstell Manor, Daith, Northumberland.

»Gefunden!« sagte Giles. »Darf ich mir die Eintragung abschreiben?«

»Gewiß, Mr. Reed. Freut mich, daß Sie Ihre Wette gewonnen haben. Hier ist Schreibzeug – oh, Sie haben selbst einen Füller. Also bedienen Sie sich.«

Giles notierte die Adresse in seinem Taschenkalender und entfernte sich unter Danksagungen.

Bei seiner Rückkehr war Gwenda im Garten beim Kräuter-

beet. Sie richtete sich vom Jäten rasch auf und sah ihn fragend an. »Hat's geklappt, Giles?«
»Ja. Ich glaube, wir haben ihn.«
Gwenda las mit leiser Stimme die Notiz: »Erskine. Anstell Manor, Daith, Northumberland. Ja, Edith Pagett sprach von Northumberland. Ob sie heute noch dort wohnen?«
»Wir müssen eben hinfahren und es feststellen.«
»Ja ... ja, fahren wir besser direkt hin. Wann?«
»So bald wie möglich. Morgen? Wir nehmen das Auto. Auf diese Weise lernst du ein bißchen mehr von England kennen.«
»Aber wenn sie tot sind, oder umgezogen, und jetzt ganz andere Leute in dem Haus wohnen?«
»Nun«, sagte Giles achselzuckend, »dann kommen wir zurück und verfolgen die andern Hinweise weiter. Übrigens habe ich heute morgen an Dr. Kennedy geschrieben und ihn gebeten, uns die Briefe seiner Schwester zur Ansicht zu schicken, falls er sie noch hat, und möglichst auch eine frühere Schriftprobe von ihr.«
»Ich wünsche«, sagte Gwenda, »wir könnten mit dem damaligen Hausmädchen Kontakt aufnehmen – mit Lily, die der Katze die Schleife umgebunden hat!«
»Erstaunlich, daß du dich plötzlich daran erinnert hast.«
»Ja, nicht wahr? Aber auf Kinder macht so was eben Eindruck. Ich erinnere mich auch an Tommy. Er war schwarz mit weißer Brust und weißen Pfoten und bekam drei süße Kätzchen ...«
»Was? Ein Kater?«
»Nun ja, er hieß Thomas – bis er sich eines Tages als Thomasine entpuppte. Aber um auf Lily zurückzukommen: Was mag wohl aus ihr geworden sein? Edith Pagett hat sie offenbar aus den Augen verloren. Sie war nicht von hier, und nach der Auflösung des Haushalts von ›St. Catherine‹ ging sie nach Torquay in Stellung. Edith sagte, sie hätte nur noch ein- oder zweimal von ihr gehört, zum letztenmal, daß sie geheiratet hätte, aber Edith wußte nicht mehr, wen. Wenn wir diese Lily aufstöbern könnten, würden wir vielleicht noch manches erfahren.«

»Und von deinem Kindermädchen Leonie auch.«
»Vielleicht, aber als Ausländerin wird sie nicht viel von den Vorgängen verstanden haben. Komisch, ich kann mich überhaupt nicht an Leonie erinnern. Nein, ich habe das Gefühl, daß nur Lily uns nützen könnte, weil sie immer so scharf aufpaßte. Weißt du was, Giles? Wir setzen noch ein Inserat in die Zeitung, diesmal direkt auf sie bezogen. Ihr Mädchenname war Lily Abbott.«
»Wir wollen es versuchen«, sagte Giles. »Und morgen fahren wir nach Northumberland und stellen fest, was es mit diesen Erskines für eine Bewandtnis hat.«

16

»Sei schön brav, Henry!« befahl Mrs. Fane einem asthmatischen Spaniel, dessen feuchte Augen vor Gier glänzten. »Noch einen kleinen Teekuchen, Miss Marple, solange sie warm sind?«
»Vielen Dank. Sie sind vorzüglich. Ihre Köchin muß ein Juwel sein.«
»Nun ja, sie ist ganz leidlich. Vergeßlich – aber das sind sie alle –, und ihre Puddings sind ewig die gleichen. Doch erzählen Sie: was macht Dorothys Ischias? Ein Martyrium für sie. Vor allem die Nerven, glaube ich.«
Miss Marple beeilte sich, die Leiden ihrer gemeinsamen Bekannten genau zu schildern. Ein Glück, daß sie unter den zahlreichen Bekannten und Verwandten, die sie in ganz England verstreut besaß, auf diese Person gestoßen war, die ihrerseits an Mrs. Fane geschrieben und ihr Miss Marple warm empfohlen hatte. So war es zu der Einladung zum Tee gekommen.
Eleanor Fane war eine große, gebieterisch wirkende Frau mit stahlgrauen Augen, drahtigem weißem Haar und einer rosigen Babyhaut, die die Tatsache verbarg, daß sie nichts Weiches und Harmloses an sich hatte.
Von Dorothy Yardes echten oder eingebildeten Beschwer-

den kam das Gespräch auf Miss Marples Gesundheit, die gute Luft von Dillmouth und die allgemeine traurige Verfassung der jüngeren Generation.

»Weil sie als Kinder nicht gelernt haben zu essen, was auf den Tisch kam«, erklärte Mrs. Fane mit Überzeugung. »Bei mir gab's das nicht. In meinem Haus wurden keine Extrawürste gebraten.«

»Wie viele Kinder haben Sie?«

»Drei Söhne. Der älteste, Gerald, ist in Singapore bei der Far East Bank. Robert ist Offizier.« Mrs. Fane stieß abfällig die Luft durch die Nase. »Mit einer römisch-katholischen Frau verheiratet«, fügte sie bedeutungsvoll hinzu. »Sie können sich vorstellen, was das heißt! Alle Kinder werden katholisch erzogen. Ich möchte nicht wissen, was mein Mann dazu gesagt hätte – er war ein sehr strenges Mitglied unserer Kirche. Robert läßt kaum noch von sich hören; er hat mir einiges übelgenommen, was ich nur zu seinem Guten gesagt habe. Ich bin für Ehrlichkeit und sage grundsätzlich, was ich denke. Und seine Heirat war meiner Meinung nach ein absoluter Mißgriff. Mag er jetzt auch so tun, als wäre er glücklich, der Ärmste – ich weiß, daß er nur den Schein wahren will.«

»Ihr jüngster Sohn ist noch Junggeselle, glaube ich?« fragte Miss Marple.

»Ja.« Mrs. Fane strahlte. »Walter lebt bei mir. Er ist etwas zart, war es von Kind an, und ich habe immer sehr auf seine Gesundheit achten müssen. Übrigens muß er bald aus dem Büro kommen. Ich kann Ihnen gar nicht sagen, wie liebevoll und aufmerksam er ist. Ich preise mich glücklich, einen solchen Sohn zu haben.«

»Hat er nie ans Heiraten gedacht?« forschte Miss Marple.

»Walter sagt immer, er hat nichts für die modernen jungen Dinger übrig. Sie gefallen ihm nicht. Er und ich haben soviel Gemeinsames, daß ich manchmal fürchte, er kommt nicht genug unter die Leute. Er liest mir lieber abends vor – im Moment sind wir wieder bei Thackeray –, oder wir spielen eine Partie Karten. Walter ist ein richtiger Stubenhocker.«

»Wie schön für Sie«, sagte Miss Marple. »War er immer

Rechtsanwalt? Irgend jemand hat mir erzählt, einer Ihrer Söhne war Teepflanzer auf Ceylon, aber vielleicht war das ein Mißverständnis.«

Mrs. Fanes Gesicht hatte sich leicht verdüstert. Sie bot Miss Marple Nußkuchen an, bevor sie antwortete:

»Damals war Walter noch sehr jung und hatte, wie alle Jungen, solche unreifen Ideen – er wollte etwas von der Welt sehen. In Wirklichkeit war ein Mädchen daran schuld. Mädchen können viel Verwirrung stiften . . .«

»Da sprechen Sie gewiß ein wahres Wort aus. Mein eigener Neffe . . .«

Aber Mrs. Fane interessierte sich nicht für Miss Marples Neffen. Sie war jetzt am Zug und nutzte die Gelegenheit, sich dieser verständnisvollen Freundin der lieben Dorothy zu eröffnen.

»Ein völlig unmögliches Geschöpf, wie meistens in solchen Fällen. Oh, nicht etwa eine Schauspielerin oder so etwas Ähnliches, sondern die Schwester eines hiesigen Arztes, aber viel jünger als er, aus zweiter Ehe, glaube ich; der arme Mensch hätte ihr Vater sein können, aber er hatte keine Ahnung, wie er sie erziehen sollte. Männer sind so hilflos, nicht wahr? Nun, sie war ziemlich wild, fing eine Liebelei mit einem kleinen Angestellten vom Büro an, einem höchst unzuverlässigen jungen Mann, der vertrauliche Informationen weitergab. Natürlich wurde er fristlos entlassen. Das Mädchen, Helen Kennedy, galt allgemein als sehr hübsch, aber ich konnte das nicht finden. Ihr Blond sah unecht aus. Trotzdem verliebte sich mein armer Walter Hals über Kopf, und sie war, wie gesagt, völlig unpassend, kein Geld, keine Aussichten, und schon gar nicht das, was man sich als Schwiegertochter wünscht. Aber als Mutter ist man ja machtlos. Walter machte ihr einen Heiratsantrag, und sie gab ihm einen Korb, und dann setzte er sich diese törichte Idee in den Kopf, nach Indien zu gehen und Teepflanzer zu werden. Mein Mann sagte: ›Laß ihn gehen‹, obwohl er natürlich schwer enttäuscht war. Er hatte mit Walters baldigem Eintritt in die Firma gerechnet, und Walter hatte auch schon sein Jurastudium beendet – und nun das! Was manche jungen Frauen für Unheil anrichten!«

»Oh, ich weiß«, sagte Miss Marple. »Mein Neffe...«
Mrs. Fane überging Miss Marples Neffen abermals.
»So fuhr der liebe Junge also nach Assam – oder war es Bangalore? Und ich schwebte in tausend Ängsten, weil ich wußte, daß er das Klima nicht vertragen würde. Aber er war noch kein Jahr draußen – übrigens bewährte er sich sehr. Alles, was Walter anfängt, macht er gut –, da, Sie werden es nicht glauben, da schreibt ihm diese schamlose Person, sie hätte sich die Sache überlegt, und wenn er noch wollte, würde sie ihn nun doch heiraten.«
»Unerhört!« Miss Marple schüttelte den Kopf.
»Sie bringt eine Aussteuer zusammen, bucht ihre Passage, und... was, meinen Sie, ist ihr nächster Streich?«
»Ich habe keine Ahnung.« Miss Marple beugte sich gespannt vor.
»Sie bändelt mit einem verheirateten Mann an, bitte schön. Auf dem Schiff, schon bei der Hinfahrt. Er hatte drei Kinder, glaube ich. Walter holt sie ahnungslos am Kai ab, und das erste, was sie sagt, ist, daß sie ihn nun doch nicht heiraten kann. Ist das nicht haarsträubend?«
»Entsetzlich! Ihr Sohn muß ja beinahe den Glauben an das Gute im Menschen verloren haben!«
»Zumindest hätte er Helen endlich im wahren Licht sehen müssen. Aber diese Art von Frauen kann sich ja alles erlauben.«
»Hat er...« Miss Marple zögerte. »Hat er es ihr denn nicht nachgetragen? Die meisten Männer wären doch schrecklich wütend geworden.«
»Walter konnte sich immer wunderbar beherrschen. Auch wenn er sich noch so beleidigt fühlt oder anderen Ärger hat – er läßt es sich nie anmerken.«
Miss Marple sah sie prüfend an, bevor sie wieder einen Fühler ausstreckte.
»Vielleicht beweist es nur, daß bei ihm alles wirklich tief geht? Manchmal erlebt man bei Kindern doch die erstaunlichsten Dinge. Ein Kind, das man für dickfellig hält, weil es auf Bosheiten nicht reagiert, kann plötzlich einen Wutausbruch haben, den man ihm nie zugetraut hätte. Es sind sensi-

ble Naturen, die sich nicht mitteilen können – es sei denn, sie werden bis zum Äußersten getrieben.«
»Merkwürdig, daß Sie das sagen, Miss Marple. Ich erinnere mich noch gut an einen Vorfall aus der Kindheit meiner Söhne. Gerald und Robert, die beiden älteren, waren wild und streitlustig, eben richtige gesunde Jungen. Auf ganz normale Art, möchte ich betonen . . .«
»Aber natürlich, Mrs. Fane.«
»Der liebe Walter war dagegen immer still und bescheiden. Er war sehr gut im Basteln, dafür hatte er die geschickten Finger und die Geduld. Nun hatte er sich einmal in mühevoller Arbeit ein Flugzeugmodell gebaut, und Robert, damals ein lustiger, übermütiger Junge, machte es kaputt. Ich kam glücklicherweise gerade ins Kinderzimmer, als Robert rücklings auf dem Boden lag und Walter mit dem Schürhaken auf ihn eindrang. Ich brauchte meine ganze Kraft, um ihn wegzureißen. Er war außer sich und schrie in einem fort: ›Er hat's mit Absicht getan! Ich schlage ihn tot!‹ Man konnte es wirklich mit der Angst kriegen. Jungen nehmen manches so bitter ernst, nicht wahr?«
»Und wie«, bestätigte Miss Marple mit gedankenvollem Nikken. Dann kehrte sie zum vorangegangenen Thema zurück. »Was machte das Mädchen, als die Verlobung endgültig in die Brüche gegangen war?«
»Sie reiste nach Hause. Auf dem Schiff köderte sie sich wieder einen Mann, und diesmal heiratete sie ihn sogar. Es war ein Witwer mit einem kleinen Kind. Armer Kerl, er hatte eben erst die Frau verloren, so jemand ist immer eine leichte Beute, besonders als hilfloser Vater. Sie heiratete ihn, und sie zogen in ein Haus auf der anderen Seite vom Ort, ›St. Catherine‹, gleich neben dem damaligen Krankenhaus, das jetzt eine Mädchenschule ist. Natürlich ging es nicht gut. Sie verließ ihn innerhalb eines Jahres wegen irgendeinem andern.«
»Unglaublich!« Wieder schüttelte Miss Marple den Kopf. »Da ist Ihr Sohn noch glimpflich davongekommen!«
»Ja, das sage ich auch immer.«
»Und hat er das Teepflanzen aufgegeben, weil das Klima ihm nicht bekam?«

Mrs. Fane runzelte die Stirn. »Zum Teil deswegen. Das Leben dort paßte ihm sowieso nicht. Ungefähr ein halbes Jahr nach Helen Kennedy kam auch er wieder.«
»War es nicht etwas peinlich«, meinte Miss Marple, »daß die junge Frau so nahe wohnte, im selben Ort...«
»Walter war großartig«, erwiderte die Mutter sofort. »Er benahm sich einfach, als wäre nichts geschehen. Ich selbst fand damals – und das sagte ich ihm auch –, es sei ratsam, einen klaren Trennungsstrich zu ziehen, im Interesse aller Beteiligten. Aber Walter bestand darauf, gutnachbarliche Beziehungen zu pflegen, ganz ungezwungen mit dem jungen Ehepaar zu verkehren und mit der kleinen Tochter des Mannes zu spielen. Übrigens – merkwürdig –, diese Tochter wohnt jetzt wieder hier, inzwischen erwachsen und verheiratet. Neulich war sie wegen ihres Testaments bei Walter im Büro. Reed heißt sie jetzt.«
»Reed? Giles und Gwenda Reed? Nein, was für ein Zufall! Ich kenne sie. So ein nettes, natürliches junges Paar. Und diese Gwenda Reed ist also das Kind...«
»Aus der ersten Ehe des Majors. Die Frau starb jung in Indien. Der arme Major – sein Name ist mir entfallen, Hallway oder so ähnlich – war völlig gebrochen, als dieses wilde Mädchen auch ihn sitzenließ. Unbegreiflich, daß die schlimmsten Frauen oft die besten Männer betören!«
»Und was ist aus dem jungen Mann geworden, von dem Sie vorhin erzählten? Er arbeitete in der Kanzlei Ihres Sohnes?«
»Er ist vorangekommen; er hat ein Reiseunternehmen aufgemacht und besitzt eine ganze Menge moderner Aussichtsbusse. ›Daffodil Coaches‹ heißen sie und sind gelb wie Osterglocken. Die Welt wird immer ordinärer.«
»Wie ist sein Name?« fragte Miss Marple.
»Afflick. Jack Afflick. So ein unangenehmer Ellbogentyp, der sich nach oben boxt. Vermutlich hat er sich vor allem deswegen an Helen Kennedy herangemacht. Gute Familie, wenn auch unvermögend. Er hoffte wohl, sein gesellschaftliches Ansehen zu verbessern.«
»Und diese Helen ist später nie mehr in Dillmouth aufgetaucht?«

»Nein. Gut, daß man sie los war. Wahrscheinlich in der Gosse gelandet. Mir hat nur Dr. Kennedy leid getan, der wirklich nichts dafür konnte. Die zweite Frau seines Vaters war ein munteres kleines Ding, sehr viel jünger als er. Von ihr hat Helen das heiße Blut geerbt. Ich dachte immer...«, Mrs. Fane unterbrach sich und wandte den Kopf zur Tür. Ihr mütterliches Ohr hatte bekannte Schritte nahen gehört. Und gleich darauf öffnete sich die Tür, und Walter Fane trat ins Zimmer. »Miss Marple, dies ist mein Sohn Walter. Klingle nach dem Mädchen, Junge, damit sie frischen Tee macht.«
»Wenn es nur meinetwegen ist, Mutter, ich habe schon welchen getrunken.«
»Natürlich gibt es noch mal frischen Tee«, sagte sie zu dem Mädchen, das erschienen war, um die Kanne zu holen, »und Gebäck.«
»Ja, Madam.«
»Meine Mutter verwöhnt mich furchtbar«, sagte Walter Fane mit seinem breiten, liebenswerten Lächeln zu Miss Marple, die freundlich antwortete und ihn dabei unauffällig betrachtete.
Ein netter, stiller Mensch, etwas befangen, zurückhaltend, farblos. Keine einprägsame Persönlichkeit. Der Typ des stillen Verehrers, den die Frauen links liegenlassen und nur heiraten, weil der Mann ihrer Träume ihre Liebe nicht erwidert. Der gute Walter, der immer da ist. Der arme Walter, Mamas Liebling. Der kleine Walter Fane, der seinen älteren Bruder beinahe mit dem Schürhaken erschlagen hätte... Miss Marple erwog so manches im stillen.

17

»Anstell Manor«, ein weißes Haus zwischen kahlen Hügeln, machte einen traurigen Eindruck. Ein gewundener Fahrweg führte durch dichtes Gestrüpp hinauf.
»Warum sind wir nur hergekommen«, meinte Giles zu Gwenda. »Was sagen wir denn?«

»Das, was wir uns ausgedacht haben.«
»Ja, wenn es möglich ist. Ein Glück, daß der Schwager der Schwester von Miss Marples Kusine oder so ähnlich hier in der Nähe wohnt. Aber von Höflichkeitsbesuchen bis zum Verhör des Hausherrn über ehemalige Liebesaffären ist ein kühner Schritt.«
»Es ist so lange her. Vielleicht erinnert er sich nicht mehr.«
»Vielleicht. Vielleicht hat es überhaupt keine solche Liebesgeschichte gegeben.«
»Machen wir uns nicht gründlich lächerlich, Giles?«
»Ich weiß es nicht. Manchmal glaube ich es beinahe. Warum befassen wir uns eigentlich mit dem alten Kram? Was geht es uns noch an?«
»Ja, schon Miss Marple und Dr. Kennedy haben gesagt: Laßt die Finger davon. Warum tun wir es nicht, Giles? Was treibt uns? Ob sie es ist?«
»Wer?«
»Helen. Ist das der Grund, warum die Erinnerungen wach werden? Sind meine Kindheitseindrücke das einzige, was ihren Geist noch mit dem Leben verbindet? Mit der Wahrheit? Gebraucht sie mich – und dich – als Werkzeug, um die Wahrheit ans Licht zu bringen?«
»Weil sie eines gewaltsamen Todes gestorben ist?«
»Ja. Es heißt, und das steht auch in alten Büchern, daß Ermordete keine Ruhe im Jenseits finden, ehe nicht . . .«
»Gwenda, du hast zuviel Phantasie.«
»Möglich. Jedenfalls können wir noch wählen. Dies ist nur ein harmloser Besuch. Wir können bei unserem Vorwand bleiben und kein Wort von dem sagen, was uns wirklich herführt.«
Giles schüttelte den Kopf.
»Wir machen weiter. Wir können nicht über unseren Schatten springen.«
»Ja, du hast recht, Giles. Trotzdem, ich glaube, ich habe Angst.«

»Also, Sie sind auf Haussuche?« sagte Major Erskine und reichte Gwenda die Platte mit den Sandwiches. Gwenda nahm eines und sah ihren Gastgeber an. Er war schlank, nur wenig über mittelgroß, grauhaarig, und um seine Augen lag ein müder, nachdenklicher Zug. Seine Stimme war tief und angenehm. Er hatte eigentlich nichts Auffallendes an sich, fand Gwenda, war aber sehr attraktiv. Nicht halb so gutaussehend wie Walter Fane, doch keine Frau konnte Erskine so gleichgültig übersehen wie den armen Walter. Erskine hatte bei aller Zurückhaltung das, was man Persönlichkeit nannte. Er redete nur über alltägliche Dinge, aber er strahlte das gewisse Etwas aus, auf das Frauen sehr weiblich reagierten. Gwenda ertappte sich dabei, daß sie ihren Rock glattstrich und an einer Seitenlocke zupfte. Vor vielen Jahren hätte sich Helen Kennedy durchaus in diesen Mann verlieben können – dessen war sie ganz sicher.

Bei diesem Gedanken fühlte sie plötzlich den Blick der Gastgeberin auf sich ruhen und errötete unwillkürlich. Mrs. Erskine unterhielt sich mit Giles, ließ aber Gwenda kaum aus den Augen, deren Ausdruck halb anerkennend, halb argwöhnisch war. Sie war eine große Frau mit tiefer, fast männlicher Stimme und athletischem Körperbau. Dazu paßte das strenge Tweedkostüm, das sie trug. Sie wirkte älter als ihr Mann, obwohl das wahrscheinlich nur an einer gewissen Härte ihrer Züge lag. Eine vergrämte, unbefriedigte Frau, urteilte Gwenda in Gedanken. Ich wette, sie macht ihm ganz schön die Hölle heiß.

Laut führte sie das begonnene Gespräch weiter:

»Wir sind von der vergeblichen Suche schon ganz zermürbt. Die Makler schildern alles in den glühendsten Farben, und wenn man hinkommt, ist es eine Bruchbude.«

»Wollen Sie sich unbedingt hier in Northumberland niederlassen?«

»Nein, aber wir ziehen die Gegend in die engere Wahl. Hauptsächlich wegen des Hadrianswalls. Mein Mann schwärmt für römische Überreste. Es mag für Sie seltsam klingen, aber es ist uns eigentlich gleich, wo wir in England bleiben. Wir sind in Neuseeland aufgewachsen und haben hier keine engeren Bindungen. Nur wollen wir nicht zu nahe bei London wohnen. Wir sind beide fürs Ländliche.«

Erskine lächelte.
»Nun, ländlich genug ist es hier allerdings. Wir leben isoliert wie in einer Einsiedelei. Unsere paar Nachbarn wohnen weit verstreut.«
Gwenda glaubte in seiner angenehmen Stimme einen resignierten Unterton zu entdecken. Sie hatte plötzlich eine Vision von Einsamkeit: kurze, düstere Wintertage, heulender Wind im Kamin, zugezogene Vorhänge, eingesperrt und allein mit dieser vergrämten, hungrig blickenden Frau. Und nur wenige Nachbarn, die weit im Umkreis verstreut wohnten.
Die Vision schwand. Es war wieder Sommer, die Terrassentür zum Garten stand offen, Rosenduft, Vogelstimmen und Grillengezirp drangen herein.
»Dieses Haus ist ziemlich alt, nicht wahr?« fragte sie.
Erskine nickte. »Aus der Zeit der Queen Anne. Meine Vorfahren haben seit fast drei Jahrhunderten hier gelebt.«
»Wie schön! Darauf können Sie wirklich stolz sein.«
»Nun, stolz ... Es ist ein etwas schäbig gewordener Glanz. Die Steuern machen es fast unmöglich, solche Häuser noch zu unterhalten. Jetzt, da die Kinder flügge sind, kommt es nicht mehr so darauf an.«
»Wie viele Kinder haben Sie?«
»Zwei Jungen. Einer ist in der Armee, der andere hat gerade sein Studium in Oxford beendet. Er will in einen Verlag.«
Gwendas Augen folgten seinem Blick zum Kamin. Auf dem Sims stand das Foto von zwei jungen Männern. Allem Anschein nach war es schon vor mehreren Jahren aufgenommen worden. Erskine betrachtete seine Söhne mit deutlicher Zuneigung.
»Einer so wohlgeraten wie der andere«, bemerkte er.
»Sie sehen sehr nett aus«, bestätigte Gwenda.
»Ja, ich glaube, das ist es wert. Ich meine, für seine Kinder Opfer zu bringen«, ergänzte Erskine als Antwort auf Gwendas fragenden Blick.
»Vermutlich muß man da manchmal auf eine Menge verzichten.«
»Manchmal auf sehr viel ...«

Wieder glaubte sie, einen schwermütigen Unterton herauszuhören, aber da mischte sich seine Frau mit ihrer tiefen, energischen Stimme ein:
»Ich bezweifle, daß Sie hier am Ende der Welt etwas Passendes finden werden. Ich wüßte jedenfalls kein Haus.«
Und du würdest es mir sowieso nicht sagen, dachte Gwenda. Bei deiner Eifersucht. Ja, tatsächlich, die verrückte Alte ist eifersüchtig, nur weil ich mit ihrem Mann rede und jung und hübsch bin!
»Es hängt auch davon ab, wie eilig Sie es haben«, meinte Erskine.
»Eilig haben wir es gar nicht«, erwiderte Giles fröhlich. »Es kommt uns darauf an, etwas zu finden, wo wir uns auf die Dauer wohl fühlen. Für den Übergang wohnen wir in Dillmouth – das ist ein kleiner Badeort an der Südküste.«
Major Erskine stand auf, um eine Zigarettendose von einem Tisch am Fenster zu holen.
»Dillmouth«, wiederholte Mrs. Erskine ausdruckslos und starrte auf den Rücken ihres Mannes.
»Hübscher Ort«, sagte Giles. »Kennen Sie ihn zufällig?«
Einen Moment herrschte Stille. Dann antwortete Mrs. Erskine ebenso ausdruckslos: »Wir waren mal ein paar Wochen zur Sommerfrische dort, aber das ist lange, lange her. Das Klima sagte uns nicht besonders zu. Wir fanden es zu mild.«
»Ja, das ist auch der Grund, warum wir dort nicht bleiben wollen«, log Gwenda. »Wir sind herbere Luft gewöhnt.«
Erskine kam mit den Zigaretten zum Tisch zurück und bot sie zuerst Gwenda an.
»Herb genug wäre es hier«, sagte er mit einer Art leisem Grimm, während er ihr Feuer gab. Sie sah ihn über die Zigarette hinweg an und fragte wie nebenbei:
»Erinnern Sie sich noch gut an Dillmouth?«
Seine Lippen zuckten wie in plötzlichem Schmerz. Aber seine Stimme verriet nichts, als er erwiderte:
»O ja, ganz gut. Wir wohnten im – lassen Sie mich nachdenken – im ›Royal George‹, glaube ich. Nein, falsch, es hieß ›Royal Clarence‹.«
»Das ist ein nettes altmodisches Hotel. Wir wohnen ganz in

der Nähe. Das Haus heißt ›Hillside‹, aber zu Ihrer Zeit hieß es anders, nach irgendeiner Heiligen. Welche war es noch, Giles?«

»Saint Catherine«, sagte Giles.

Diesmal war die Reaktion des Ehepaares unmißverständlich. Erskine wandte rasch den Blick ab. Mrs. Erskines Teelöffel klirrte auf die Untertasse.

»Interessant«, sagte sie abrupt. »Möchten Sie unseren Garten sehen?«

»Ach ja, gern!«

Sie traten durch die Terrassentür hinaus. Es war ein gepflegter Garten mit langen Blumenbeeten und Plattenwegen. Blumen waren Major Erskines Hobby, und während er seine Rosen vorführte und fachmännisch über Staudengewächse sprach, hellte sich seine traurige Miene wieder auf. Man merkte, der Garten war seine ganze Freude.

Als Giles und Gwenda sich endlich verabschiedet hatten und mit dem Wagen abfuhren, fragte Giles zögernd:

»Hast du – hast du ihn fallen gelassen?«

Gwenda nickte, sah auf ihre Hand und drehte geistesabwesend den Ehering an ihrem Finger.

»Ja, beim zweiten Rittersporn.«

»Wenn du ihn nun nicht wiederfindest?«

»Es war natürlich nicht mein echter Verlobungsring. Das hätte ich nicht übers Herz gebracht.«

»Freut mich zu hören.«

»Was *den* Ring betrifft, bin ich sehr sentimental. Weißt du noch, was du gesagt hast, als du ihn mir an den Finger stecktest? Einen Smaragd für eine gefährliche grünäugige kleine Katze!«

»Unsere Form von Zärtlichkeiten dürfte manchen Leuten etwas seltsam vorkommen«, bemerkte Giles trocken, »etwa solchen aus Miss Marples Generation.«

»Was sie wohl gerade macht, die liebe alte Dame? Vor dem Haus in der Sonne sitzen?«

»So wie ich sie kenne, ist sie unverzagt auf dem Kriegspfad, stochert hier ein bißchen herum, stellt dort ein paar naive Fragen. Hoffentlich stellt sie eines Tages nicht eine Frage zuviel.«

»Bei einer alten Dame wundert sich niemand über so etwas. Ich meine, es fällt nicht so auf wie bei uns.«
Giles' Gesicht wurde wieder ernst.
»Eben. Darum habe ich schon meine Bedenken bei dir angemeldet. Mir widersteht der Gedanke, daß ich in sicherer Entfernung sitze, während du die Kastanien aus dem Feuer holst.«
Gwenda strich ihm zärtlich über die Wange.
»Ich weiß, wie dir zumute ist, Liebling. Aber du mußt zugeben, daß dies ein heikles Unternehmen ist. Es ist auf jeden Fall eine Unverschämtheit, einen Mann über seine verflossenen Liebesaffären auszuhorchen, aber einer jungen Frau verzeiht man so etwas gerade noch, wenn sie einigermaßen diplomatisch vorgeht. Und das gedenke ich zu tun.«
»Ich weiß dein kluges Köpfchen zu würdigen. Aber wenn Erskine der Mann ist, den wir suchen...«
»Glaube ich nicht«, unterbrach ihn Gwenda mit grüblerischem Ausdruck.
»Du meinst, wir bellen den falschen Baum an?«
»Nicht ganz. Daß er in Helen verliebt war, steht für mich fest. Aber er ist nett, Giles, furchtbar nett und anständig. Kein Würger.«
»Und du weißt mal wieder todsicher, wie ein Würger aussehen muß, hm?«
»Nein. Aber ich habe meine weibliche Intuition.«
»Das haben sicherlich schon viele Opfer geglaubt. Scherz beiseite, Gwenda: Sieh dich vor, bitte!«
»Keine Sorge. Der arme Mann tut mir so leid. Bei diesem Drachen von einer Frau führt er bestimmt kein beneidenswertes Leben.«
»Sie ist wirklich sehr seltsam. Ziemlich furchteinflößend.«
»Richtig bedrohlich, ja. Hast du gesehen, wie sie mich dauernd beobachtete?«
»Hoffentlich klappt es mit unserem Plan!«
Der Plan wurde am nächsten Vormittag in die Tat umgesetzt. Giles, der sich wie ein schäbiger Privatdetektiv bei einer Scheidungsaffäre fühlte, bezog an einem strategisch günstigen Punkt Stellung, von wo er das Haus der Erskines beob-

achten konnte. Gegen elf Uhr dreißig meldete er Gwenda, daß die Luft rein sei. Mrs. Erskine war in einem kleinen Austin allein weggefahren, wahrscheinlich zum Einkaufen in das drei Meilen entfernte Marktstädtchen.

Gwenda fuhr los und läutete wenige Minuten später an der Haustür. Nachdem das öffnende Mädchen ihr mitgeteilt hatte, Mrs. Erskine sei nicht zu Hause, fragte sie nach dem Major und wurde in den Garten gewiesen. Erskine richtete sich überrascht von der Arbeit an einem Blumenbeet auf, als Gwenda näher kam.

»Bitte, entschuldigen Sie die Störung«, begann sie. »Ich glaube, ich habe gestern nachmittag hier im Garten einen Ring verloren. Als wir nach dem Tee hinausgingen, trug ich ihn noch, das weiß ich genau, aber er sitzt ziemlich lose. Mir liegt sehr viel daran, ihn wiederzufinden. Es ist mein Verlobungsring.«

Die Suche wurde unverzüglich aufgenommen. Sie schritten langsam die Wege ab, und Gwenda tat, als müsse sie sich erinnern, wo sie gestern stehengeblieben war, um eine Blume besonders zu bewundern. Und richtig, bald kam der Ring neben einem hohen Rittersporn zum Vorschein. Gwenda tat ungeheuer erleichtert.

»Und nun, was darf ich Ihnen zur Erfrischung anbieten, Mrs. Reed?« fragte Erskine. »Bier? Ein Gläschen Sherry? Oder lieber einen Kaffee?«

»Gar nichts, danke. Ich bin im Augenblick wunschlos glücklich mit meinem Ring. Nun ja – auf eine Zigarettenlänge kann ich noch bleiben.«

Sie setzten sich auf eine Gartenbank und rauchten eine Minute lang schweigend. Gwendas Herz klopfte spürbar. Nun war es soweit. Sie mußte den Sprung ins kalte Wasser wagen.

»Ich habe eine Frage an Sie«, fing sie zögernd an. »Vielleicht halten Sie mich für sehr unverschämt, aber ich muß es einfach wissen, und Sie sind wahrscheinlich der einzige Mensch, der mir darüber Auskunft geben kann. Ich glaube, Sie haben einmal – vor vielen Jahren – meine Stiefmutter geliebt.«

Erskine wandte ihr erstaunt das Gesicht zu.
»Ihre Stiefmutter? Wie kommen Sie darauf?«
»Sie hieß damals noch Helen Kennedy. Bald danach wurde sie Mrs. Halliday.«
»Ach so.« Erskine verstummte. Sein Blick wanderte über den sonnenbeschienenen Rasen, ohne etwas zu sehen. Die glimmende Zigarette zwischen seinen Fingern blieb unbeachtet. Gwenda spürte trotz seiner äußerlichen Reglosigkeit, welchen Aufruhr sie in seinem Innern entfesselt hatte.
Endlich sagte er, als beantworte er sich selbst eine Frage: »Es werden die Briefe gewesen sein . . .«
Gwenda schwieg abwartend.
»Ich habe ihr nicht oft geschrieben«, fuhr er fort. »Zweimal, höchstens dreimal. Sie versprach mir, sie zu vernichten, aber Frauen trennen sich nie von ihren Liebesbriefen, nicht wahr? Und nun sind sie Ihnen zu Gesicht gekommen. Und Sie verlangen eine Erklärung.«
»Eigentlich möchte ich nur etwas mehr über Helen selbst wissen. Ich – ich hing sehr an ihr, obwohl ich noch ein kleines Kind war, als sie – uns verließ.«
»Wieso verließ?«
»Ja, wußten Sie das nicht?«
Erskine sah ihr erstaunt in die Augen.
»Ich habe nie wieder etwas von ihr gehört«, antwortete er in bestimmtem Ton. »Nie mehr seit – seit jenem Sommer in Dillmouth.«
»Dann wissen Sie auch nicht, wo sie jetzt ist?«
»Wie sollte ich? Es ist Jahre her – viele Jahre. Vorbei und vergessen.«
»Vergessen?«
Er lächelte bitter. »Nein, das wohl nicht. Sie haben ein feines Ohr, Mrs. Reed. Bitte, erzählen Sie mir Näheres über Helen. Sie ist doch nicht – gestorben?«
Ein kühler Wind erhob sich plötzlich, strich über ihre Köpfe und legte sich wieder.
»Das weiß ich nicht«, antwortete Gwenda. »Auf jeden Fall hat sie uns verlassen, und ich weiß nicht das geringste von ihr. Darum dachte ich, *Sie* könnten mir vielleicht helfen.« Da

Erskine nur stumm den Kopf schüttelte, fuhr sie fort: »Gerade in jenem Sommer ist sie nämlich aus Dillmouth verschwunden. Ganz plötzlich eines Abends, ohne jede Vorankündigung. Und sie ist nie zurückgekommen.«

»Und Sie dachten, ich hätte inzwischen etwas von ihr gehört?«

»Ja.«

»Leider nein. Kein Wort. Aber warten Sie: Helens Bruder, der Arzt – wohnt er nicht in Dillmouth? Dann müßten Sie doch durch ihn etwas erfahren können. Oder lebt er nicht mehr?«

»Doch, er lebt noch, aber er weiß genauso wenig wie wir. Sehen Sie, alle waren der Ansicht, sie sei nicht allein weggegangen, sondern mit . . .«

Er sah ihr wieder offen ins Gesicht, mit großen, traurigen Augen.

»Ach so. Sie dachten – mit mir?«

»Nun ja, immerhin bestand die Möglichkeit.«

»Die Möglichkeit? Wieso denn? Die Geschichte war von vornherein hoffnungslos. Oder waren wir Dummköpfe, die ihre Chance, glücklich zu sein, verspielten?«

Gwenda sagte nichts. Erskine atmete ein paarmal tief aus und ein, ehe er, nun gefaßter, weitersprach.

»Vielleicht sollten Sie besser Bescheid wissen. Eigentlich gibt es nicht viel zu erzählen, aber ich möchte nicht, daß Sie Helen falsch beurteilen. Wir trafen uns auf einem Schiff, das nach Indien fuhr. Meine Frau begleitete mich nicht, weil einer der Jungen krank war; nach seiner Genesung wollte sie nachkommen. Helen war auf dem Wege zu ihrem Verlobten, der irgendwo auf einer Plantage saß. Sie liebte ihn nicht, aber er war von Kind an ein netter, braver Freund gewesen, und sie wollte von zu Hause weg, wo sie nicht glücklich war. Wir verliebten uns ineinander.«

Er hielt kurz inne.

»So was klingt immer banal, aber in unserem Fall, das möchte ich Ihnen ganz klar sagen, war es nicht der übliche Reiseflirt. Es war uns sehr ernst. Wir waren beide bis ins tiefste erschüttert. Und wir wußten beide, daß uns nicht zu helfen

war. Ich konnte meine Frau und die Kinder nicht im Stich lassen. Helen sah es wie ich. Hätte es sich um Janet allein gehandelt – aber die Kinder waren eben auch da. Ein hoffnungsloser Fall. Helen und ich kamen überein, uns Lebewohl zu sagen und zu vergessen.«
Er lachte kurz und unfroh auf.
»Vergessen! Ich habe sie nie vergessen, nicht eine Sekunde lang. Das Leben war für mich seitdem eine Hölle. Ich konnte die Erinnerung nicht abschütteln. Und Helen? Nun, zunächst mußte der junge Mann, dem sie die Ehe versprochen hatte, eine Enttäuschung erleben. Sie konnte sich nicht mehr überwinden, ihn zu heiraten, und fuhr nach England zurück. Bei dieser Heimreise lernte sie Halliday kennen – Ihren Vater also, wie ich mir jetzt zusammenreimen kann. Sie schrieb es mir einige Monate später. Er sei noch sehr in Trauer um seine tote Frau und ratlos wegen seiner kleinen Tochter gewesen, und sie sähe nun eine Art Lebensaufgabe darin, die beiden glücklich zu machen. Diesen Brief schrieb sie mir von Dillmouth aus. Wieder ein paar Monate später starb mein Vater. Er hinterließ mir das Haus hier, und ich kehrte deshalb mit meiner Familie aus Indien zurück. Bevor wir einziehen konnten, waren jedoch noch einige Reparaturen nötig, und wir entschlossen uns, solange Ferien zu machen. Irgend jemand hatte meiner Frau Dillmouth als hübschen, ruhigen Badeort empfohlen, und natürlich ahnte sie nichts von Helens Existenz. Können Sie sich vorstellen, welche Versuchung es für mich war? Helen wiederzusehen, mit eigenen Augen zu sehen, wie der Mann war, den sie geheiratet hatte.«
Wieder entstand eine kurze Pause. Dann erzählte Erskine weiter:
»Wir fuhren also nach Dillmouth und wohnten im ›Royal Clarence‹. Es war ein Fehler. Das Wiedersehen mit Helen war eine Qual für mich. Was sie betraf, so weiß ich nicht, ob und was sie noch für mich empfand. Sie schien in ihrem neuen Leben ganz glücklich und zufrieden. Da sie jedes Alleinsein mit mir vermied, konnte ich sie nicht fragen. Vielleicht war sie darüber hinweg. Nur meine Frau merkte etwas,

fürchte ich. Sie – sie ist sehr eifersüchtig, war es immer. Und das ist alles«, schloß Erskine brüsk. »Wir reisten von Dillmouth ab . . .«

»Am 17. August«, sagte Gwenda.

»Ja? Möglich. Ich weiß das Datum nicht mehr genau.«

»Es war ein Samstag.«

»Ja – ja, das stimmt. Janet meinte, am Wochenende würden die Straßen nach Norden überfüllt sein, aber ich glaube, es war dann gar nicht so schlimm.«

»Bitte, versuchen Sie sich ganz genau zu erinnern, Major Erskine. Wann haben Sie meine Stiefmutter – Helen – zum letztenmal gesehen?«

Er lächelte müde und traurig.

»Da brauche ich mich nicht besonders anzustrengen. Es war am Abend vor unserer Abreise. Unten am Strand. Ich schlenderte nach dem Essen allein hinunter – und da traf ich sie. Sonst war niemand da. Ich begleitete sie nach Hause. Wir gingen durch den Garten . . .«

»Um wieviel Uhr?«

»Ich weiß es nicht mehr. Wohl so gegen neun.«

»Und Sie sagten sich Lebewohl?«

»Wir sagten uns Lebewohl.« Wieder lachte er kurz auf. »Oh, nicht so rührselig, wie Sie vielleicht denken. Der Abschied war kurz, beinahe schroff. Helen sagte: ›Bitte geh jetzt! Sofort! Ich möchte nicht . . .‹ Damit kehrte sie mir den Rücken, und ich – ich ging.«

»Zurück ins Hotel?«

»Ja, irgendwann. Ich machte einen weiten Spaziergang.«

»Nach so langer Zeit sind Daten schwer zu rekonstruieren«, sagte Gwenda. »Soviel ich weiß, ist Helen an eben diesem Abend aus dem Hause gegangen – und nie zurückgekehrt.«

»Aha! Und da meine Frau und ich am nächsten Tag abgereist waren, hieß es sofort, Helen sei mit mir verschwunden. Eine blühende Phantasie haben die Leute!«

»Es war also nicht so?« fragte Gwenda ohne Umschweife.

»Mein Gott, von so etwas war nie die Rede.«

»Warum nehmen Sie dann an«, fragte Gwenda, »daß sie fortgegangen ist?«

Erskine runzelte die Stirn. Sein Verhalten änderte sich, er wurde interessiert.

»Ah, ich verstehe«, sagte er. »Wirklich, dieser Punkt ist etwas rätselhaft. Hat sie – äh – keine Erklärung zurückgelassen?«

Gwenda überlegte kurz und meinte: »Ich persönlich glaube, sie hat keine Nachricht hinterlassen. Halten Sie es für möglich, daß sie mit einem anderen Mann durchgebrannt ist?«

»Selbstverständlich nicht!«

»Sie scheinen sehr sicher zu sein.«

»Das bin ich auch.«

»Warum hat sie uns dann verlassen?«

»Wenn sie es so plötzlich, so überstürzt getan hat – dann kann ich mir eigentlich nur einen Grund denken. Es war eine Flucht vor *mir*.«

»Vor Ihnen?«

»Ja. Vielleicht hatte sie Angst, ich würde versuchen, sie doch wiederzusehen, sie zu bedrängen. Sie hat natürlich gemerkt, daß meine Leidenschaft sich keineswegs abgekühlt hatte. Ja, das kann der Grund gewesen sein.«

»Er erklärt aber nicht, warum sie nie zurückgekommen ist«, sagte Gwenda. »Hat Helen Ihnen gegenüber irgendeine Andeutung gemacht, daß sie . . . um meinen Vater besorgt war? Oder Angst vor ihm hatte?«

»Angst? Vor ihm? Warum denn das? Oh, ich verstehe, Sie meinen, vor einem möglichen Eifersuchtsanfall. Neigte Ihr Vater zur Eifersucht?«

»Ich weiß es nicht. Er starb, als ich noch ein Kind war.«

»Ach so. Wenn ich zurückblicke, kam er mir ganz normal vor. Er war sehr liebenswürdig. Er hatte Helen sehr gern und war stolz auf sie. Mehr war es wohl nicht. Nein, der Eifersüchtige war *ich* – auf ihn.«

»Also schien die Ehe ganz harmonisch zu sein?«

»Ja. Das freute mich, und zugleich – zugleich tat es mir weh, sehen zu müssen, wie . . . Helen hat mit mir nicht über ihn gesprochen. Wie ich schon sagte, vermied sie jedes Alleinsein mit mir; es kam zu keinen Vertraulichkeiten zwischen uns. Aber jetzt, da Sie danach fragen: Ein gewisser Zug von Besorgtheit fiel mir an ihr auf . . .«

»Besorgtheit?«
»Ja. Ich dachte zuerst, sie fürchte meine Frau, aber es ging tiefer.« Er sah Gwenda scharf an. »Hatte sie Grund, vor ihrem Mann Angst zu haben? War er eifersüchtig auf andere Männer ihres Bekanntenkreises?«
»Sie halten das doch selbst für unwahrscheinlich, Mr. Erskine.«
»Mit der Eifersucht ist es eine sonderbare Sache. Manchmal tarnt sie sich so geschickt, daß man nichts von ihr ahnt.« Er schüttelte sich kurz. »Um so fürchterlicher kann sie plötzlich hervorbrechen...«
»Bitte, sagen Sie mir noch...«, begann Gwenda und unterbrach sich, da man ein Auto den Weg heraufkommen hörte.
»Meine Frau scheint vom Einkauf zurück zu sein«, bemerkte Erskine. Von einem Moment zum anderen verwandelte er sich. Sein Ton wurde formell, sein Gesicht ausdruckslos. Ein schwaches Zittern seiner Hände verriet, daß er nervös war. Dann stand er auf und ging seiner Frau, die mit langen Schritten um die Hausecke bog, entgegen.
»Mrs. Reed hat gestern einen Ring im Garten verloren«, sagte er zu ihr.
»Ach, wirklich?« bemerkte Mrs. Erskine kurz.
»Guten Tag«, sagte Gwenda. »Glücklicherweise habe ich ihn wiedergefunden.«
»Wie erfreulich.«
»O ja. Es wäre mir schrecklich gewesen, ihn zu verlieren. Es ist mein Verlobungsring. Aber jetzt muß ich mich auf die Beine machen.«
Mrs. Erskine erhob keinen Einspruch, und ihr Mann sagte: »Ich begleite Sie zum Wagen.« Aber als er sich anschickte, Gwenda zu folgen, meinte seine Frau scharf:
»Richard! Wenn Mrs. Reed dich bitte entschuldigen möchte. Du hast eine sehr wichtige Verabredung.«
»Lassen Sie sich nicht aufhalten«, sagte Gwenda hastig. »Ich finde den Weg allein.«
Damit lief sie um das Haus herum zur Einfahrt und blieb dann ratlos stehen. Mrs. Erskine hatte ihren Austin so geparkt, daß Gwenda bezweifelte, an ihm vorbeikommen zu

können. Sehr ungern und zögernd kehrte sie zur Terrasse zurück. Kurz vor der Terrassentür blieb sie wie versteinert stehen, denn Mrs. Erskines tönender Alt drang deutlich an ihr Ohr:

»Erzähl mir keine Märchen! Natürlich war es eine abgekartete Sache. Du hast gestern mit der Person verabredet, daß sie herkommt, wenn ich weggefahren bin. Ich kenne dich doch! Kein hübsches Mädchen ist vor dir sicher. Aber ich lasse mir das nicht mehr bieten, verstehst du? Ich lasse es mir nicht bieten!«

Erskines leise, beschwörende Stimme unterbrach sie.

»Manchmal denke ich wirklich, du bist nicht ganz richtig im Kopf, Janet.«

»Ich? Du meinst wohl, du! Du kannst keine Frau in Ruhe lassen!«

»Du weißt, daß das nicht wahr ist, Janet!«

»O doch! Sogar in Dillmouth, wo diese Person herkommt, hast du schon mal eine Romanze gehabt. Willst du etwa abstreiten, daß du in diese blonde Halliday verschossen warst?«

»Mußt du auf alten Geschichten herumreiten, die Jahrzehnte zurückliegen? Du steigerst dich in etwas hinein...«

»Du treibst mich dazu! Du brichst mir das Herz! Aber ich sage dir, einmal ist Schluß! Ich lasse mir das nicht mehr bieten! Heimliche Stelldicheins... Ich werde hinter meinem Rücken ausgelacht! Du magst mich nicht! Du hast mich nie geliebt! Ich bringe mich um! Ich stürze mich von den Felsen! Ich wünschte, ich wäre tot...« Ihre Stimme brach.

»Janet, um Gottes willen, Janet!«

Mrs. Erskine begann heftig zu schluchzen, was laut bis zu Gwenda in den sommerlichen Garten drang.

Gwenda schlich auf Zehenspitzen um das Haus zurück zur Einfahrt. Sie zögerte kurz, ging zur Haustür, klingelte und sagte zu dem erstaunten Hausmädchen:

»Entschuldigen Sie, bitte, könnte wohl jemand den Austin ein Stückchen wegfahren? Ich komm nicht vorbei.«

Das Mädchen verschwand, und bald erschien ein Mann von der anderen Hausseite her, wo sich anscheinend früher eine

Kutscherwohnung befunden hatte. Er tippte grüßend an den Mützenschirm, stieg in den Austin und fuhr ihn in den Hof. Gwenda beeilte sich, ihren Wagen zu wenden und zurück zum Hotel zu kommen, wo Giles sie erwartete.
»Das hat aber lange gedauert!« empfing er sie. »Hast du was erreicht?«
»Ja. Ich habe viel erfahren. Die Geschichte ist wirklich erschütternd. Er hat Helen sehr geliebt.«
Dann schilderte sie ihm die Ereignisse des Vormittags und meinte zum Schluß:
»Mrs. Erskine muß wirklich etwas verrückt sein. Sie klang ziemlich durchgedreht. Ich verstehe jetzt, was Erskine mit seiner Bemerkung über die Eifersucht meinte, es muß schlimm sein, nichts dagegen tun zu können. Jedenfalls haben wir erfahren, daß Erskine nicht mit Helen durchgebrannt ist und keine Ahnung hat, ob sie lebt oder tot ist. Als er sich an jenem Abend von ihr trennte, war sie noch quicklebendig.«
»Ja«, antwortete Giles. »Zumindest behauptet er das.«
Gwenda hob unwillig die Brauen, aber Giles meinte ungerührt:
»Ja, das sagt *er*!«

18

Miss Marple machte sich im Garten nützlich, indem sie rings um die Terrasse Unkraut jätete. Ihr Erfolg war bescheiden, da die Wurzeln der Ackerwinden in der Erde unverwüstlich waren. Aber der Rittersporn wurde wenigstens vorübergehend etwas von ihnen befreit.
Die Haushälterin, Mrs. Cocker, erschien an der Terrassentür.
»Entschuldigen Sie, Madam«, rief sie. »Dr. Kennedy ist da. Er fragte, wie lange Mr. und Mrs. Reed noch wegbleiben, und ich hab' gesagt, ich weiß es nicht genau, aber Sie wüßten vielleicht Bescheid. Soll ich ihn auf die Terrasse führen?«

»Oh! Ja, tun Sie das, Mrs. Cocker!«
Eine Minute später trat Dr. Kennedy zu Miss Marple, die sich ein wenig aufgeregt mit ihm bekannt machte.
». . . und ich habe der lieben Gwenda angeboten, ab und zu mal in ihrem Garten nach dem Rechten zu sehen, solange sie mit ihrem lieben Mann verreist ist. Meiner Ansicht nach werden meine jungen Freunde von Foster, dem Gärtner, ziemlich hinters Licht geführt. Er kommt zweimal die Woche, trinkt viele Tassen Tee, redet eine Menge und tut sehr wenig, wie man sehen kann.«
»Ja, so sind sie alle«, antwortete Dr. Kennedy geistesabwesend. »Kein Verlaß – immer dasselbe.«
Miss Marple sah ihn abschätzend an. Er wirkte älter, als sie nach der Beschreibung der Reeds erwartet hatte. Vorzeitig gealtert, dachte sie. Seine Miene war sorgenvoll und unglücklich. Er stand da, strich sich über das lange, energische Kinn und sagte:
»Das junge Paar ist verreist, wie ich höre. Wissen Sie, wie lange?«
»Oh, sie sind nur kurz zu Besuch bei Freunden im Norden. Die heutige Jugend hat kein Sitzfleisch mehr, finde ich. Dauernd müssen sie mit dem Auto von einem Ort zum andern rasen.«
»Ja«, murmelte James Kennedy, »nur zu wahr. Der junge Giles Reed«, fügte er nach einer Verlegenheitspause hinzu, »hat mich um einige Dokumente gebeten – hm –, genauer gesagt, um alte Briefe, falls ich sie finden könnte.«
Da er schon wieder stockte, half Miss Marple vorsichtig nach:
»Die Briefe Ihrer Schwester Helen, nicht wahr?«
Er zuckte zusammen und warf ihr einen scharfen Blick zu.
»Ah, man hat Sie ins Vertrauen gezogen? Sind Sie verwandt mit den Reeds?«
»Nur eine alte Freundin«, erklärte Miss Marple. »Wenn ich gefragt werde, rate ich nach bestem Wissen und Gewissen. Leider hört die heutige Jugend selten auf so etwas. Traurig, aber man muß es hinnehmen.«
»Darf ich fragen, wie Ihr Rat lautete?« fragte er gespannt.

»Schlafende Hunde soll man nicht wecken«, sagte Miss Marple energisch.
Er setzte sich schwerfällig auf einen Gartenstuhl.
»Das ist eine treffende Redewendung«, bemerkte er. »Ich habe Gwennie gern. Sie war damals ein hübsches kleines Mädchen, und nun ist sie zu einer sympathischen jungen Frau herangewachsen. Ich fürchte, daß sie Unannehmlichkeiten haben wird.«
»Es gibt so viele Arten von Unannehmlichkeiten«, sagte Miss Marple.
»Wie? Ach so – ja, da haben Sie recht.« Er seufzte. »Also, wie gesagt, Giles Reed bat mich um leihweise Überlassung der Briefe, die Helen mir nach ihrer Flucht geschrieben hat – und nach Möglichkeit auch um frühere Schriftproben von ihr.«
Wieder warf er Miss Marple einen forschenden Blick zu.
»Sie verstehen, was er damit bezweckt?«
Miss Marple nickte. »Ich vermute es.«
»Die beiden wecken den alten Gedanken wieder auf, daß Halliday mehr oder weniger die Wahrheit gestand, als er behauptete, seine Frau erdrosselt zu haben. Sie glauben, daß die Briefe, die Helen mir nach ihrer Abreise schrieb, Fälschungen sind. Daß Helen das Haus nicht lebend verlassen hat.«
»Und Sie selbst«, sagte Miss Marple freundlich, »sind auch nicht mehr ganz sicher?«
»Damals war ich es.« Kennedy starrte vor sich hin. »Ihre Flucht schien mir außer Frage zu stehen, ebenso wie Kelvins krankhafte Halluzination. Keine Leiche im Haus, alles in Ordnung, nur Gepäck und Kleidungsstücke fehlten. Was sollte ich anderes daraus schließen?«
»Und Ihre Schwester war zu jener Zeit . . .« Miss Marple hüstelte taktvoll, ». . . mit jemand anders – nun ja – befreundet?«
Dr. Kennedy sah sie an. Seine Augen verrieten Schmerz.
»Ich hatte meine Schwester sehr gern«, sagte er, »aber ich muß leider einräumen, daß bei Helen immer irgendein Mann im Hintergrund war. Manche Frauen sind so – sie können nichts dafür.«

»Damals war Ihnen also klar, was sie zur Flucht bewogen hatte. Warum sind Sie jetzt nicht mehr so sicher?«
»Weil ich es für unmöglich halte«, antwortete Kennedy mit plötzlicher Offenheit, »daß Helen keine Verbindung mit mir aufgenommen hätte, wenn sie noch lebte. Andererseits ist es seltsam, daß ich nie eine amtliche Nachricht von ihrem Tod erhalten habe. Tja . . .«
Er erhob sich und zog einen Umschlag aus der Tasche.
»Hier ist alles, was ich finden konnte. Den ersten Brief, den Helen mir nach ihrem Verschwinden schrieb, muß ich vernichtet haben; jedenfalls entdeckte ich nicht die geringste Spur von ihm. Den zweiten habe ich aufbewahrt, den mit der postlagernden Adresse. Und dies ist die einzige Schriftprobe von früher, die ich aufstöbern konnte, die Liste einer Bestellung über Blumenzwiebeln. Das Original hat sie wohl abgeschickt und diesen Durchschlag aus irgendwelchen Gründen behalten. Die Schriften scheinen mir übereinzustimmen, aber ich bin kein Fachmann. Ich werde die Papiere für das junge Paar hierlassen. Nachschicken lohnt sich wohl nicht mehr.«
»Sicher nicht. Sie kommen morgen, spätestens übermorgen zurück.«
Der Doktor nickte. Er stand da und sah grübelnd in den Garten. Plötzlich sagte er:
»Wissen Sie, was mich am meisten beschäftigt? Wenn Kelvin Halliday seine Frau doch ermordet hat, muß er die Leiche versteckt haben oder irgendwie losgeworden sein, und dies würde bedeuten – ich wüßte nicht, was es sonst bedeuten sollte –, daß der Bericht, den er mir lieferte, von ihm kaltblütig ausgearbeitet worden war, daß er schon vorher Kleider und Koffer weggebracht hatte, um das Märchen von Helens Flucht zu untermauern, daß er auch wegen der beiden Briefe, die ich hinterher aus dem Ausland von ihr erhielt, schon vorgesorgt hatte. Alles das würde auf kaltblütigen vorsätzlichen Mord hindeuten. Die kleine Gwennie war ein reizendes Kind. Es wäre schlimm genug für sie, wenn ihr Vater geisteskrank war, aber noch hundertmal schlimmer, einen Mörder zum Vater zu haben.«

Dr. Kennedy wandte sich zum Gehen, aber Miss Marple hielt ihn mit einer raschen Frage auf:
»Vor wem hatte Ihre Schwester solche Angst, Dr. Kennedy?«
Er wandte sich zu ihr zurück und starrte sie an. »Angst? Meines Wissens vor niemand. Warum?«
»Ich dachte nur . . . Entschuldigen Sie, wenn ich indiskrete Fragen stelle, aber da gab es doch einen jungen Mann – ein kleiner Flirt –, als sie noch sehr jung war. Afflick hieß er, glaube ich.«
»Ach der! Nur eine kleine Dummheit, wie sie viele junge Mädchen mal durchmachen. Ein unangenehmer Bursche, unzuverlässig, und gesellschaftlich weit unter ihr, ganz und gar unter ihrem Niveau. Übrigens geriet er später in Schwierigkeiten.«
»Ich frage mich nur, ob er vielleicht rachsüchtig war?«
Dr. Kennedy lächelte geringschätzig.
»Ach, ich glaube nicht, daß es bei ihm so tief ging. Und, wie gesagt, er geriet in Schwierigkeiten und machte sich aus dem Staub.«
»Was hatte er denn verbrochen?«
»Nichts Kriminelles, nur indiskretes Gerede. Er hat über Angelegenheiten seines Chefs geklatscht.«
»Sein Chef – war das nicht Mr. Walter Fane?«
Dr. Kennedy sah etwas überrascht aus. »Ja, richtig . . . Jetzt, da Sie es erwähnen, erinnere ich mich, daß er damals bei Fane & Watchman arbeitete. Er war dort nicht, um zu lernen, sondern nur als gewöhnlicher Büroangestellter.«
Nur als gewöhnlicher Angestellter, überlegte Miss Marple, nachdem Dr. Kennedy gegangen war. Dann bückte sie sich wieder zu den Ackerwinden hinunter.

19

»Ich weiß einfach nicht, was ich tun soll«, sagte Lily Kimble. Ihr Mann, durch ein unerhörtes Vorkommnis zum Reden getrieben, schob ihr seine Tasse hin und öffnete den Mund.

»He, Lily, wo hast du deine Gedanken?« grollte er. »Da fehlt Zucker!«

Lily machte ihr Versehen eilig wieder gut und überlegte laut weiter.

»Ich muß dauernd an das Inserat denken. Lily Abbott steht da groß und deutlich. Ehemaliges Hausmädchen in ›St. Catherine‹, Dillmouth. Das bin ich und keine andere.«

»Hm«, bestätigte Mr. Kimble.

»Nach all der Zeit – es ist sehr seltsam, Jim.«

»Tja.«

»Was soll ich nur machen, Jim?«

»Laß die Finger weg.«

»Aber wenn was dabei rausspringt?«

Es gab ein gurgelndes Geräusch, weil Mr. Kimble seine Tasse austrank, um sich für die geistige Anstrengung einer längeren Rede zu stärken. Sein Vorwort bestand aus einem Hinüberschieben der Tasse und der lakonischen Forderung: »Mehr.« Dann legte er los.

»Du redest immer von ›St. Catherine‹ und was da passiert sein soll. Hab' nie richtig hingehört – Weiberklatsch, dummes Zeug. Wenn was war, ist es Sache der Polizei, und du hast dich nicht reinzumischen. Vorbei und erledigt! Du hältst dich raus, mein Mädchen!«

»Du hast gut reden! Und wenn ich was erben kann? Vielleicht war Mrs. Halliday die ganze Zeit am Leben und ist jetzt erst gestorben und hat mir in ihrem Testament was vermacht.«

»Vermacht? Wofür? Bah!« stieß Mr. Kimble verächtlich hervor, offenbar willens, zur Einsilbigkeit zurückzukehren.

»Und sogar wenn's die Polizei wäre«, lenkte sie eilig ein, »könnten wir was dran verdienen. Du weißt doch, Jim, manchmal gibt's hohe Belohnungen für Leute, die in Mordfällen Hinweise geben können.«

»Und was könntest du erzählen? Hirngespinste, weiter nichts!«

»Das behauptest *du*. Ich habe nachgedacht . . .«

»Bah«, sagte Mr. Kimble voll Widerwillen.

»Doch, hab' ich! Schon seit dem ersten Inserat neulich. Vielleicht habe ich damals was falsch verstanden, in ›St. Cathe-

rine‹, meine ich. Diese Leonie war ja etwas dumm, wie alle Ausländer, sie verstand einen nie und redete ein schlimmes Englisch. Was hat sie damals wirklich gemeint? Wenn ich bloß wüßte, wie der Mann hieß, den sie angeblich vom Fenster aus gesehen hatte. Es war wie in dem Film, von dem ich dir erzählt hab', wie hieß er noch? Ach ja, *Verbotene Liebe,* war schrecklich aufregend. Er wurde schließlich durch sein Auto überführt. Er hatte dem Tankwart fünftausend Dollar gezahlt, damit er vergißt, daß er in der Nacht bei ihm getankt hatte. Wieviel Pfund sind das wohl? Und da war noch ein Verdächtiger, und der Ehemann hat geschäumt vor Eifersucht. Alle waren sie nach der Frau verrückt, und am Ende...«
Mr. Kimble schob seinen Stuhl zurück und erhob sich gewichtig. Im Begriff, die Küche zu verlassen, äußerte er das Ultimatum eines Mannes, der trotz aller Wortkargheit eine gewisse Schläue besaß.
»Du läßt die Finger davon, Mädchen«, sagte er. »Oder du bereust es, das laß dir gesagt sein!«
Damit verließ er die Küche, zog draußen seine Stiefel an – Lily war mit ihrem Küchenboden sehr heikel – und ging. Lily setzte sich an den Tisch, und ihr gewitztes kleines Hirn arbeitete fieberhaft. Natürlich konnte sie nicht direkt gegen den Willen ihres Mannes handeln, trotzdem – Jim war so engstirnig, so nüchtern. Sie mußte versuchen, jemand um Rat zu fragen, der über Polizei und Belohnung Bescheid wußte. Es wäre ein Jammer, eine gute Chance, zu Geld zu kommen, zu vertun.
Eifrig und gierig überlegte sie. Was hatte Leonie damals tatsächlich gesagt? Plötzlich kam ihr eine Idee. Sie stand auf und holte das selten benutzte Schreibzeug aus einer Schublade.
»Ich weiß, was ich tue«, murmelte sie. »Ich schreibe an den Doktor, Mrs. Hallidays Bruder. Er wird mir raten, was ich tun soll, wenn er noch am Leben ist. Ich kann ja behaupten, daß mein Gewissen mir keine Ruhe läßt, weil ich nie was von Leonie gesagt habe – und von dem Wagen.«
Dann waren eine Weile nur Schreibgeräusche zu hören. Lily

schrieb selten einen Brief, und es machte ihr beträchtliche Mühe, ihn abzufassen.
Schließlich hatte sie es geschafft, sie steckte den Bogen in einen Umschlag, adressierte ihn und klebte ihn zu. Sie war nicht so froh, wie sie gedacht hatte. Wetten, daß der Doktor tot oder von Dillmouth weggezogen war!
Konnte sie noch jemand anders fragen? Wie hatte der Kerl damals bloß geheißen? Wenn sie sich doch an den Namen erinnern könnte ...

20

Am Morgen nach ihrer Rückkehr aus Northumberland waren Giles und Gwenda gerade mit dem Frühstück fertig, als Miss Marple gemeldet wurde und gleich darauf mit um Entschuldigung bittender Miene eintrat.
»Ich fürchte, es ist noch sehr früh. Im allgemeinen ist so was nicht meine Gewohnheit, aber ich habe etwas auf dem Herzen.«
»Wir freuen uns, Sie zu sehen«, sagte Giles und rückte einen Stuhl für sie zurecht. »Trinken Sie noch eine Tasse Kaffee mit?«
»O nein, vielen Dank. Ich habe sehr gut gefrühstückt. Aber lassen Sie mich erklären. Sie hatten mir freundlicherweise erlaubt, in Ihrer Abwesenheit zu kommen und ein wenig zu jäten ...«
»Sie sind ein Engel!« unterbrach sie Gwenda.
»... und ich kann mich des Gedankens nicht erwehren, daß zwei Tage Arbeit für diesen Garten nicht ausreichen. Außerdem zieht Foster Ihnen das Geld aus der Tasche; seine Arbeit besteht vornehmlich aus Reden und Teetrinken. Da er behauptet, nicht mehr tun zu können, habe ich mir erlaubt, noch einen Mann zur Aushilfe zu engagieren – nur für einen Tag pro Woche, mittwochs. Das wäre also heute.« Giles sah Miss Marple neugierig an. Diese sicher gutgemeinte Eigenmächtigkeit verwunderte ihn.

»Ja«, sagte er zögernd, »Foster ist für wirklich schwere Arbeit zu alt.«
»Oh, Mr. Reed, ich muß leider gestehen, daß Manning noch älter ist. Fünfundsiebzig, behauptet er. Aber ich hielt seine Einstellung – nicht für lange – für einen guten Schachzug, weil er vor vielen Jahren bei Dr. Kennedy beschäftigt war. Helens Jugendflirt hieß übrigens Jack Afflick.«
»Miss Marple«, sagte Giles feierlich, »ich habe Ihnen in Gedanken Unrecht getan. Sie sind ein Genie! Zweifellos wissen Sie auch schon, daß Kennedy mir die erbetenen Schriftproben von Helen besorgt hat?«
»Ja. Ich war hier, als er sie brachte.«
»Ich schicke sie heute an einen guten Schriftexperten, den man mir empfohlen hat.«
»Gehen wir doch jetzt in den Garten und begrüßen Manning«, sagte Gwenda.
Manning war ein mürrischer, gebeugter alter Mann mit feuchten, etwas verschlagen blickenden Augen. Das Tempo, mit dem er einen Weg harkte, wurde spürbar schneller, als seine neuen Arbeitgeber näher kamen.
»Morgen, Sir, Morgen, Ma'am! Die Lady hat gesagt, Sie könnten mittwochs ein bißchen Hilfe brauchen. Mir soll's recht sein. Eine Schande, wie's hier aussieht.«
»Ja, der Garten ist in den letzten Jahren leider verwildert.«
»Stimmt! Dabei war's früher mal ein Schmuckkästchen, als Mrs. Findeyson noch lebte. Sie war eine echte Gartenfreundin.«
Giles lehnte gegen eine Rasenwalze, Gwenda brach ein paar welke Rosen ab, und Miss Marple zog sich etwas zurück, um Winden zu jäten. Manning stützte sich auf den Harkenstiel. Die Szene für eine gemütliche Unterhaltung über Gartenarbeit und die gute alte Zeit war gestellt.
»Sie kennen sicher die meisten Gärten hier in der Gegend?« begann Giles aufmunternd.
»Wie meine Hosentasche, Sir. Und was für Verrücktheiten die Leute sich ausgedacht haben! Mrs. Yule oben im ›Niagra‹ zum Beispiel ließ ihren Taxus immer auf Eichhörnchen zurechtstutzen. Blödsinnig, kann ich da nur sagen. Eine Hecke

ist eine Sache, und Tiere sind 'ne andre. Colonel Lampard, der hatte riesige Begonien, ganze Beete voll, es war 'ne Pracht. Richtige Beete kommen ja immer mehr aus der Mode. Ich kann gar nicht mehr zählen, wie viele Beete ich in den letzten Jahren eingeebnet habe. Überall bloß Rasen. Die Leute haben keinen Sinn mehr für schöne Rabatten mit Geranien und Lobelien.«
»Sie haben auch für Dr. Kennedy gearbeitet, nicht wahr?«
»Tja, das ist lange her. Der ist ja umgezogen und hat die Praxis aufgegeben. Der junge Doktor Brent, der jetzt ›Crosby Lodge‹ hat, kuriert alle Leute bloß mit Vitaminpillen. Blödsinnig!«
»Erinnern Sie sich noch an Dr. Kennedys Schwester?«
»Miss Helen? Natürlich erinnere ich mich an sie! War ein hübsches Ding, mit ihrem langen hellen Haar. Der Doktor hat sich sehr um sie gekümmert, weil sie nämlich keine Eltern mehr hatte. Als verheiratete Frau hat sie 'ne Zeitlang hier gewohnt, in diesem Haus. Ihr Mann war in Indien Offizier gewesen.«
»Ja, das wissen wir«, sagte Gwenda.
»Ach richtig, Sie sollen ja Verwandte sein. Bildhübsch war sie, die Miss Helen, als sie vom Internat nach Hause kam, und unternehmungslustig – alles wollte sie mitmachen, Tanzereien und Tennis und so weiter. Ich hab' damals den Tennisplatz in Ordnung gebracht, der war seit zwanzig Jahren nicht benutzt worden. Voll Gestrüpp natürlich. Ich mußte roden und zurückstutzen, daß es nur so eine Art war, und dann den Platz glätten und markieren. War viel Arbeit, und zum Schluß wurde doch kaum gespielt. Komische Sache, hab' ich mir immer gedacht.«
»Was war daran so komisch?« fragte Gwenda.
»Na, die Geschichte mit dem Netz. Eines Nachts hat es einer in Fetzen geschnitten – einfach in Fetzen. Eine Gemeinheit, wenn Sie mich fragen. Da wollte einer, der nicht mitmachen durfte, den andern den Spaß verderben.«
»Wer tut denn so was?«
»Das wollte der Doktor auch wissen. Er war ganz aus dem Häuschen, und ich kann's ihm nicht verdenken, wo er doch

den Krempel bezahlt hatte. Aber keiner hat rausgekriegt, wer's gewesen ist. Und der Doktor hat gesagt, ein zweites Netz spendiert er nicht, denn wer einmal so 'ne Gemeinheit macht, der macht sie wieder. Das stimmte ja wohl, aber Miss Helen war ganz geknickt. Sie hatte überhaupt Pech damals. Erst das kaputte Tennisnetz, und dann ihr schlimmer Fuß.«
»Was fehlte ihr denn?« fragte Gwenda.
»Sie ist über eine Harke gestolpert und hat sich weh getan. Zuerst war's bloß eine Schramme, aber es wollte und wollte nicht heilen. Der Doktor kriegte es ordentlich mit der Angst, weil es trotz allem Einschmieren und Verbinden immer schlimmer wurde statt besser. Ich hör' noch, wie er sagte: ›Es ist mir unbegreiflich, da muß was an den Zinken gewesen sein.‹ Er meinte wohl irgendeinen Dreck, wovon man Blutvergiftung kriegen kann. ›Und überhaupt‹, sagte er, ›wie kommt die Harke im Dunkeln auf den Weg?‹ Denn da war Miss Helen drüber gestolpert, als sie von 'ner Party spät nach Hause kam. Das arme Ding, nun war's 'ne ganze Weile aus mit dem Tanzen. Sie mußte das Bein hochlegen. War wirklich vom Pech verfolgt.«
Giles hielt den Moment für gekommen, um beiläufig zu fragen:
»Erinnern Sie sich noch an einen jungen Mann namens Afflick?«
»Jackie Afflick? Der bei Fane & Watchman war?«
»Ja, den meine ich. War er nicht ein Verehrer von Miss Helen?«
»Ach, damit war es nicht weit her. Der Doktor hat ein Machtwort gesprochen, und recht hat er gehabt. Jackie Afflick war nicht die Klasse für Miss Helen. Aber er kam sich immer enorm schlau vor und hat sich am Ende ganz schön die Finger verbrannt. Ist abgehauen, als ihm der Boden zu heiß wurde. Gut so, solche Burschen mögen wir in Dillmouth nicht. Soll er woanders Geschäfte machen.«
»War er noch hier, als die Sache mit dem Tennisplatz passierte?« fragte Gwenda.
»Aha, ich weiß schon, worauf Sie hinauswollen, Ma'am.

Aber so was Sinnloses hätte Jackie nie gemacht, dazu war er zu gerissen. Nein, das mit dem Netz war pure Bosheit.«
»Und wenn jemand Miss Helen nur ärgern wollte? Wer könnte eine Wut auf sie gehabt haben?«
Der alte Manning lachte in sich hinein.
»Tja, ein paar von den anderen jungen Damen waren ihr sicher nicht grün, so hübsch, wie sie war. Da kam keine mit. Aber ich meine, diesen Unfug hat überhaupt niemand von hier angestellt. Eher ein mißgünstiger Landstreicher.«
»War Miss Helen sehr traurig wegen Jackie Afflick?« wollte Gwenda wissen.
»Glaub' ich nicht. Ihr lag an keinem von den Burschen besonders viel; sie wollte nach der Schule nur ihren Spaß haben. Ein paar waren sehr in sie verliebt. Der junge Mr. Fane zum Beispiel, der ist ihr nachgelaufen wie ein Hund.«
»Und sie? Hat sie sich gar nichts aus ihm gemacht?«
»Ach was – ausgelacht hat sie ihn, wie die andern. Er ist dann ins Ausland gegangen, ja. Aber später ist er zurückgekehrt, und heute ist er der Boss der Firma. Hat nie geheiratet. Sehr vernünftig. Frauen machen nur Ärger.«
»Sind Sie verheiratet?« fragte Gwenda.
»Hab' zwei Frauen begraben«, erwiderte Manning. »Kann mich nicht beklagen. Jetzt rauche ich meine Pfeife in Frieden, wenn ich Lust habe.«
Da der Gesprächsstoff erschöpft schien, nahm Manning seine Arbeit wieder auf. Giles und Gwenda gingen langsam zum Haus zurück, und Miss Marple ließ die Winden in Ruhe und gesellte sich zu ihnen.
»Sie sehen nicht gut aus, Miss Marple«, sagte Gwenda besorgt. »Ist Ihnen nicht wohl?«
»Danke, Kind, es ist nichts.« Die alte Dame schwieg einen Moment, bevor sie mit seltsamer Eindringlichkeit sagte: »Die Geschichte mit dem Tennisnetz gefällt mir nicht. In Fetzen geschnitten! Selbst wenn . . .«
Sie hielt inne. Giles blickte sie fragend an.
»Ich verstehe nicht ganz . . .« begann er.
»Nein? Mir scheint alles so erschreckend klar. Aber vielleicht ist es besser, wenn Sie nicht begreifen, und außerdem – ich

kann mich irren. Erzählen Sie doch, wie es Ihnen in Northumberland ergangen ist?«

Die jungen Leute lieferten einen genauen Bericht, und Miss Marple hörte aufmerksam zu.

»Es war bedrückend«, schloß Gwenda. »Tragisch, könnte man fast sagen.«

»Allerdings. Ein armer Mensch . . .«, sagte Miss Marple.

»Ja, das finde ich auch. Was er leiden muß!«

»Er? Ja, natürlich.«

»Sie meinten aber . . .‹

»Nun ja, ich dachte mehr an sie, an die Frau. Wahrscheinlich hat sie ihn leidenschaftich geliebt und liebt ihn noch, während er sie heiratete, weil sie eine passende Partie war oder weil sie ihm leid tat oder aus sonst einem freundlichen und vernünftigen Grund, den Männer oft für ihre Heirat angeben und der in Wahrheit entsetzlich unfair ist.«

»*Ich weiß, wohl hundert Wege hat die Liebe, und jeder führt zum Schmerz nur die Geliebten*«, zitierte Giles halblaut. Miss Marple wandte sich ihm lebhaft zu.

»Wie wahr! Was nun die Eifersucht betrifft, so hat sie meist keine greifbare Ursache. Sie kommt von viel tiefer her, wie soll ich sagen – aus den Abgründen der Seele, aus der Erkenntnis, daß die eigene Liebe nicht erwidert wird. Folglich lauert derjenige geradezu darauf, daß der andere die Treue bricht, was dann auch unweigerlich geschieht. So haben die Erskines sich das Leben zur Hölle gemacht, wobei sie vermutlich mehr gelitten hat als er. Trotzdem wage ich zu behaupten, daß er im Grund doch an ihr hängt.«

»Unmöglich!« rief Gwenda.

»Liebes Kind, Sie sind noch sehr jung. Immerhin hat er seine Frau nicht verlassen, und das heißt schon etwas.«

»Nur der Kinder wegen. Aus Pflichtgefühl.«

»er will ich gelten lassen, wenigstens solange sie klein waren«, räumte Miss Marple ein. »Aber das Pflichtgefühl pflegt bei den Männern bedeutend abzuflauen, wenn es nur noch die Frau betrifft. Im Staatsdienst ist es wieder anders.«

»Sie können ja richtig zynisch sein, Miss Marple!« Giles lachte.

»Oh, Mr. Reed, das war nicht meine Absicht. Man soll die Hoffnung auf das Gute im Menschen nicht aufgeben.«
»Walter Fane kann es nicht gewesen sein«, sagte Gwenda nachdenklich. »Ich traue es ihm einfach nicht zu. Und Major Erskine war es erst recht nicht, das spüre ich einfach.«
»Unsere Gefühle sind nicht immer die zuverlässigsten Führer«, meinte Miss Marple. »Da passieren die unwahrscheinlichsten Dinge, bei Leuten, denen man es nie zugetraut hätte. Wie zum Beispiel in meinem eigenen Ort, wo man dahinterkam, daß der Kassierer des Sparvereins jeden Penny der Einnahmen mit Pferdewetten durchgebracht hatte. Dabei predigte er jahrelang gegen Spielen und Wetten in jeglicher Form, und es war ihm bitter ernst damit, denn sein Vater war Buchmacher gewesen und hatte seine Frau sehr schlecht behandelt. Dann wollte es das Unglück, daß er eines Tages bei Newmarket einige Pferde beim Training sah. Und da überkam es ihn. Der Apfel fällt eben nicht weit vom Baum!«
Giles unterdrückte ein amüsiertes Zucken um seine Mundwinkel und bemerkte, die Vorfahren Fanes und Erskines seien wohl über jeden Verdacht erhaben. »Aber eine Veranlagung zum Mord gibt es wohl sowieso nicht«, fügte er hinzu. »Mord ist eher das Verbrechen eines Amateurs.«
»Bedeutsam ist«, sagte Miss Marple, »daß beide an jenem kritischen Abend in Dillmouth waren, am Ort des Geschehens. Walter Fane wohnte wieder hier, und Major Erskine muß laut seinem eigenen Bericht kurz vorher noch mit ihr zusammengewesen sein – und er ist erst geraume Zeit später in sein Hotel zurückgekehrt.«
»Er hat doch alles ganz offen erzählt . . .« Gwenda brach unter Miss Marples prüfendem Blick verwirrt ab.
»Der springende Punkt ist, daß beide in nächster Nähe waren.« Miss Marple sah von Gwenda zu Giles und fuhr fort: »Nun müssen Sie Mr. Afflicks Adresse ausfindig machen. Als Besitzer der ›Daffodil Coaches‹ dürfte es nicht sehr schwierig sein.«
Giles nickte. »Ich werde mich darum kümmern. Meinen Sie, wir sollten ihm einen Besuch abstatten?«
Miss Marple überlegte kurz. Dann erwiderte sie:

»In diesem Fall sollten Sie sehr vorsichtig sein. Bedenken Sie, was der alte Gärtner erzählt hat: Jackie Afflick galt als gerissen. Bitte, seien Sie vorsichtig. Bitte!«

21

J. J. Afflick, »Daffodil Coaches«, Devon & Dorset Tours war im Telefonbuch von Exeter unter zwei Nummern zu finden. Die eine gehörte dem Reisebüro im Zentrum, die andere zu Afflicks Privatadresse am Stadtrand.

Giles und Gwenda meldeten sich telefonisch für eine »geschäftliche Besprechung« am nächsten Tag an.

Sie saßen bereits im Wagen und wollten gerade abfahren, als Mrs. Cocker gestikulierend aus der Haustür stürzte. Giles trat auf die Bremse und hielt.

»Dr. Kennedy ist am Apparat, Sir«, rief Mrs. Cocker.

Giles stieg aus und rannte hinein. »Giles Reed«, meldete er sich.

»Guten Morgen. Ich habe eben einen seltsamen Brief erhalten. Von einer Frau namens Lily Kimble. Ich zermartere mir den Kopf, wer sie ist. Zuerst dachte ich an eine frühere Patientin, aber das führt nur auf falsche Spuren. Jetzt glaube ich, sie war Hausmädchen bei Halliday. Da gab es eine Lily, wenn ich mich nicht irre, obwohl mir der Nachname fremd ist.«

»Ja, eine Lily gab es! Gwenda hat erzählt, daß sie damals der Katze eine Schleife umgebunden hat.«

»Alle Achtung vor Gwennies Gedächtnis!«

»Ja, es ist erstaunlich.«

»Ich würde mich gern über den Brief mit Ihnen unterhalten, aber nicht am Telefon. Wäre es Ihnen recht, wenn ich rasch zu Ihnen hinüberkäme?«

»Wir wollen gerade nach Exeter. Wir könnten bei Ihnen vorbeikommen, wenn es Ihnen paßt. Ihr Haus liegt an der Strecke.«

»Ausgezeichnet. Sehr gut.«

Kurze Zeit später begrüßte Dr. Kennedy das junge Paar in seinem Wohnzimmer.

»Ich wollte am Telefon nicht zuviel über diese Angelegenheit sagen«, entschuldigte er sich. »Ich bilde mir immer ein, daß das Fernsprechamt mithört. Hier ist der Brief.«

Er legte einen billigen linierten Bogen auf den Tisch. In ungelenker Handschrift stand da:

Werter Herr Doktor,
ich wäre Ihnen sehr dankbar, wenn Sie mir was raten könnten wegen dem Zeitungsausschnitt, der beiliegt. Ich habe drüber nachgedacht und auch mit Mr. Kimble gesprochen, aber was soll ich machen? Meinen Sie, ich kriege eine Belohnung, wenn ich mich melde? Geld kann ich brauchen. Mit der Polizei will ich nichts zu tun kriegen. Ich denke noch oft an den Abend, als Mrs. Halliday wegging, und ich glaub's nicht, weil die Kleider falsch waren. Erst hab' ich gedacht, der Herr hätte es getan, doch jetzt bin ich nicht mehr so sicher, wegen dem Wagen, und was Leonie vom Fenster aus gesehen hat. Ein schicker Wagen war das, und ich hab' ihn schon vorher gesehen, aber ich möchte nichts unternehmen, bis Sie mir raten, weil ich nämlich noch nie mit der Polizei zu tun gehabt hab' und Mr. Kimble gefällt's nicht. Ich könnte Sie nächsten Donnerstag besuchen, Sir, da ist Markt und Mr. Kimble ist weg. Ich wäre Ihnen sehr dankbar.

Hochachtungsvoll
Lily Kimble

»Der Brief ist an meine alte Adresse in Dillmouth geschickt worden«, erklärte Dr. Kennedy, »und wurde hierher weitergeleitet. Der Zeitungsausschnitt ist Ihr Inserat, wie Sie sehen.«

»Großartig!« jubelte Gwenda. »Lily glaubt also auch nicht, daß mein Vater es getan hat!«

Kennedy sah sie müde und freundlich an.

»Ja, Gwennie, hoffentlich behalten Sie recht. Vorerst, denke ich, wäre folgendes zu tun: Ich schlage dieser Mrs. Lily Kimble vor, mich am Donnerstag zu besuchen. Es gibt sehr gute Zugverbindungen, die ich ihr genau aufschreiben werde. Sie braucht nur in Dillmouth Junction umzusteigen und kann kurz nach vier Uhr dreißig hier sein. Wenn Sie sich ebenfalls einfinden würden, könnten wir in einem gemeinsamen Gespräch vielleicht zu einem Ergebnis kommen.«

»Gut, abgemacht«, stimmte Giles zu und sah auf seine Armbanduhr. »Jetzt müssen wir uns aber beeilen, Gwenda. Wir haben eine Verabredung«, erklärte er dem Doktor. »Mit Mr. Afflick von den ›Daffodil Coaches‹, einem vielbeschäftigten Mann, wie uns gesagt wurde.«

»Afflick?« wiederholte Kennedy stirnrunzelnd. »Ach ja! Das sind diese riesigen gelben Busse. Aber der Name kommt mir auch sonst irgendwie bekannt vor.«

»Helen«, sagte Gwenda bedeutsam.

»Mein Gott! Doch nicht der Bengel von damals?«

»Offenbar doch.«

»Aber er war eine elende kleine Ratte. Er hat also Karriere gemacht?«

»Erlauben Sie mir eine Frage, Sir«, sagte Giles. »Sie haben damals einen kleinen Flirt zwischen Helen und ihm unterbunden. Geschah das nur wegen seiner – hm – gesellschaftlichen Herkunft?«

»Ich bin altmodisch, junger Mann«, erwiderte Dr. Kennedy trocken. »Heute gilt ein Mensch – angeblich – soviel wie der andere, und moralisch wäre das sicher ganz stichhaltig. Aber ich glaube an die Tatsache, daß man in eine bestimmte Klasse hineingeboren wird und man gut daran tut, da zu bleiben. Davon abgesehen hatte ich bei diesem Afflick das Gefühl, Vorsicht sei im Umgang mit ihm angebracht – was ja dann auch zutraf.«

»Was hat er denn angestellt?«

»Genau erinnere ich mich nicht mehr. Wenn ich mich nicht irre, wollte er sich durch Weitergabe einer Information einen Nebenverdienst verschaffen. Es handelte sich um eine vertrauliche Sache, die in Fanes Kanzlei bearbeitet wurde.«

»Hat er ihm den Rausschmiß nachgetragen?«
Kennedy warf Giles einen scharfen Blick zu. »Vermutlich«, sagte er kurz.
»Hatten Sie sonst noch einen Grund, seine Freundschaft mit Ihrer Schwester zu mißbilligen? War er irgendwie – nicht ganz normal?«
»Wenn Sie so darauf bestehen, will ich noch offener sein. Ja, Jackie Afflicks Charakter kam mir, besonders nach seiner Entlassung, ziemlich bedenklich vor. Er litt unter Stimmungsschwankungen, einer Art beginnendem Verfolgungswahn. Offenbar hat sich das mit den Jahren gegeben, sonst wäre er wohl kaum ein so erfolgreicher Geschäftsmann geworden.«
»Wer hat ihn damals entlassen? Walter Fane?«
»Keine Ahnung, ob Walter Fane sich damit abgegeben hat. Er wurde einfach von der Firma entlassen.«
»Afflick beschwerte sich wahrscheinlich, daß man ihn zum Sündenbock gemacht hatte?«
Kennedy nickte.
»Also so ist das! Gwenda, jetzt müssen wir aber los! Bis Donnerstag, Sir.«

Das Haus, ein klotziger Neubau, bestand nur aus Beton und Glas. Gwenda und Giles wurden durch eine weiträumige Empfangshalle in ein Büro geführt, das etwa zur Hälfte von einem großen Chromstahlschreibtisch ausgefüllt wurde.
Gwenda flüsterte Giles nervös zu: »Ich weiß wirklich nicht, was wir ohne Miss Marple gemacht hätten. Jedesmal verlassen wir uns auf ihre Einfälle. Erst ihre Freunde in Northumberland und nun das Pfadfindertreffen.«
Giles hob warnend die Hand, als eine Tür aufflog und J. J. Afflick eintrat.
Er war ein vierschrötiger Mann mittleren Alters, in einem auffallend großkarierten Anzug. Seine Augen waren dunkel und scharfsichtig, sein rundes Gesicht strahlte Gutmütigkeit aus. Er entsprach der landläufigen Vorstellung eines erfolgreichen Buchmachers.
»Mrs. und Mr. Reed? Guten Morgen! Freut mich, Ihre Be-

kanntschaft zu machen.« Sein Händedruck war etwas zu herzlich. »Was kann ich für Sie tun?«
Afflick nahm hinter seinem Schreibtisch Platz und bot Zigaretten aus einer Onyxdose an. Giles und Gwenda setzten sich ebenfalls. Giles berichtete von dem geplanten Pfadfinderausflug. Alte Freunde von ihm dachten an eine mehrtägige Rundfahrt zu den schönsten Punkten von Devonshire, und er sollte ihnen den Kostenplan besorgen.
Afflick, entgegenkommend und sachlich, nannte Preise und machte Vorschläge. Doch ein leicht forschender Ausdruck wich nicht aus seinen Augen, und schließlich sagte er offen: »Die Sache mit dem Ausflug wäre also klar, Mr. Reed, und ich werde Ihren Bekannten die nötigen Unterlagen schicken. Aber das hätte auch einer meiner Angestellten tun können. Mir wurde gesagt, Sie hätten am Telefon um einen Privattermin gebeten?«
»Ganz richtig, Mr. Afflick. Wir wollten nämlich zwei Dinge mit Ihnen besprechen. Der erste Punkt ist nun erledigt. Der andere ist rein privat. Meine Frau ist auf der Suche nach ihrer Stiefmutter, die sie viele Jahre nicht gesehen hat, und wir dachten, Sie könnten uns vielleicht einen Hinweis geben.«
»Darf ich fragen, wie die Dame heißt? Sie setzen ja offenbar voraus, daß ich sie kenne?«
»Es war eine Jugendbekanntschaft von Ihnen. Sie heißt Mrs. Helen Halliday, geborene Kennedy.«
Afflick saß ganz still da. Dann wandte er die Augen zur Decke und wippte mit dem Bürosessel langsam nach hinten. »Halliday? Ich erinnere mich nicht. Helen Kennedy ...«
»Früher hat sie in Dillmouth gewohnt«, sagte Giles.
Der Sessel kam mit einem hörbaren Aufprall der Beine wieder fest auf den Boden.
»Ich hab's!« sagte Afflick. »Natürlich!« Sein rundes Gesicht strahlte vor Vergnügen. »Die kleine Helen Kennedy! Ja, ich erinnere mich an sie. Das muß allerdings lange her sein, etwa zwanzig Jahre.«
»Achtzehn.«
»Ach, wirklich? Unglaublich, wie die Zeit verfliegt. Leider muß ich Sie enttäuschen, Mrs. Reed. Ich habe Helen seit da-

mals nicht wiedergesehen – auch kein Sterbenswort von ihr gehört.«
»Oh, das ist wirklich enttäuschend«, sagte Gwenda. »Wir hatten soviel Hoffnung auf Sie gesetzt!«
»Wieso? Was ist denn mit ihr?« Seine Augen wanderten rasch von einem zum andern. »Familienkrach? Geldschwierigkeiten?«
»Sie hat das Haus verlassen«, sagte Gwenda. »Vor achtzehn Jahren. Ganz plötzlich. Seitdem ist sie verschollen. Es heißt, sie sei mit einem anderen Mann...«
»Und Sie dachten«, vollendete Jack Afflick in amüsiertem Ton, »mit mir? Warum sind Sie ausgerechnet auf mich verfallen?«
»Weil wir erfuhren«, sagte Gwenda kühn, »daß Sie und Helen einmal... nun, daß Sie einander sehr gern hatten.«
»Helen und ich? Ach, das war doch nur ein kleines Geplänkel, wie es unter jungen Leuten gang und gäbe ist. Nichts Ernsthaftes. Das hätten ihre Leute schon verhindert«, fügte er trocken hinzu.
»Sie müssen mich für sehr aufdringlich halten...«, fing Gwenda wieder an, aber Afflick unterbrach sie.
»Wieso? Ich bin nicht so zart besaitet. Sie suchen Ihre vermißte Stiefmutter, und ich soll helfen. Fragen Sie, was Sie wollen – ich habe nichts zu verbergen.« Er musterte sie nachdenklich. »Sie sind also Hallidays Tochter?«
»Ja, aus erster Ehe. Haben Sie meinen Vater gekannt?«
Afflick schüttelte den Kopf.
»Ich habe mal bei Helen vorbeigeschaut, als ich geschäftlich in Dillmouth war. Ich hatte gehört, sie sei inzwischen verheiratet, und war ein bißchen neugierig. Sie war auch ganz nett, hat mich aber nicht zum Abendessen eingeladen. Folglich habe ich Ihren Vater nicht kennengelernt. Er war nicht zu Hause.«
Gwenda horchte den Worten nach. Hatte da wegen der unterlassenen Einladung nicht eine Spur von Groll durchgeklungen? Laut fragte sie:
»Was machte sie für einen Eindruck? War sie glücklich?«
Er zuckte die Achseln. »Glücklich ist ein dehnbarer Begriff.

Nach so langer Zeit weiß ich nicht mehr genau, wie sie aussah. Aber wahrscheinlich würde ich mich erinnern, wenn sie einen unglücklichen Eindruck gemacht hätte.« Mit verständlicher Neugier fügte er hinzu: »Sie haben also seit damals nichts mehr von ihr gehört? Gar nichts?«
»Nichts.«
»Keine Briefe?«
»Es kamen zwei«, antwortete Giles. »Aber wir haben Grund zu der Vermutung, daß sie nicht von ihr stammen.«
»Was? Fälschungen?« Wieder schien Afflick leicht belustigt. »Klingt ja wie ein Kriminalroman.«
»So kommt es uns auch schon vor.«
»Sie hatte doch einen älteren Bruder, einen Arzt – weiß er denn nicht, wo Helen steckt?«
»Nein.«
»Hm. Ein richtiges Geheimnis. Haben Sie's schon mal mit einer Suchanzeige versucht?«
»Ja.«
»Dann sieht's aus, als wäre sie tot«, meinte Afflick leichthin, »und Sie haben es nur nicht erfahren.«
Gwenda schauerte zusammen.
»Frieren Sie, Mrs. Reed?«
»Nein. Ich stelle mir Helen tot vor. Es ist kein erfreulicher Gedanke.«
»Da haben Sie recht. Ich denke lieber auch nicht dran. Sie sah blendend aus.«
»Sie haben sie gekannt«, sagte Gwenda impulsiv. »Sogar ziemlich gut. Ich habe nur undeutliche Kindheitserinnerungen an sie. Wie war sie wirklich? Was hielten die Leute von ihr? Was dachten Sie selbst von ihr, Mr. Afflick?«
Er sah sie sekundenlang schweigend an, ehe er antwortete: »Um ehrlich zu sein, Mrs. Reed, ob Sie's glauben oder nicht – das arme Ding hat mir leid getan.«
»Leid getan . . .« Gwenda starrte ihn verdutzt an.
»Genau das. Da war sie nun, frisch aus dem Internat, wie jedes Mädchen auf ein bißchen Vergnügen aus, und da war dieser viel ältere, steife Bruder mit seinen ewigen Vorschriften und Anstandsregeln. Er gönnte ihr keine Freude. Na, ich

hab' sie ein bißchen ausgeführt und ihr was vom Leben gezeigt. Ich war nicht besonders scharf auf sie, und sie nicht auf mich, aber sie hatte einfach Spaß daran, Wirbel zu machen. Ihr Bruder merkte das natürlich und hatte nichts Eiligeres zu tun, als allem einen Riegel vorzuschieben. Ich nahm es ihm nicht übel; seiner Meinung nach stand ich ja weit unter ihr. Von Verlobung war sowieso nie die Rede. Sicher wollte ich mal heiraten, aber erst später, wenn ich es zu was gebracht hatte, und dann eine Frau, die mir weiterhelfen konnte. Helen hatte kein Geld und paßte nicht zu mir. Wir waren einfach gute Freunde und flirteten mal ein wenig.«
»Aber Sie müssen auf den Doktor wütend gewesen sein...«
»Ich war empört, das gebe ich zu. Niemand läßt sich gern unter die Nase reiben, daß er nicht fein genug ist. Aber man darf eben nicht zu dünnhäutig sein.«
»Haben Sie damals nicht auch Ihren Job verloren?« fragte Giles.
»Ich wurde gefeuert, ja.« Afflicks Gesicht war nicht mehr ganz so freundlich. »Und ich weiß auch, bei wem ich mich dafür zu bedanken hatte.«
»Ja?« sagte Giles fragend, aber Afflick schüttelte den Kopf.
»Namen nenne ich grundsätzlich nicht. Bin da ein gebranntes Kind. Aber meine Gedanken kann mir niemand verbieten, und ich weiß sehr wohl, wer mir damals ein Bein gestellt hat. Und warum!« Die Zornesröte stieg ihm ins Gesicht. »Dreckige, hinterhältige Wühlerei gegen mich – Schnüffeln, Fallenstellen, Lügen. O ja, ich hatte schon damals meine Feinde. Aber ich habe mich nicht unterkriegen lassen. Ich habe zurückgeschlagen. Und ich vergesse nichts...«
Er hielt abrupt inne, und sein Gesicht nahm erstaunlich rasch wieder einen freundlichen Ausdruck an.
»Ich kann Ihnen nicht helfen, tut mir leid. Die kurze Jugendfreundschaft mit Helen Kennedy ging wirklich nicht tief.«
Gwenda wandte keinen Blick von ihm. Alles, was Afflick sagte, klang offen und sehr einleuchtend, aber war es auch wahr? Ein Punkt fiel ihr auf, und sie sagte: »Immerhin haben Sie Helen später in Dillmouth noch einmal besucht.«
Er lachte. »Da haben Sie mich festgenagelt, Mrs. Reed. Viel-

leicht wollte ich ihr zeigen, daß ich nicht am Boden zerstört war, nur weil ein Provinzanwalt mich rausgeschmissen hatte. Ich hatte ein gutgehendes Geschäft, fuhr einen großen Wagen, und es ging mir gut.«
»Sie haben Helen mehr als einmal besucht, nicht wahr?«
Afflick zögerte einen Moment.
»Zwei- oder dreimal. Nur wenn ich zufällig vorbeikam.« Er erhob sich mit einer gewissen Endgültigkeit. »Bedaure, daß ich Ihnen nicht viel helfen kann.«
Auch Giles und Gwenda standen auf. »Entschuldigen Sie, daß wir Ihre Zeit so lange beansprucht haben.«
»Das macht nichts. War eine angenehme Abwechslung für mich, über alte Zeiten zu plaudern.«
Die Tür öffnete sich, und eine Frau sah herein.
»Oh, tut mir leid. Ich wußte nicht, daß du Besuch hast.«
»Komm rein, meine Liebe, komm rein! Mr. und Mrs. Reed, darf ich Sie mit meiner Frau bekannt machen?«
Sie wechselten einen Händedruck. Mrs. Afflick war groß, schlank und erstaunlich gut angezogen und hatte einen deprimierten Zug im Gesicht.
»Wir haben uns über gemeinsame alte Freunde unterhalten«, erläuterte Afflick. »Aus der Zeit, als wir uns noch nicht kannten, Dorothy.« Er wandte sich wieder an Giles und Gwenda. »Wir haben uns auf einer Kreuzfahrt kennengelernt. Meine Frau stammt nicht von hier. Sie ist Lord Polterhams Kusine«, fügte er stolz hinzu, und Mrs. Afflick errötete.
»Kreuzfahrten sind immer ein nettes Erlebnis«, sagte Giles.
»Und sehr bildend«, vervollständigte Afflick. »Da ich keine nennenswerte Bildung hatte, konnte ich's brauchen.«
»Ich rede meinem Mann immer zu«, sagte Mrs. Afflick, »endlich eine Hellas-Kreuzfahrt mit mir zu machen.«
»Keine Zeit, Schatz. Zuviel Arbeit.«
»Und deshalb dürfen wir Sie nicht länger aufhalten«, sagte Giles rasch. »Vielen Dank und auf Wiedersehen. Wegen dem Pfadfinderausflug geben Sie bitte noch Bescheid.«
Während Afflick sie hinausbrachte, warf Gwenda einen kurzen Blick zurück und sah Mrs. Afflick unbeweglich ne-

ben dem Schreibtisch stehen. Ihr Gesicht hatte einen sonderbaren, fast furchtsamen Ausdruck.
Auf der Straße, als sie gerade ins Auto einsteigen wollte, zog Gwenda plötzlich den Fuß zurück.
»Verflixt, ich habe meinen Schal vergessen.«
»Immer vergißt du etwas«, sagte Giles.
»Mach kein solches Gesicht! Ich hole ihn rasch.«
Sie lief zurück und durchquerte die große Empfangshalle. Durch die offenstehende Bürotür hörte sie Afflicks laute Stimme: »Warum bist du so sinnlos bei mir reingeplatzt?«
»Tut mir leid, Jackie, ich hatte keine Ahnung. Wer waren diese Leute? Warum haben sie dich so aufgeregt?«
»Ich bin nicht aufgeregt. Ich ...« Er stockte, als er Gwenda in der Tür auftauchen sah.
»Entschuldigen Sie, Mr. Afflick, habe ich meinen Schal hier vergessen?«
»Ihren Schal? Nein, Mrs. Reed. Ich sehe keinen.«
»Wie dumm von mir. Dann muß er im Auto liegen.« Sie ging wieder hinaus.
Giles hatte inzwischen gewendet. Ein Stück weiter am Straßenrand stand eine große gelbe Limousine mit vielen Chromverzierungen.
»Was für ein Auto«, bemerkte Giles.
»Ein ›schicker‹ Wagen«, sagte Gwenda nachdenklich. »Weißt du Giles, wie Edith Pagett uns von Lily erzählte? Lily hatte auf Erskine gewettet, nicht auf ›den geheimnisvollen Unbekannten mit dem schicken Wagen‹. Dieser Unbekannte kann kein anderer als Jackie Afflick gewesen sein!«
»Ja«, sagte Giles. »In ihrem Brief an den Doktor erwähnt sie den Wagen auch.«
Sie sahen einander an.
»Auch Afflick war also an jenem Abend am ›Ort des Geschehens‹, wie Miss Marple sagen würde. Giles, ich kann kaum den Donnerstag erwarten, um endlich zu erfahren, was Lily alles weiß!«
»Vorausgesetzt, daß sie keine kalten Füße bekommt und wegbleibt.«

»Sie wird schon kommen, Giles. Wenn damals tatsächlich ein Wagen...«
»Vielleicht so eine gelbe Gefahr wie der hier?«
»Bewundern Sie meine Privatkutsche?« Jackie Afflicks joviale Stimme ließ die beiden herumfahren. Er beugte sich über eine sauber geschnittene Hecke. »Ich nenne sie Butterblume. Sticht einem ins Auge, was?«
»Das kann man wohl sagen«, erwiderte Giles.
»Ich bin ein großer Blumenfreund«, sagte Jackie Afflick. »Osterglocken, Butterblumen, Pantoffelblumen mag ich besonders. Hier ist Ihr Schal, Mrs. Reed. Er war hinter Ihren Sessel geglitten. Auf Wiedersehen. Es war mir ein Vergnügen.«
»Ob er deine Bemerkung über die gelbe Gefahr gehört hat?« fragte Gwenda, als sie abfuhren.
»Ich glaube kaum«, meinte Giles etwas unsicher. »Er benahm sich doch ganz freundlich.«
»Das besagt nicht viel, Giles. Ich hatte das Gefühl, daß sogar seine Frau Angst vor ihm hat. Ich habe ihr Gesicht gesehen.«
»Angst? Vor diesem jovialen, netten Burschen?«
»Vielleicht ist er nicht so, wie er tut. Dieser Afflick gefällt mir nicht, Giles. Wer weiß, wie lange er uns schon zugehört hat. Was haben wir eigentlich gesagt?«
»Nichts Besonderes«, meinte Giles etwas unbehaglich.

22

»Das ist nicht zu fassen!« rief Giles. Er hatte gerade einen Brief geöffnet, der mit der Nachmittagspost gekommen war, und starrte verblüfft auf den Inhalt.
»Was gibt's?« fragte Gwenda.
»Es ist das graphologische Gutachten!«
»Der Brief aus dem Ausland war also nicht von ihr?« fragte Gwenda eifrig.
»Doch! Das ist es ja eben!«
Sie starrten sich stumm an. Schließlich meinte Gwenda ungläubig:

»Ihre Briefe waren also nicht gefälscht, sondern echt? Helen ist damals wirklich durchgebrannt? Und sie hat ihrem Bruder danach noch geschrieben? Niemand hat sie erdrosselt?«

»Es scheint so«, antwortete Giles langsam. »Aber es wird immer verwirrender. Ich verstehe es nicht. Bis jetzt deutete doch beinahe alles auf die andere Lösung hin.«

»Vielleicht irrt sich der Graphologe?«

»Möglich. Aber das Gutachten klingt sehr überzeugt. Ich habe keine Ahnung von solchen Sachen. Gwenda, ich glaube, wir haben uns unsterblich blamiert!«

»Und alles nur, weil im Theater die Nerven mit mir durchgegangen sind? Giles, ich schlage vor, wir machen schnell einen Besuch bei Miss Marple. Wir haben noch Zeit, ehe wir um halb fünf bei Kennedy sein müssen.«

Aber Miss Marple reagierte auf die Neuigkeit ganz anders, als sie erwartet hatten. Sie fand sie sehr befriedigend.

»Aber liebste Miss Marple!« rief Gwenda. »Was meinen Sie damit?«

»Ich meine, liebes Kind, daß jemand nicht ganz so schlau war, wie er hätte sein sollen.«

»Wieso?«

»Ein Ausrutscher«, sagte Miss Marple mit Genugtuung.

»Aber wieso denn?«

»Nun, Mr. Reed, Sie erkennen doch sicher, wie dieses Gutachten den Kreis der Verdächtigen einengt!«

»Wenn Helen den Brief wirklich geschrieben hat – nehmen Sie trotzdem an, daß sie ermordet wurde?«

»Ich meine nur, daß jemand sehr viel Wert darauf gelegt haben muß, daß die Briefe in Helens Handschrift geschrieben waren.«

»Ich verstehe. Wenigstens glaube ich zu verstehen. Sie deuten die Möglichkeit an, daß Helen irgendwie bewogen wurde, sie zu verfassen. Aber wie kann man einen Menschen dazu bringen?« fragte Giles.

»Mr. Reed, denken Sie mal nach! Die Sache ist ganz einfach. Wirklich!«

»Für mich nicht«, sagte Giles leicht gereizt.

»Wenn Sie zwei und zwei zusammenzählen . . .«

»Wir müssen fahren, Giles«, sagte Gwenda. »Sonst kommen wir zu spät.«

Sie verließen Miss Marple, die still in sich hineinlächelte. Draußen sagte Giles:

»Die alte Dame bringt mich manchmal auf die Palme. Zum Teufel, worauf will sie hinaus?«

Pünktlich zur verabredeten Zeit waren sie bei Dr. Kennedy, der ihnen selbst öffnete.

»Ich habe meiner Haushälterin für heute nachmittag freigegeben«, erklärte er. »Es scheint mir für eine ungezwungene Unterhaltung besser zu sein.«

Dann führte er Giles und Gwenda ins Wohnzimmer, wo ein Tablett mit Teegeschirr, Butterbroten und Keksen bereitstand.

»Tee ist immer richtig, nicht wahr?« erkundigte er sich ein wenig unsicher bei Gwenda. »Falls diese Mrs. Kimble sich befangen fühlt . . .«

»Sie denken auch an alles!« lobte Gwenda.

»Wie gehen wir nun vor? Soll ich Sie gleich mit ihr bekannt machen, oder stoßen wir sie damit vor den Kopf?«

Gwenda überlegte rasch. »Leute vom Land sind meistens mißtrauisch. Es ist wohl am besten, Sie empfangen sie allein.«

»Meine ich auch«, sagte Giles.

»Gut. Wenn Sie dann im Nebenzimmer warten wollen und ich die Verbindungstür angelehnt lasse, können Sie hören, was gesprochen wird. Ich denke, unter diesen Umständen heiligt der Zweck die Mittel.«

»Ja, man lauscht ja eigentlich nicht, aber das soll uns nicht stören«, sagte Gwenda.

Dr. Kennedy lächelte schwach und fuhr fort: »Es geht hier wohl kaum um Moralprinzipien. Jedenfalls werde ich Mrs. Kimble nicht Verschwiegenheit geloben. Ich bin nur bereit, ihr einen Rat zu geben.« Er sah auf seine Uhr. »Wenn der Zug pünktlich um vier Uhr fünfunddreißig in Woodleigh Bolton ist, müßte sie jetzt ankommen. Dann hat sie nur noch ungefähr fünf Minuten Fußweg hierher auf die Anhöhe.«

Er ging ruhelos im Zimmer hin und her. Sein Gesicht wirkte faltig und abgehärmt.

»Ich begreife immer weniger, was das alles bedeutet«, sagte er. »Wenn Helen nicht fortgegangen ist, wenn ihre Briefe Fälschungen waren...«, hier machte Gwenda unwillkürlich eine Bewegung, aber Giles schüttelte den Kopf, »und wenn Kelvin, der arme Kerl, sie nicht umgebracht hat – was, um Himmels willen, ist dann passiert?«

»Der Mörder war jemand anders«, sagte Gwenda.

»Aber, mein liebes Kind, warum hat Ihr Vater dann behauptet, er sei es gewesen?«

»Weil er es sich eingebildet hat. Er sah ihre Leiche auf dem Bett und hielt sich für den Mörder. So was kommt vor, nicht wahr?«

Dr. Kennedy rieb sich nervös die Nase.

»Wie soll ich das wissen? Ich bin kein Psychiater. Schock? Angegriffene Nerven? Ja, dann wäre so was wohl möglich. Aber wer hatte ein Motiv, Helen zu ermorden?«

»Drei Leute kommen in Betracht«, sagte Gwenda.

»Drei? Wieso drei? Niemand hatte einen Grund, sie zu töten, es sei denn, er hätte völlig den Verstand verloren. Sie hatte keine Feinde. Alle mochten sie gern.«

Er zog eine Schreibtischschublade auf und kramte darin herum.

»Hier, das ist mir neulich in die Finger geraten, als ich nach den Briefen suchte.«

Es war ein verblaßter Schnappschuß, den er ihnen hinhielt. Darauf war ein großes, schlankes Schulmädchen im Turndreß mit Pferdeschwanz und strahlendem Gesicht neben einem viel jüngeren, heiteren Kennedy zu sehen, der einen kleinen Terrier an der Leine hielt.

»Ich denke in letzter Zeit viel an sie«, murmelte er. »Jahrelang habe ich es nicht getan. Fast wäre es mir gelungen, sie zu vergessen. Jetzt ist alles wieder da. Das ist Ihre Schuld!« Der letzte Satz klang fast wie ein Vorwurf.

»Nein«, erwiderte Gwenda. »*Helen* ist schuld.«

Er fuhr scharf zu ihr herum. »Wie meinen Sie das?«

»Ich kann's nicht erklären. Aber wir sind es nicht. Es ist Helen selbst.«

Der ferne, melancholische Pfiff einer Lokomotive drang zu

ihnen. Dr. Kennedy trat auf die Terrasse, und die jungen Leute folgten ihm. Unten schlängelte sich eine Rauchfahne durch das Tal.
»Der Zug scheint Verspätung zu haben«, sagte Giles.
»Nein, er ist schon auf der Weiterfahrt«, erwiderte Kennedy.
»Unsere Mrs. Kimble muß jeden Moment da sein.«
Aber die Minuten verstrichen, und sie erschien nicht.

Lily Kimble war in Dillmouth Junction in den Lokalzug umgestiegen, der auf einem Nebengleis wartete. Mit ihr fuhr höchstens ein halbes Dutzend Passagiere. Es war die verkehrsschwächste Tageszeit, und außerdem war in Helchester Markt.
Der Zug ratterte durch ein gewundenes Tal. Vor der Endstation Lonsbury Bay hielt er dreimal: in Newton Langford, Matchings Halt (zum Woodleigh Camp) und Woodleigh Bolton. Lily Kimble schaute aus dem Abteilfenster, ohne die schöne Landschaft zu sehen. Sie träumte von einer Stilmöbelgarnitur mit grünen Polstern.
Sie stieg als einzige in Matchings Halt aus, gab ihre Fahrkarte ab und ging durch die Sperre. Ein Stückchen weiter stand ein Wegweiser »Nach Woodleigh Camp«, der auf einen steil hügelan führenden Pfad wies.
Lily schritt munter aus. Der gewundene Pfad war rechts von Wald, links von abfallendem Heideland mit vielen Ginsterbüschen gesäumt.
Plötzlich trat jemand zwischen den Baumstämmen hervor, und Lily Kimble fuhr heftig zusammen.
»Mein Gott, hab' ich mich erschrocken!« rief sie. »Wer ist denn darauf gefaßt, daß Sie . . .«
»Eine schöne Überraschung, was? Ich habe noch eine.«
Im Wald war es sehr einsam. Keiner hörte einen Schrei oder einen Kampf. Tatsächlich schrie auch niemand, und der Kampf war sehr kurz.
Eine aufgestörte Wildtaube flatterte zwischen den Bäumen davon.

»Wo bleibt die Person nur?« knurrte Dr. Kennedy ärgerlich,

als die Zeiger der Uhr auf zehn Minuten vor fünf wiesen.
»Könnte sie sich unterwegs vom Bahnhof verirrt haben?«
»Unmöglich. Ich habe es ihr genau beschrieben. Einfacher geht's nicht. Beim Bahnhof links und dann die erste Straße rechts. Es sind nur ein paar Minuten, sonst hätte ich sie abgeholt.«
»Vielleicht hat sie es sich anders überlegt«, sagte Giles.
»Scheint so.«
»Oder sie hat den Zug verpaßt«, meinte Gwenda.
»Nein, ich glaube eher«, sagte Kennedy langsam, »daß sie im letzten Moment lieber zu Hause geblieben ist. Vielleicht war ihr Mann dagegen. Leute vom Land sind manchmal ziemlich schwierig.«
Er ging wieder im Zimmer hin und her. Plötzlich blieb er beim Telefon stehen, hob ab und wählte.
»Hallo? Ist dort der Bahnhof? Hier Dr. Kennedy. Ich habe mit dem Zug um vier Uhr fünfunddreißig jemanden erwartet – eine Frau mittleren Alters. Hat sie vielleicht nach dem Weg gefragt, oder – wie bitte?«
Giles und Gwenda standen nahe genug, um die träge Stimme des einzigen Gepäckträgers von Woodleigh Bolton zu verstehen.
»Nein, zu Ihnen hat niemand gewollt, Doktor. Mit dem Zug vierfünfunddreißig ist überhaupt kein Fremder gekommen. Mr. Narracott, und Johnnie Lawes, und das Benson-Mädchen. Sonst keiner.«
Kennedy legte auf und wandte sich an Giles und Gwenda.
»Sie hat es sich anders überlegt. Was nun? Trinken wir erst mal Tee. Der Kessel steht auf dem Herd. Ich bin gleich wieder da.«
Kurz darauf kehrte er mit der gefüllten Teekanne zurück, und sie setzten sich.
»Es ist nur ein kurzer Aufschub«, sagte Kennedy, dessen düstere Miene sich allmählich aufhellte. »Wir haben ihre Adresse. Vielleicht fahren wir zu ihr und besuchen sie.«
Das Telefon klingelte, und Kennedy stand auf, um abzunehmen.
»Dr. Kennedy?« fragte eine Männerstimme.

»Ja, am Apparat.«
»Hier Inspektor Last, Polizeirevier Langford. Haben Sie heute nachmittag den Besuch einer gewissen Mrs. Lily Kimble erwartet?«
»Ja, warum? Hat es einen Unfall gegeben?«
»Einen Unfall möchte ich es nicht gerade nennen. Sie ist tot. In ihrer Handtasche fanden wir einen Brief von Ihnen. Deshalb rufe ich an. Können Sie so rasch wie möglich aufs Revier kommen?«
»Ich komme sofort.«
»Wollen wir die Sache erst mal klarstellen«, sagte Inspektor Last und blickte von Kennedy zu dem jungen Ehepaar, das den Arzt begleitet hatte. Gwenda war sehr blaß und hatte die Hände nervös verschränkt. »Sie haben die Frau mit dem Zug erwartet, der um vier Uhr fünf von Dillmouth Junction abfährt und in Woodleigh Bolton um vier Uhr fünfunddreißig ankommt?«
Dr. Kennedy nickte.
Der Inspektor sah abermals in den Brief, den er bei der Leiche gefunden hatte. Da stand klar und deutlich:

Liebe Mrs. Kimble,
ich werde Sie gern beraten, soweit es in meinen Kräften steht. Aus dem Briefkopf können Sie ersehen, daß ich nicht mehr in Dillmouth wohne. Wenn Sie den Zug nehmen, der um drei Uhr dreißig in Coombeleigh abfährt, in Dillmouth Junction umsteigen und mit dem Zug nach Lonsbury Bay bis Woodleigh Bolton fahren, haben Sie nur noch wenige Minuten zu Fuß zu mir. Wenden Sie sich beim Verlassen des Bahnhofs nach links, dann die erste Straße rechts. Mein Haus ist das letzte rechts. Der Name steht am Tor.
      Mit freundlichen Grüßen
      James Kennedy

»Es kommt also nicht in Frage, daß sie einen früheren Zug nahm?« fragte Inspektor Last.
»Einen früheren Zug?« wiederholte Dr. Kennedy verständnislos.

»Ja, das hat sie nämlich getan. Sie fuhr nicht um drei Uhr dreißig, sondern schon um ein Uhr dreißig von Coombeleigh ab, stieg zwei Uhr fünf in Dillmouth Junction um und stieg nicht in Woodleigh Bolton aus, sondern schon die Station vorher, in Matchings Halt.«
»Sehr seltsam.«
»Wollte sie einen ärztlichen Rat von Ihnen, Doktor?«
»Nein. Ich praktiziere schon seit einigen Jahren nicht mehr.«
»Habe ich mir gedacht. Kannten Sie Mrs. Kimble gut?«
Dr. Kennedy schüttelte den Kopf. »Ich habe sie seit fast zwanzig Jahren nicht mehr gesehen.«
»Aber Sie haben sie eben – hm – wiedererkannt?«
Gwenda schauderte, aber einem Arzt machte der Anblick von Leichen offenbar nichts aus. »Unter den gegebenen Umständen«, meinte Kennedy bedächtig, »ist es schwer zu sagen, ob ich sie wiedererkannte oder nicht. Mrs. Kimble ist erdrosselt worden, nicht wahr?«
»Ja. Die Leiche wurde in einem Gebüsch auf halbem Wege zwischen Matchings Halt und Woodleigh Camp von einem Urlauber entdeckt. Der Mann fand sie etwa zehn Minuten vor vier Uhr und benachrichtigte sofort die Polizei. Unser Arzt nimmt für den Eintritt des Todes einen Zeitpunkt zwischen zwei Uhr fünfzehn und drei Uhr an. Vermutlich ist sie bald nach Verlassen des Bahnhofs überfallen und erwürgt worden. Außer ihr ist an der Station niemand ausgestiegen. Nun ist die Frage: Warum stieg Mrs. Kimble in Matchings Halt aus? Hat sie die Stationen verwechselt? Sehr unwahrscheinlich. Jedenfalls war sie für den Besuch bei Ihnen zwei Stunden zu früh dran und kam nicht mit dem Zug, den Sie vorgeschlagen hatten, obwohl sie Ihren Brief bei sich trug. Was wollte sie denn von Ihnen, Doktor?«
Dr. Kennedy griff in die Tasche und holte Lilys Brief hervor. »Dies habe ich Ihnen mitgebracht. Der beiliegende Zeitungsausschnitt ist ein Inserat, das von Mr. und Mrs. Reed im Lokalblatt aufgegeben wurde.«
Der Inspektor las den Brief und das Inserat und blickte fragend auf.
»Kann ich die Vorgeschichte hören? Die Sache scheint weit

in die Vergangenheit zurückzureichen, wenn ich recht verstehe?«

»Achtzehn Jahre«, sagte Gwenda.

Stückweise, mit Ergänzungen und Erläuterungen, berichteten sie. Inspektor Last war ein guter Zuhörer, der jeden auf seine Art erzählen ließ. Kennedy war kurz und sachlich, Gwenda etwas sprunghaft, aber sehr anschaulich in ihren Schilderungen. Den wertvollsten Beitrag lieferte Giles, der sich klar auf das Wesentliche beschränkte, aber nicht so reserviert wie Kennedy und nicht so gefühlvoll wie Gwenda war. Alles zusammen dauerte seine Zeit.

Schließlich zählte Inspektor Last noch einmal die wichtigsten Punkte auf:

»Mrs. Halliday ist Dr. Kennedys Schwester und Ihre Stiefmutter, Mrs. Reed. Sie verschwand vor etwa achtzehn Jahren aus dem Haus, in dem Sie jetzt wohnen. Lily Kimble, geborene Abbott, war damals als Hausmädchen dort in Stellung. Aus irgendwelchen Gründen war Mrs. Kimble offenbar der Meinung, damals sei nicht alles mit rechten Dingen zugegangen. Ferner gab und gibt es die Theorie, Mrs. Halliday habe das Haus mit einem Mann verlassen, Identität unbekannt. Major Halliday starb einige Jahre später in einer Nervenklinik, und zwar unter der Zwangsvorstellung, er habe seine Frau erwürgt. Ob es ein Wahn war oder nicht ...« Er hielt inne. »Alle diese Einzelheiten sind ganz interessant, passen aber nicht zusammen. Der springende Punkt ist doch: Lebt Mrs. Halliday noch, oder ist sie tot? Und wenn sie tot ist, seit wann? Und was wußte Lily Kimble?«

Er seufzte. »Es scheint doch, daß sie tatsächlich etwas Wichtiges gewußt hat. Wichtig genug, daß jemand sie ermordete, um sie am Reden zu hindern.«

»Aber außer uns«, rief Gwenda, »wußte niemand, daß sie darüber reden wollte!«

Inspektor Last blickte sie nachdenklich an.

»Es hat was zu bedeuten, Mrs. Reed, daß sie den Zwei-Uhr-fünf-Zug von Dillmouth Junction nahm, statt den um vier Uhr fünf, und eine Station früher ausstieg. Dafür muß sie einen Grund gehabt haben. Welchen? Mir scheint es durch-

aus möglich, daß sie nach ihrem Brief an Dr. Kennedy noch eine Verabredung mit jemand anders traf, bei Woodleigh Camp, und erst nach diesem Treffen mit Dr. Kennedy sprechen wollte. Sie kann eine bestimmte Person im Verdacht gehabt haben, der sie unter Andeutung ihrer Kenntnisse ein Gespräch vorschlug . . .«
»Also Erpressung!« sagte Giles unverblümt.
»Vermutlich hat sie es nicht so gesehen«, sagte Last. »Sie war einfach habgierig und machte sich Hoffnungen und handelte etwas kopflos. Vielleicht kann uns ihr Mann etwas mehr erzählen.«

»Ich hab' sie gewarnt«, sagte Mr. Kimble schwerfällig. »»Laß die Finger davon!« habe ich zu ihr gesagt. Sie hat's trotzdem getan, hinter meinem Rücken. Wußte ja immer alles besser. So war sie, die Lily . . .«
Weitere Fragen ergaben, daß Mr. Kimble wenig mitzuteilen hatte. Ja, Lily war in »St. Catherine« in Stellung gewesen, bevor sie sich kennenlernten und anfingen, miteinander zu gehen. Verrückt aufs Kino, das war sie, und sie hatte ihm erzählt, daß sie in einem Haus gearbeitet hatte, wo ein Mord passiert war.
»Ich hab' kaum hingehört«, versicherte Mr. Kimble. »Alles Einbildung, hab' ich mir gedacht. Lily gab sich nie mit den nackten Tatsachen zufrieden, Lily nicht. Was sie sich für eine Geschichte ausdachte! Der Herr hätte seine Frau umgebracht und im Keller vergraben. Und dann noch was über das Kindermädchen, die vom Fenster aus irgendwas oder irgendwen gesehen hatte. ›Was die Ausländer sagen, ist immer gelogen‹, hab' ich zu Lily gesagt. ›Da hört 'n anständiger Mensch überhaupt nicht hin.‹ Aber Lily hat weitergeredet, und ich hab' nicht mehr hingehört, weil ich wußte, sie phantasiert sich wieder was zurecht. Schwärmte für Verbrechen, die Lily. Las immer ›Berühmte Mordfälle‹ in der Zeitung, die gab's mal in Fortsetzungen, und sie redete mir die Ohren voll und fand es wunderbar, daß sie mal selber in einem Mordhaus gewesen war, und ich dachte, laß sie reden, tut ja keinem weh. Aber wie dieses Inserat in der Zeitung stand, da

wollte sie sich gleich melden. ›Laß die Finger davon, Mädchen‹, hab' ich gesagt, ›das gibt nur Ärger!‹ Und wenn sie auf mich gehört hätte, würde sie jetzt noch leben.« Mr. Kimble nickte nachdenklich. »Ja, sie wär' noch am Leben. Aber so war sie, die Lily. Wußte immer alles besser.«

23

Das Gespräch mit Mr. Kimble wurde von Inspektor Last nur im Beisein Dr. Kennedys geführt. Giles und Gwenda waren nach Hause gefahren, wo sie gegen sieben Uhr eintrafen. Gwenda sah blaß und krank aus. »Geben Sie ihr einen Brandy«, hatte Kennedy beim Abschied zu Giles gesagt, »und sorgen Sie dafür, daß sie etwas ißt. Und dann ins Bett. Die Geschichte hat sie sehr mitgenommen.«
»Es ist so schrecklich, Giles«, sagte Gwenda immer wieder. »So schrecklich! Die dumme Person verabredet sich mit ihrem Mörder und läuft ihm vertrauensvoll direkt in die Arme. Wie ein Schaf zur Schlachtbank!«
»Liebling, grüble nicht mehr darüber nach! Schließlich haben wir gewußt, daß ein Mörder herumlief.«
»Doch heute nicht mehr! Wir glaubten nur, daß es vor achtzehn Jahren einen gegeben haben konnte. Es war schon fast unwirklich. Alles hätte sich als Irrtum herausstellen können!«
»Nun, jetzt haben wir den Beweis, daß es keiner war. Du hast von Anfang an recht gehabt, Gwenda.«
Zu Giles' Erleichterung war Miss Marple in »Hillside«. Sie und Mrs. Cocker bemühten sich rührend um die erschöpfte Gwenda, die den angebotenen Brandy zwar ablehnte, weil er sie an Schiffe und Seekrankheit erinnerte, aber einen heißen Whisky mit Zitrone trank und dann auf Miss Marples Zureden sogar ein Omelett aß.
Giles hätte sich lieber über andere Dinge unterhalten, aber Miss Marple, ihm taktisch überlegen, redete ruhig und distanziert über das Verbrechen.

»Eine schreckliche Sache, mein liebes Kind«, sagte sie. »Kein Wunder, daß Ihnen der Schreck noch in den Knochen sitzt. Aber interessant ist es auch, wie ich gestehen muß. In meinem Alter ist der Gedanke an den Tod natürlich nicht mehr so entsetzlich, wie er Ihnen erscheint – mir flößt nur eine schleichende Krankheit und Siechtum wie Krebs Grauen ein. Im Moment finde ich den endgültigen, einwandfreien Beweis am wichtigsten, daß die junge Helen Halliday wirklich ermordet wurde. Geahnt haben wir's schon lange, aber nun wissen wir es.«
»Dann müßten wir allmählich auch wissen, wo die Leiche geblieben ist«, sagte Giles. »Wahrscheinlich im Keller, was?«
»Nein, nein, Mr. Reed. Edith Pagett hat doch am nächsten Morgen nachgesehen, weil Lilys Behauptungen sie unsicher gemacht hatten, und sie fand keine Spuren. Und es hätte welche geben müssen, nicht wahr?«
»Was hat der Mörder dann mit der Leiche gemacht? Im Auto abtransportiert und von den Klippen ins Meer geworfen?«
»Nein. Überlegen Sie doch mal! Was ist Ihnen sofort aufgefallen, Gwenda? Daß Sie vom Salon aus keinen Blick aufs Meer hatten. Sie fanden ganz richtig, daß an einer bestimmten Stelle ein paar Stufen zum Rasen hinunterführen sollten, aber gerade dort standen ein paar Ziersträucher. Später erfuhren Sie, daß früher wirklich Stufen dagewesen, aus unerfindlichen Gründen aber ans Ende der Terrasse verlegt worden waren. Wieso diese Veränderung?«
Gwenda starrte Miss Marple in aufdämmerndem Verstehen an.
»Sie meinen, daß man sie dort . . .«
»Irgendeinen Grund muß es für die Änderung gegeben haben, und einen vernünftigeren kann ich nicht finden. Die Stufen zum Rasen sind jetzt am ungünstigsten Platz. Dafür ist das Ende der Terrasse sehr ruhig und vom Hause nicht einzusehen – außer vom Kinderzimmerfenster aus. Nun muß, wer die Erde aufgräbt, zu welchem Zweck auch immer, einen Grund dafür finden, und einen solchen Grund bot – nach außen hin – die Verlegung der Stufen. Dr. Kennedy hat mir erzählt, daß seine Schwester und ihr Mann den Garten

sehr liebten und die meiste Arbeit selbst taten. Dem Aushilfsgärtner, den sie nur gelegentlich beschäftigten, dürfte es daher gar nicht aufgefallen sein, daß sie mal wieder ohne ihn eine Änderung vorgenommen hatten. Natürlich hätte die Leiche auch an jedem anderen Ort des Gartens vergraben werden können, aber ich glaube, der richtige Platz ist der am Ende der Terrasse, nicht in Sichtweite des Salons.«

»Es klingt plausibel«, sagte Gwenda, »aber wieso sind Sie so sicher?«

»Die letzte Bestätigung stand für mich in dem Brief der armen Lily. Sie deutete an, Leonie habe damals vom Fenster aus etwas gesehen. Die junge Schweizerin muß nachts aus dem Kinderzimmerfenster gesehen und jemand beim Graben beobachtet haben. Vielleicht sah sie sogar, wer es war.«

»Und hat der Polizei kein Wort verraten?«

»Meine Liebe, damals war ja noch keine Rede von einem Verbrechen. Mrs. Halliday war mit einem Verehrer durchgebrannt, das war alles, was Leonie mitbekam, zumal sie wahrscheinlich nicht gut Englisch konnte. Lily hat sich ihre Bemerkung, sie habe vom Fenster aus etwas Seltsames beobachtet, später auf ihre phantasievolle Art zurechtgebogen. Auf jeden Fall wollten sie alle, auch Leonie, nichts mit der Polizei zu tun haben; besonders Ausländer pflegen sich im fremden Land sehr davor zu scheuen. Leonie wird kaum noch an die ganze Sache gedacht haben, als sie in die Schweiz zurückkehrte.«

»Wenn sie noch lebt?« sagte Giles. »Wenn man sie finden könnte?«

»Die Polizei kann das viel besser als wir«, sagte Miss Marple. »Inspektor Last will morgen vormittag herkommen.«

»Dann würde ich ihm an Ihrer Stelle von den Terrassenstufen erzählen.«

»Und was ich als Kind in der Halle sah – oder zu sehen glaubte?« fragte Gwenda nervös.

»Ja, meine Liebe. Es war sehr klug von Ihnen, es bis jetzt nicht zu erwähnen – sehr klug. Aber nun, glaube ich, ist die Zeit reif dafür.«

»Sie wurde also in der Halle erdrosselt«, überlegte Giles.

»Der Mörder schleppte sie hinauf ins Schlafzimmer und legte sie aufs Bett. Halliday kam vom Golfplatz nach Haus, trank den gedopten Whisky, verlor das Bewußtsein und wurde ebenfalls nach oben befördert. Als er zu sich kam, sah er die Leiche und mußte glauben, er selbst hätte Helen getötet. Der Mörder muß irgendwo in der Nähe gewesen sein. Als Halliday aus dem Haus stürzte und zu Dr. Kennedy lief, versteckte er die Leiche – wahrscheinlich im Gebüsch bei der Terrasse –, wartete, bis alle schliefen, und vergrub sie. Das heißt, der Mörder muß hier beim Haus gewesen sein, fast die ganze Nacht.«

Miss Marple nickte, und Giles fuhr fort:

»Er mußte am Ort des Verbrechens bleiben. Sie betonten immer, Miss Marple, wie wichtig dieser Punkt sei. Wer von unseren drei Verdächtigen paßt am besten ins Bild? Nehmen wir Erskine zuerst. Er war hier. Er hat selbst zugegeben, Helen am Strand getroffen und gegen neun Uhr nach Hause begleitet zu haben. Dann behauptete er, hätten sie sich für immer getrennt. Aber stimmt das? Wenn er sie nun statt dessen erwürgt hat?«

»Zwischen den beiden war doch alles vorbei!« rief Gwenda. »Er sagte selbst, sie sei ihm ausgewichen und praktisch nie mit ihm allein gewesen!«

»Verstehst du denn nicht, Gwenda, daß wir in diesem Stadium nicht auf die Aussage von irgend jemand bauen können?«

»Es freut mich, das von Ihnen zu hören«, sagte Miss Marple. »Ich muß gestehen, daß Ihre bisherige Gutgläubigkeit mir etwas Sorge gemacht hat. Sie schienen immer alles für bare Münze zu nehmen, was Ihnen die Leute erzählten. Ich bin leider von Natur etwas argwöhnisch, aber wenn es sich um Mord handelt, habe ich es mir zur Regel gemacht, nichts für wahr zu halten, solange es nicht hieb- und stichfest bewiesen ist. Zutreffend scheint mir zum Beispiel Lilys Bemerkung, daß keine Frau so unsinnig packen würde, wenn sie durchbrennen wollte. Denn von der verkehrten Kleiderauswahl hat auch Edith Pagett gesprochen. Dies ist also eine Tatsache. Eine andere: Dr. Penrose erzählte uns, daß Kelvin Halliday glaubte, von seiner Frau heimlich unter Drogen gesetzt zu werden, und ähnliche Andeutungen stehen auch in dem hinterlassenen Tagebuch. Ein sehr merkwürdiger Punkt, nicht wahr? Aber lassen wir ihn noch beiseite. Ich wollte nur betonen, daß viele Ihrer Schlußfolgerungen auf dem beruhen, was man Ihnen erzählt hat; und sicherlich sehr glaubwürdig erzählt hat.«

Giles nickte zögernd, und Gwenda, die jetzt wieder eine frische Gesichtsfarbe hatte, nippte an ihrem Kaffee. Dann nahm Giles erneut das Wort:

»Also überprüfen wir noch einmal die Aussagen der drei Verdächtigen. Erskine sagte . . .«

»Du hast anscheinend was gegen ihn«, unterbrach ihn Gwenda. »Ich finde, das ist Zeitverschwendung. Er ist endgültig aus dem Spiel. Lily Kimble kann er nicht erwürgt haben.«

»Er erklärte«, fuhr Giles unerschütterlich fort, »daß Helen und er sich auf der Reise nach Indien kennengelernt und ineinander verliebt haben. Da er es nicht fertigbrachte, Frau und Kinder zu verlassen, kamen sie überein, sich zu trennen. Angenommen, er liebte sie bis zur Verzweiflung, und es war Helen, die sich weigerte, mit ihm durchzubrennen. Angenommen, er drohte, er würde sie umbringen, wenn sie heiratete.«

»Höchst unwahrscheinlich«, sagte Gwenda.

»So was kommt vor. Denk daran, was für ein Gespräch du zwischen den Erskines belauscht hast. Du schobst alles auf ihre Eifersucht, aber sie könnte die Wahrheit gesagt haben. Vielleicht hat Mrs. Erskine wirklich Schreckliches mit ihm durchgemacht, was Frauen betraf. Es kann doch sein, daß er weibstoll ist.«

»Das glaube ich nicht.«

»Ja, weil er den Frauen gefällt. Ich persönich finde ihn etwas seltsam. Also, mal sehen, was wir gegen ihn haben. Helen hat damals seinetwegen die Verlobung mit Fane gelöst und dann deinen Vater geheiratet. Sie ziehen nach Dillmouth. Und plötzlich taucht Erskine auf, angeblich, um ein paar Ferienwochen mit seiner Frau hier zu verbringen. Das ist doch sehr merkwürdig. Er gibt zu, daß er Helen wiedersehen wollte. Angenommen, daß Erskine der Mann war, zu dem Helen jene Worte sagte, die Lily von der Halle aus belauscht hat. Daß das nicht mehr normal sei, sie sich fürchte und endlich in Ruhe gelassen werden wolle. Und eben weil sie Angst hat, plant sie auch, nach Norfolk umzuziehen, aber vorläufig soll es niemand wissen, vor allem die Erskines nicht. Soweit paßt alles lückenlos ineinander. Nun kommen wir zu der Schicksalsnacht. Was das Ehepaar Halliday am früheren Abend gemacht hat, wissen wir nicht...«

Miss Marple räusperte sich.

»Vielleicht kann ich helfen – ich habe nämlich inzwischen noch einmal mit Edith Pagett gesprochen. Sie erinnert sich, daß an jenem Abend besonders früh gegessen wurde, weil der Major noch in den Golfclub wollte – zu einer Vorstandssitzung, sagt sie. Auch Mrs. Halliday ging gleich nach dem Essen aus dem Haus.«

»Aha. Deshalb ist Helen allein am Strand, als sie Erskine trifft. Möglicherweise hatten sie sich verabredet. Seine Abreise ist auf den nächsten Tag festgesetzt. Vielleicht will er nicht fahren und bedrängt Helen, mit ihm zu fliehen. Er weicht bis zum Haus nicht von ihrer Seite, und in einem Verzweiflungsanfall erdrosselt er sie. Dann versucht er, die Schuld auf den verhaßten Kelvin Halliday abzuwälzen, schleppt die Leiche hinauf und begräbt sie erst später im Garten – alles, wie wir es uns bereits vorgestellt haben. Gwenda gegenüber hat er ja sogar zugegeben, daß er erst nach einem langen Spaziergang spät ins Hotel zurückgekehrt ist.«

»Ich frage mich«, sagte Miss Marple, »was seine Frau in der langen Wartezeit gemacht hat.«

»Wahrscheinlich verrückt geworden vor Eifersucht«, sagte Gwenda. »Und wie eine Furie auf ihn losgefahren, als er endlich kam.«

»Jedenfalls hat meine Rekonstruktion des Falles viel Wahrscheinliches für sich«, sagte Giles.

»Aber Erskine kann Lily Kimble nicht erwürgt haben, weil er in Northumberland wohnt. Es ist also reine Zeitverschwendung. Gehen wir zum nächsten über, zu Walter Fane.«

»Gut. Walter Fane ist der Typ des Unterlegenen, des Zurückgesetzten, nach außen hin sanft und freundlich und leicht zu lenken. Aber da hat uns Miss Marple eine wertvolle Information verschafft: Als Kind hätte er in einem Wutausbruch beinahe einmal seinen Bruder erschlagen. Schön, ein Kind, in dem sich zuviel angestaut hat, ist zu manchem fähig; nur bei dem artigen, geduldigen Walter wirkt es besonders erschreckend. Dieser Walter Fane verliebt sich nun als junger Mann in Helen Kennedy. Er ist nicht nur verliebt, er ist verrückt nach ihr. Sie weist ihn ab, und er geht nach Indien. Später schreibt sie ihm, sie will nun doch zu ihm kommen und ihn heiraten. Er ist außer sich vor Freude, und schon trifft ihn der zweite Schlag. Sie kommt, aber nur, um ihm mitzuteilen, daß sie sich abermals anders besonnen hat. Sie habe während der Schiffsreise ihr Herz verloren. Damit fährt sie zurück und heiratet Kelvin Halliday. Walter Fane muß annehmen, Kelvin sei der Grund für Helens Ablehnung gewesen. Er brütet darüber nach, nährt einen wahnsinnigen Haß in sich und kehrt bald ebenfalls nach Dillmouth zurück. Den Hallidays gegenüber benimmt er sich so nett und harmlos, als wäre nichts geschehen, kommt oft zu Besuch, spielt den Hausfreund, den getreuen Paladin. Aber Helen traut dem Frieden nicht ganz; sie durchschaut ihn, sie spürt, daß es in dem guten, ruhigen Walter innerlich gärt. Sie sagt zu ihm, er sei nicht normal, und sie hätte schon immer Angst vor ihm gehabt. Sie macht heimlich Pläne, von Dillmouth wegzuziehen. Warum? Weil sie Angst hat, in Walters Nähe zu bleiben. Nun kommen wir wieder zu dem entscheidenden Abend. Hier ist manches unklar. Wir wissen nicht, wo Fane in den kritischen Stunden war, und es besteht wenig Aussicht, dies nachträglich herauszufinden. Jedenfalls war er insofern am Schauplatz, als er nur zwei oder drei Gehminuten entfernt wohnt. Falls seine Abwesenheit zu Hause überhaupt auffiel, kann er sie auf jede Weise erklärt haben: mit frühem Schlafengehen wegen Kopfweh, mit langem Aufsitzen über dringenden Akten. Inzwischen kann er alles getan haben, was der Mörder tat. Und ihm ist von den drei Verdächtigen am ehesten zuzutrauen, daß er falsche Sachen in den Koffer packt. Leute wie er wissen nie, was Frauen zum Anziehen brauchen.«

»Komisch«, sagte Gwenda, »als ich wegen des Testaments bei ihm im Büro war, hat er mich plötzlich an ein Haus mit herabgelassenen Jalousien erinnert, und – so seltsam es scheinen mag – ich dachte, in dem Haus läge eine Leiche.« Sie sah Miss Marple an. »Klingt das in Ihren Ohren sehr verrückt?«

»Nein, mein liebes Kind. Vielleicht haben Sie sogar recht.«

»Und nun«, fuhr Gwenda fort, »kommen wir zu Afflick, dem Busunternehmer. Zu Jackie, dem Geschäftstüchtigen, Gerissenen. Ein bedenklicher Punkt bei ihm ist, daß Dr. Kennedy ihm eine Art beginnenden Verfolgungswahn bescheinigt. Das würde heißen, er war nie ganz normal. Er tat seine Beziehungen zu Helen als harmlose Jugendliebe ab, doch wir sind uns einig, daß er lügt. Dann hat er in Helen nicht nur ein munteres junges Mädchen gesehen, sondern war leidenschaftlich, wahnwitzig in sie verliebt. Sie dagegen amüsierte sich einfach nur. Sie war mannstoll, wie Miss Marple sagt.«

»Nein, Kind, *ich* habe das nie gesagt. Ich denke nicht daran!«

»Na, dann Nymphomanin, wenn Sie den Ausdruck vorziehen. Auf jeden Fall hat sie erst mit Jackie Afflick geflirtet, und dann wollte sie ihn loswerden. Er ließ sich aber nicht einfach abschieben. Helens Bruder half ihr aus der Klemme, was Afflick nie vergaß und vergab. Außerdem verlor er seine Stelle, seiner Meinung nach, weil ihm Walter Fane ein Bein stellte. Besonders letzteres könnte ein Zeichen von Verfolgungswahn sein.«

»Andererseits«, warf Giles ein, »falls es stimmt, spräche dieser Umstand gegen Walter Fane, sogar sehr!«

Gwenda spann ihren Faden weiter:

»Helen fährt nach Indien, und Afflick verläßt Dillmouth. Aber er kann sie nicht vergessen, und als er hört, daß sie zurückgekommen ist und geheiratet hat, fährt er hin, um sie zu besuchen. Erst hat er uns gegenüber nur einen Besuch zugegeben, dann wurden mehrere daraus. Edith Pagett nannte ihn den geheimnisvollen Unbekannten mit dem schicken Wagen. Also kam er öfter, so daß die Angestellten schon über ihn redeten. Aber Helen hat ihn nie zum Bleiben ermuntert, damit sie ihn nicht mit meinem Vater bekannt machen mußte. Vielleicht hatte sie Angst vor ihm. Vielleicht...«

»Angst vor Afflick ließe auch eine andere Deutung zu«, unterbrach Giles. »Angenommen, Helen hatte ihn doch einmal geliebt, ihre erste Liebe! Vielleicht hatte sie sogar eine richtige Affäre mit ihm, von der niemand wußte. Dann wurde sie seiner überdrüssig, und als er sie nach ihrer Heirat bestürmte, mit ihm durchzugehen, wies sie ihn ab, und er tötete sie. Alles andere wie gehabt. Lily erwähnte in ihrem Brief an Dr. Kennedy, daß in jener Nacht ein großer Wagen draußen gestanden habe. Es war Afflicks Auto. Er war also auch am Schauplatz.«

»Das ist eine bloße Vermutung«, schränkte Gwenda ein.

»Aber eine naheliegende. Nun bleibt vor allem die Frage, wie Helens nachträgliche Briefe aus dem Ausland in unsere Rekonstruktionen eingearbeitet werden können. Ich habe mir den Kopf darüber zerbrochen, unter welchen Umständen Helen bewogen worden sein könnte, sie schon vorher zu schreiben. Die Erklärung wäre, daß sie einen Liebhaber gehabt haben muß und bereit war, mit ihm durchzubrennen. Prüfen wir wieder unsere drei Verdächtigen. Falls es Erskine war und er Frau und Kinder nicht verlassen konnte, so wollte sie sich heimlich in seiner Nähe ansiedeln und die Briefe an ihren Bruder vom Ausland aus abschicken lassen, damit man glaubte, sie sei dort. Nicht zuletzt sollte die mißtrauische Mrs. Erskine das denken. Das paßt auch zu dem Punkt, warum sie wegen diesem Mann in ihrem Brief so geheimnisvoll tut.«

»Aber wenn Helen wegen ihm schon ihren Mann verlassen wollte, warum hat Erskine sie dann ermordet?« fragte Gwenda.

»Vielleicht hat Helen plötzlich ihre Meinung geändert, weil sie erkannte, daß sie ihren eigenen Mann liebte. Erskine sah rot und brachte sie um. Dann packte er den Koffer und schickte später die Briefe ab. Das wäre eine perfekte Erklärung.

Aber dasselbe paßt auch auf Walter Fane. Ich könnte mir vorstellen, daß ein Skandal für einen Rechtsanwalt in einer Kleinstadt katastrophale Folgen hat. Helen mag ihm versprochen haben, in die Nähe zu ziehen, wo Fane sie besuchen konnte, während man sie allgemein im Ausland glaubte. Auch in diesem Fall waren die Briefe bereits geschrieben, als sie sich anders entschloß. Walter Fane drehte durch und tötete sie.«
»Und Jack Afflick?«
»Bei ihm ist es schwieriger, einen Grund für die Briefe zu finden. Ihm hätte ein Skandal sicherlich wenig ausgemacht. Aber vielleicht hielt Helen es für besser, meinen Vater glauben zu lassen, sie sei im Ausland, oder Afflicks Frau hatte Geld, und er war damals darauf angewiesen. Ja, es gibt eine Menge Gründe, warum sie die Briefe geschrieben haben könnte.«
»Wen verdächtigen *Sie* denn, Miss Marple?« fragte Gwenda.
»Ich glaube nicht, daß Walter Fane . . .«
In diesem Moment kam Mrs. Cocker herein, um das Kaffeegeschirr abzuräumen.
»Ach, entschuldigen Sie, Madam«, sagte sie. »Ich hatte es völlig vergessen. Kein Wunder bei der ganzen Aufregung über den Mordfall heute, und daß Sie und Mr. Reed darin verwickelt waren, was für Sie ganz schlecht ist, Madam, in Ihrem Zustand! Mr. Fane war nämlich heute nachmittag hier und fragte nach Ihnen. Er hat eine halbe Stunde rumgesessen, ehe er wieder gegangen ist. Offenbar hat er gedacht, Sie erwarten ihn.«
»Merkwürdig«, sagte Gwenda. »Um wieviel Uhr?«
»Gegen vier oder kurz danach. Dann erschien noch ein Herr, mit einem großen gelben Auto, und behauptete steif und fest, Sie hätten ihn hergebeten. Er wollte es sich nicht ausreden lassen und zog erst nach zwanzig Minuten ab. Hatten Sie die Leute vielleicht zum Tee eingeladen und es nur vergessen?«
»Nein«, sagte Gwenda. »Sonderbar.«
»Ich rufe Fane gleich mal an«, sagte Giles und setzte sein Vorhaben sofort in die Tat um.

»Hallo, Mr. Fane? Hier Giles Reed. Ich höre eben erst, daß Sie heute nachmittag bei uns waren und ... Wie bitte? ... nein. Nein, bestimmt nicht. Das ist wirklich sehr eigenartig. Sie müssen entschuldigen, aber wir stehen auch vor einem Rätsel.«

Er legte den Hörer auf.

»Fane sagt, heute vormittag habe ihn jemand angerufen und ihm bestellt, er möge nachmittags zu einer Besprechung zu uns kommen. Es sei sehr wichtig.«

Sie sahen sich verblüfft an. Dann sagte Gwenda:

»Fragen wir auch Afflick.«

Giles schlug im Telefonbuch nach und wählte. Die Verbindung kam zustande, aber er hatte kaum seinen Namen genannt, als er von einem Wortschwall unterbrochen wurde. Schließlich gelang es ihm, Afflick zu beschwichtigen.

»Aber wir haben Sie wirklich nicht ... Nein, Mr. Afflick, das muß ein Irrtum sein ... Wie? Ja, wir wissen, wie kostbar Ihre Zeit ist. Darum hätten wir nie ... Nun sagen Sie doch wenigstens, *wer* angerufen hat! Ein Mann? ... Nein, ich versichere Ihnen nochmals, ich war es nicht. Merkwürdige Sache, da stimme ich Ihnen zu.«

Giles legte auf und kam zum Tisch zurück.

»Da haben wir's!« sagte er. »Jemand, der sich für mich ausgab, hat Afflick angerufen und für heute nachmittag herbestellt. Es handle sich um eine große Summe und sei dringend.«

Sie sahen sich ratlos an. Dann sagte Gwenda plötzlich: »Jeder von den beiden hätte das Telefonat selbst veranlassen können. Jeder von ihnen hätte Lily ermorden und als Alibi zu uns kommen können.«

»Das dürfte kaum eines sein, meine Liebe«, warf Miss Marple ein.

»So meinte ich es auch nicht. Aber es war ein Vorwand, um aus dem Büro verschwinden zu können. Ich glaube, daß der eine lügt und der andere die Wahrheit sagt. Der eine hat den andern angerufen und herbestellt, um den Verdacht auf ihn zu lenken. Wir wissen nur nicht, welcher. Jedenfalls ist jetzt klar: Der Mörder ist entweder Fane oder Afflick. Ich tippe auf Afflick.«

»Ich eher auf Fane«, sagte Giles.
Sie blickten fragend auf Miss Marple, die den Kopf schüttelte und sagte:
»Es gibt noch eine andere Möglichkeit.«
»Natürlich! Erskine!« Giles rannte beinahe zum Telefon.
»Aber Giles, der sitzt doch in Northumberland. Er *kann* Lily heute nachmittag gar nicht ermordet haben. Dazu brauchte er zumindest einen Hubschrauber!«
»Wir werden ja sehen, ob er wirklich zu Hause ist. Wenn nicht... Moment, wo ist die Nummer?« Er blätterte in seinem Notizbuch und wählte sorgfältig. Nach wenigen Sekunden zuckte er etwas zusammen und räusperte sich nervös.
»Oh, Major Erskine – sind Sie's? Entschuldigen Sie, ich wollte nur...«
Er warf Gwenda einen gequälten Blick zu, in dem deutlich zu lesen stand: Verdammt, was soll ich jetzt sagen?
Gwenda erhob sich und nahm ihm den Hörer aus der Hand.
»Hallo, Major Erskine! Hier Mrs. Reed. Wir – wir haben von einem Haus in Ihrer Gegend gehört. Es heißt – ach ja, ›Linscott Brake‹. Kennen Sie es zufällig? Können Sie es empfehlen?«
»›Linscott Brake‹?« wiederholte Erskine am anderen Ende. »Nein, nie gehört. Wie ist die genaue Adresse?«
»Die kann ich leider nicht entziffern – gerade da ist der Durchschlag vom Makler völlig verschmiert. Es soll ungefähr fünfzehn Meilen von Daith entfernt sein, und...«
»Tut mir sehr leid. Von dem Haus habe ich nie gehört. Wer wohnt denn dort?«
»Oh, es steht zur Zeit leer. Nun, es ist nicht so wichtig, wir sind eigentlich schon zu etwas anderem entschlossen. Entschuldigen Sie die Störung. Sicher habe ich Sie aus einer Arbeit gerissen.«
»Halb so schlimm. Im Moment höchstens aus der Hausarbeit. Meine Frau ist verreist, und die Köchin mußte plötzlich zu ihrer kranken Mutter. So muß ich selber Geschirr spülen und so was. Gartenarbeit ist mir lieber.«
»Das kann ich Ihnen nachfühlen. Ihre Frau ist doch hoffentlich nicht krank?«

»Nein, nein, sie besucht nur ihre Schwester. Morgen kommt sie zurück.«
»Nun, dann gute Nacht und vielen Dank.« Gwenda legte auf und wandte sich triumphierend an Miss Marple und Giles: »Erskine scheidet aus. Seine Frau ist verreist, und er plagt sich allein mit dem Haushalt ab. Somit bleiben nur die beiden anderen als Täter übrig, nicht wahr, Miss Marple?«
Miss Marple machte ein ernstes Gesicht.
»Mir scheint, meine Lieben, Sie haben noch nicht gründlich genug über die ganze Sache nachgedacht. O Gott – ich mache mir wirklich Sorgen. Wenn ich nur wüßte, was ich tun soll . . .«

24

Gwenda stützte die Ellbogen auf den Tisch und das Kinn in die Hände und ließ die Augen unlustig über die Reste des hastig gegessenen Mittagessens schweifen. Eigentlich sollte sie das schmutzige Geschirr in die Küche tragen, abwaschen, aufräumen und sich überlegen, was es zum Abendessen geben würde. Aber so eilig war es auch wieder nicht. Sie brauchte etwas Zeit, um mit sich ins reine zu kommen. In den letzten Stunden hatten sich die Ereignisse überstürzt. Inspektor Last war ziemlich früh, um halb zehn, auf der Bildfläche erschienen, zusammen mit Kriminalinspektor Primer vom Präsidium und dem Chef der Grafschaftspolizei. Letzterer hatte sich bald verabschiedet. Inspektor Primer war mit der Untersuchung des Mordfalles Lily Kimble und allem, was damit zusammenhing, beauftragt.
Es war auch Inspektor Primer gewesen, ein Mann mit trügerisch freundlichem Benehmen und ebensolcher Stimme, der Gwenda gefragt hatte, ob es sie sehr stören würde, wenn er seine Leute ein wenig im Garten graben ließe.
Aus Primers Mund klang das, als gönne er seinen Leuten etwas gesundheitsfördernde Bewegung im Freien und

schicke sie nicht auf die Suche nach einer vor vielen Jahren vergrabenen Leiche.
Da hatte Giles kurz entschlossen gesagt, er könne ihm vielleicht einen Hinweis geben, wo am wahrscheinlichsten etwas zu finden sei. Er führte den Inspektor ans Ende der Terrasse. Primer blickte zum vergitterten Erkerfenster im ersten Stock hoch und bemerkte: »Das ist wohl das ehemalige Kinderzimmer?«
Giles bestätigte dies, und während zwei Polizisten mit Spaten zu der bezeichneten Stelle gingen, kehrten sie ins Haus zurück, wo Giles allen weiteren Fragen mit den Worten zuvorkam:
»Ich glaube, Inspektor, meine Frau sollte Ihnen etwas erzählen, das sie bis jetzt nur mir und – hm, ja, noch jemand anvertraut hat.«
Primers freundlicher, aber unbestechlicher Blick ruhte prüfend auf Gwenda, als frage er sich insgeheim, ob er sie ernst nehmen könne oder eine Phantastin vor sich habe. Gwenda spürte seinen Zweifel so deutlich, daß sie fast verteidigend anfing:
»Mag sein, daß ich mir alles eingebildet habe. Aber es erscheint mir sehr wirklich.«
»Bitte, erzählen Sie, Mrs. Reed!« sagte Inspektor Primer beschwichtigend.
Und Gwenda erzählte: Wie ihr das Haus auf den ersten Blick so bekannt vorgekommen war. Wie sie später erfuhr, daß sie tatsächlich als Kind schon einmal hier gewohnt hatte. Wie sie sich an die Tapeten im Kinderzimmer und die Verbindungstür erinnerte und das Gefühl gehabt hatte, daß die Terrassenstufen im Garten ursprünglich woanders gewesen waren.
Dann nahm sie alle Kraft zusammen und erzählte den entscheidenden Punkt: Wie ihr während einer Theatervorstellung blitzartig die Erkenntnis gekommen war, daß sie als Kind so etwas Ähnliches erlebt hatte – daß sie eine tote Frau in der Halle gesehen hatte, hier gleich nebenan.
»Weil ich noch so klein war, sah ich sie durchs Treppengeländer. Sie lag da, erwürgt, mit blau angelaufenem Gesicht

und wirrem blondem Haar – Helen. Das Dumme war nur, daß ich keine Ahnung hatte, wer diese Helen eigentlich war.«
Giles wollte es genauer erklären, aber der Inspektor sagte unerwartet bestimmt:
»Bitte, lassen Sie Ihre Frau mit ihren eigenen Worten erzählen.«
Und Gwenda fuhr stockend fort. Der Inspektor stellte nur gelegentlich eine Frage, deren geschickte Formulierung sie nicht merken ließ, daß er sie auf höchst raffinierte Weise verhörte.
»Das Theaterstück war also von Webster: *Die Herzogin von Amalfi*«, wiederholte er sinnend. »Und Sie sagen Affenpfoten?«
»Das war sicher nur ein Angsttraum«, sagte Giles.
»Mr. Reed – bitte!«
»Vielleicht ist alles ein Angsttraum gewesen«, sagte Gwenda.
»Wohl kaum«, meinte der Inspektor. »Mrs. Kimbles Tod wäre sehr schwer zu motivieren, wenn es damals nicht wirklich einen Mord in diesem Haus gegeben hätte, der jetzt herauszukommen droht.«
Das klang so vernünftig, beinahe tröstlich, daß Gwenda mit neuem Mut fortfuhr:
»Mein Vater war nicht der Mörder. Bestimmt nicht! Sogar Dr. Penrose erklärte, daß mein Vater unfähig gewesen sei, irgend jemand etwas Böses anzutun. Und auch Dr. Kennedy glaubte es nicht, er sprach von Wahnvorstellungen. Es muß jemand gewesen sein, der meinem Vater den Mord in die Schuhe schieben wollte, und wir wissen auch, wer – das heißt, einer von zwei Verdächtigen kommt in Frage . . .«
»Gwenda«, unterbrach Giles, »soweit können wir unmöglich . . .«
»Mr. Reed«, sagte Inspektor Primer, »könnten Sie wohl einmal in den Garten gehen und nachsehen, wie weit meine Leute sind? Sagen Sie ruhig, ich hätte Sie geschickt.«
Er schloß höflich die Terrassentür hinter Giles, schob den Riegel vor und kehrte zu Gwenda zurück.
»Nun erzählen Sie einfach, was Sie gedacht haben, auch wenn es etwas durcheinandergeht.«

Und Gwenda schilderte alle Vermutungen und Schlußfolgerungen und was sie unternommen hatten, um möglichst viel über die drei Männer, die in Helens Leben eine Rolle gespielt haben konnten, zu erfahren; und daß Walter Fane und Jack Afflick am vergangenen Nachmittag nach »Hillside« gekommen waren, angeblich hatte Giles sie telefonisch hergebeten.
»Begreifen Sie, Inspektor, daß einer von beiden lügen muß?«
»Das ist eines der Hauptprobleme in meinem Beruf«, erwiderte Primer freundlich und etwas müde. »So viele Leute sind imstande zu lügen, und so viele tun es auch – manchmal aus ganz anderen Gründen, als man annimmt. Und manche wissen nicht einmal, daß sie es tun.«
»Geht das auf mich?« fragte Gwenda ängstlich.
Inspektor Primer lächelte. »Nein, ich halte Sie für eine sehr glaubwürdige Zeugin, Mrs. Reed.«
»Dann glauben Sie auch, ich habe mit meinem Verdacht recht?«
»Das ist keine Frage des Glaubens«, antwortete der Inspektor und seufzte. »Nicht bei uns Polizisten. Bei uns gilt nur nachforschen und beweisen: Wo jeder war, welches Motiv man hatte. Mit Sicherheit wissen wir Mrs. Kimbles ungefähre Todeszeit, nämlich zwischen zwei Uhr zwanzig etwa und drei Uhr. Da hätte sie jeder umbringen und anschließend herkommen können. Eine Erklärung für die Telefonanrufe finde ich bis jetzt nicht. Keiner der Leute, die Sie erwähnten, hat dadurch ein Alibi.«
»Aber Sie werden feststellen, wo sie zur Tatzeit gewesen sind, nicht wahr? Sie vernehmen sie doch?«
Der Inspektor lächelte wieder. »Ja, wir werden alle notwendigen Fragen stellen, Mrs. Reed, darauf können Sie sich verlassen. Alles zu seiner Zeit. Es hat keinen Sinn, die Dinge zu überstürzen. Man muß erst eine klare Linie haben.«
Gwenda konnte sich seine Methode zu arbeiten plötzlich deutlich vorstellen: beharrlich, gelassen, unerbittlich.
»Ich verstehe schon«, sagte sie. »Sie sind eben ein Fachmann, Giles und ich nur Amateure. Selbst wenn wir einen Glückstreffer haben, wissen wir nicht, wie wir ihn auswerten sollen.«

»So ungefähr«, stimmte der Inspektor zu, während er aufstand und die Terrassentür wieder öffnete. Plötzlich blieb er unbeweglich stehen. »Entschuldigen Sie, Mrs. Reed, die Dame dort hinten – das ist nicht zufällig eine gewisse Miss Marple?«
»Doch«, erwiderte Gwenda, die ihm gefolgt war. »Sie hilft uns freundlicherweise im Garten.«
»Miss Marple«, murmelte der Inspektor. »Aha!«
Gwenda sah ihn fragend an. »Sie ist wirklich ein Schatz!« versicherte sie.
»Und eine Berühmtheit«, sagte er. »Sie hat die Polizeichefs von mindestens drei Grafschaften mühelos in die Tasche gesteckt. Noch ist sie nicht mein Boss, aber ich sehe den Tag noch kommen. Miss Marple hat also ihre Finger im Spiel!«
»Sie hat uns eine Menge nützlicher Winke gegeben«, sagte Gwenda.
»Wem erzählen Sie das! War es auch ihre Idee, wo wir nach der verschollenen Mrs. Halliday suchen sollten?«
»Sie meinte nur, Giles und ich sollten eigentlich wissen, wo wir graben müßten. Es war wirklich begriffsstutzig von uns, daß wir nicht früher darauf gekommen sind.«
Der Inspektor stieß ein kurzes, leises Lachen aus und ging zu Miss Marple hinaus, die weiter unten im Garten arbeitete.
»Ich glaube, wir kennen uns noch nicht persönlich, Miss Marple. Aber Colonel Melrose hat Sie mir mal von weitem gezeigt.«
Miss Marple richtete sich mit gerötetem Gesicht aus ihrer gebückten Haltung auf, die Hände voll Windenranken.
»Ach ja, der gute Colonel Melrose! Er war immer so nett zu mir. Seit...«
»Seit dem Fall mit dem Küster, der erschossen im Arbeitszimmer des Pfarrers aufgefunden wurde. Es ist schon eine Weile her, aber Sie haben seitdem noch mehr Fälle erfolgreich gelöst. Gab's da nicht mal Ärger mit einer vergifteten Füllfeder?«
»Sie wissen offenbar gut über mich Bescheid, Inspektor...«
»Primer ist mein Name. Sie sind auch hier wieder fleißig gewesen, wie ich sehe.«

»Nun, man tut, was man kann. Der Garten ist sehr vernachlässigt worden. Diese Winden, zum Beispiel, sind unglaublich hartnäckig.« Miss Marple blickte ernst zu Inspektor Primer auf. »Die Wurzeln verästeln sich in der Erde über weite Strecken. Ja, über weite Strecken, und man merkt es gar nicht.«
»Da haben Sie recht, so was ist sicher in den Griff zu kriegen. Wie manche Mordfälle. Achtzehn Jahre ist es her . . .«
»Vielleicht noch länger«, sagte Miss Marple. »Irgendwann setzen sie sich fest – und richten großen Schaden an, Inspektor. Sie ersticken die hübschen Blumen.«
Einer der zum Graben abgeordneten Polizisten kam den Plattenweg entlang auf sie zu. Er schwitzte, und auf seiner Stirn prangte ein dunkler Schmutzstreifen.
»Wir haben was entdeckt, Sir«, meldete er. »Sieht aus, als wär sie's tatsächlich.«

In diesem Moment, überlegte Gwenda, als sie daran zurückdachte, hatte der Alptraum erst richtig begonnen. Giles war in den Salon gekommen und hatte gesagt: »Es – sie liegt tatsächlich da draußen, Gwenda.«
Dann telefonierte jemand nach dem Polizeiarzt. Es war ein kleiner rühriger Mann, der bald danach eintraf.
Ausgerechnet in diesen Minuten ging Mrs. Cocker, die würdige, unerschütterliche Mrs. Cocker, hinaus in den Garten, nicht etwa aus verabscheuungswürdiger Neugier, wie man hätte annehmen können, sondern um ein paar Küchenkräuter für das Mittagessen zu holen. Mrs. Cocker, deren Reaktion auf den Mordfall am Vortag vor allem in einer tadelnden Miene und in Besorgtheit um Gwendas Gesundheit bestanden hatte (denn sie glaubte fest, daß das Kinderzimmer nach Ablauf der entsprechenden Anzahl von Monaten wieder einen Bewohner haben würde), war beinahe über den grauenvollen Fund gestolpert und in höchstem Maße durcheinander.
»Entsetzlich, Madam, schrecklich! Den Anblick von Knochen kann ich nicht ertragen! Jedenfalls nicht von einem Skelett, und dazu hier im Garten, dicht neben der Pfefferminze

und so! Mein Herz rast bloß so, ganz unregelmäßig, ich kriege kaum Luft. Wenn ich so frei sein darf, Madam, ein Gläschen Brandy...«

Ihr Keuchen und ihr aschgraues Gesicht waren wirklich alarmierend. Gwenda stürzte zur Anrichte, nahm die Brandykaraffe, goß ein Glas ein und brachte es Mrs. Cocker.

»Danke, Madam«, hatte Mrs. Cocker geächzt, »das ist genau, was ich brauche...« Aber sie hatte kaum daran genippt, als ihre Stimme plötzlich vollends versagte und ihr Gesicht sich so verzerrte, daß Gwenda entsetzt nach Giles rief, und Giles holte den Polizeiarzt, und dieser sagte später: »Ein Glück, daß ich noch da war! Es stand auf des Messers Schneide – ohne fachkundige Hilfe wäre sie auf der Stelle gestorben.«

Und dann hatte Inspektor Primer die Brandykaraffe beschlagnahmt und mit dem Doktor darüber diskutiert, und dann hatte er Gwenda gefragt, wann sie oder Giles zum letztenmal Brandy getrunken hätten.

Gwenda sagte, das müsse schon eine ganze Weile her sein. In den letzten Tagen seien sie viel unterwegs gewesen. »Aber«, erinnerte sie sich plötzlich, »gestern abend hätte ich beinahe welchen getrunken, weil mir nach der Geschichte mit Lily Kimble so übel war. Ich mag aber keinen Brandy, und Giles hat deshalb eine Flasche Whisky aufgemacht.«

»Ihr Glück, Mrs. Reed. Sonst wären Sie heute wahrscheinlich nicht mehr am Leben.«

»Giles hätte beinahe davon getrunken«, sagte Gwenda schaudernd. »Aber dann haben wir uns beide lieber einen heißen Whisky mit Zitrone machen lassen.«

Das alles war so entsetzlich und unbegreiflich, daß Gwenda noch jetzt kaum an die aufregenden Ereignisse des Vormittags glauben konnte. Sie war allein in »Hillside«. Giles war nach einem hastigen Mittagessen aus Dosen zum Polizeirevier mitgefahren, Mrs. Cocker hatte man ins Krankenhaus gebracht.

Eins stand jedenfalls fest, dachte Gwenda: daß Walter Fane und Jack Afflick gestern nachmittag im Hause gewesen waren. Jeder von ihnen konnte mit dem Brandy herumgespielt haben, und was sollten die mysteriösen Telefonanrufe ande-

res bezwecken, als einem von beiden die Gelegenheit zu geben, den Brandy in der Karaffe zu vergiften? Sie und Giles waren der Wahrheit zu nahe gekommen. Oder gab es noch eine dritte Person, die – möglicherweise durchs offene Eßzimmerfenster – eingedrungen war, während sie bei Dr. Kennedy saßen und auf Lily Kimble warteten? Eine dritte Person, die beide Anrufe fingiert hatte, um den Verdacht auf die andern beiden zu lenken?
Aber, dachte Gwenda, das ergab keinen Sinn. Derjenige hätte sicherlich nur *einen* von beiden angerufen; mehr Verdächtige brauchte er nicht. Und wer sollte dieser dritte sein? Erskine war zu Hause in Northumberland gesessen. Nein, entweder hatte Walter Fane Jackie Afflick angerufen oder umgekehrt. Die Polizei, die über bessere Hilfsmittel verfügte als sie und Giles, würde schon herausbringen, welcher. Und inzwischen würden alle beide beobachtet und konnten es – konnten es nicht noch einmal versuchen.
Gwenda fröstelte. Es war nicht so einfach, sich an die Tatsache zu gewöhnen, daß man beinahe selbst einem Mordanschlag zum Opfer gefallen wäre. Miss Marple hatte sie von Anfang an gewarnt, aber sie und Giles hatten an Gefahr einfach nicht geglaubt. Selbst nach Lily Kimbles gewaltsamem Tod hatten sie nicht daran gedacht, daß ihnen ähnliches zustoßen könnte, nur weil sie der Wahrheit zu nahe gekommen waren.
Walter Fane oder Jackie Afflick – welcher von den beiden? Gwenda schloß die Augen und grübelte über sie im Licht ihrer neuen Erkenntnisse nach. Walter Fane hatte sie an eine fahle Spinne im Netz erinnert. Der ruhige, harmlos wirkende Walter Fane – wie ein Haus mit herabgelassenen Jalousien. Und einer Leiche darin, seit vielen Jahren. Wie unheimlich er ihr jetzt erschien. Walter Fane, der sich als Junge in mörderischer Wut auf seinen Bruder gestürzt hatte. Helen hatte ihm einen Korb gegeben, erst hier, dann in Indien – eine doppelte Kränkung. Er war so gelassen und kühl. Trotzdem – würde er seine angestauten Gefühle in einer plötzlichen Gewalttat entladen?
Gwenda öffnete die Augen. Jetzt war doch eindeutig klar,

daß Walter Fane die Tat begangen hatte. Oder sollte sie Jakkie Afflick lieber noch unter die Lupe nehmen – ganz objektiv?
Sein auffallender karierter Anzug, seine auftrumpfende Art – der genaue Gegensatz zu Walter Fane. Aber vielleicht hatte er sich dieses Benehmen angewöhnt, um einen alten Minderwertigkeitskomplex zu überspielen. Die Fachleute behaupteten ja, daß man Unsicherheit mit Großspurigkeit und Anmaßung verdeckte. Er war für Helen nicht gut genug gewesen, und diese Wunde schwärte in ihm weiter. Er vergaß nichts, wie er selbst betont hatte. Dazu seine Entschlossenheit, in der Welt voranzukommen, und sein Wahn, daß jeder gegen ihn war. Man hatte ihn auf Grund der falschen Beschuldigung eines angeblichen Feindes aus seinem Job gefeuert. Das alles bewies doch, daß er nicht normal war. Und welches Machtgefühl mußte so ein Mann beim Töten verspüren. Hinter diesem gutmütigen, jovialen Gesicht verbarg sich viel Brutalität. Jackie Afflick war ein roher Kerl, und seine dünne blasse Frau wußte es und fürchtete sich vor ihm. Lily Kimble war eine Gefahr für ihn geworden, und so mußte Lily sterben. Sie und Giles hatten sich eingemischt – darum sollten auch sie sterben, und Walter Fane, der ihn damals gefeuert hatte, wurde deshalb in die Sache hineingezogen. Das paßte genau.
Gwenda riß sich von ihren Grübeleien los und kehrte zu den nächstliegenden Dingen zurück. Wenn Giles nach Hause kam, würde er Tee trinken wollen. Sie mußte aufräumen und abwaschen.
Sie holte ein Tablett und trug Geschirr und alles übrige in die Küche, wo es vor Sauberkeit blitzte. Mrs. Cocker war wirklich eine Perle.
Auf dem Rand des Spülsteins lag ein Paar Gummihandschuhe, die Mrs. Cocker zum Abwaschen zu tragen pflegte. Ihre Nichte arbeitete in einem Krankenhaus und bekam sie billiger.
Gwenda streifte sie sich über und begann mit dem Spülen. Sie brauchte sich ja nicht unbedingt die Hände zu verderben. Als sie fertig war, räumte sie alles ordentlich weg und ging,

in Gedanken versunken, die Treppe hinauf. Sie konnte noch rasch ein Paar Strümpfe auswaschen, überlegte sie, und einen Pullover. Die Gummihandschuhe behielt sie an. Doch diese Überlegungen beschäftigten sie nur an der Oberfläche. Irgendwo tief im Innern nagte etwas an ihr.
Walter Fane oder Jackie Afflick? Gegen beide hatte sie gleich gute Verdachtsmomente vorzubringen. Vielleicht war es das, was sie so beunruhigte. Denn es wäre viel befriedigender gewesen, wenn nur einer in Betracht käme. Allmählich sollte sie sich darüber klar sein, welcher es war. Doch sie war nicht sicher.
Ein dritter Mann kam nicht in Frage. Erskine war aus dem Kreis der Verdächtigen ausgeschieden. Er war in Northumberland gewesen. Gwenda freute sich darüber, denn sie mochte ihn. Er war ein attraktiver Mann, sehr attraktiv. Was für ein Jammer, daß er an so einen Klotz von Frau geraten war, mit bösen eifersüchtigen Augen und einer dröhnenden Baßstimme. Fast wie bei einem Mann.
Eine Männerstimme?
Bei diesem Gedanken, der ihr da durch den Kopf schoß, spürte sie ein seltsames Unbehagen. Eine Männerstimme... War es etwa Mrs. Erskine gewesen – und nicht ihr Mann –, die sich gestern abend am Telefon gemeldet hatte?
Aber nein, das war völliger Unsinn. Sowohl sie wie Giles hätten es gemerkt. Und außerdem hätte Mrs. Erskine kaum auf diesen Anruf gefaßt sein können. Nein, es war Erskine gewesen. Er hatte noch erzählt, daß seine Frau verreist war. Seine Frau war verreist...
Dann... nein, das war unmöglich! Oder konnte Mrs. Erskine, von ihrer Eifersucht bis zum Wahnsinn gereizt, die Morde begangen haben? Hatte Leonie damals etwa eine Frau im nächtlichen Garten beobachtet? Hatte Lily unvorsichtigerweise auch an Mrs. Erskine geschrieben?
Plötzlich wurde unten in der Halle die Haustür zugeschlagen. Jemand war hereingekommen. Gwenda eilte aus dem Badezimmer und zur Treppe. Sie beugte sich übers Geländer. Zu ihrer Erleichterung war es Dr. Kennedy.

»Ich bin hier oben«, rief sie hinunter.
Ihre Hände in den Gummihandschuhen ruhten auf dem Geländer – feucht, glänzend, seltsam graurosa. Sie erinnerten sie an irgend etwas ...
Kennedy blickte, die Augen mit der Hand beschattend, zu ihr hoch.
»Sind Sie das, Gwennie? Ich kann Ihr Gesicht nicht erkennen. Vor meinen Augen flimmert es von der Helligkeit draußen ...«
Und da schrie Gwenda.
Sie sah die glatten Affenpfoten vor sich und hörte jene Stimme in der Halle ...
»*Sie* waren es!« keuchte sie. »Sie haben sie umgebracht ... Sie haben Helen getötet! Jetzt weiß ich es wieder. Sie waren es ... die ganze Zeit ... Sie ...«
Kennedy kam langsam die Treppe herauf und ließ sie nicht aus den Augen.
»Warum konntest du mich nicht in Ruhe lassen?« sagte er leise. »Warum mußtest du dich einmischen? Warum mußtest du sie zurückholen? Gerade als ich endlich anfing, sie zu vergessen ... Helen ... Du hast alles wieder aufgewühlt. Dafür töte ich dich ... wie ich Lily getötet habe ... wie ich Helen getötet habe ... meine Helen ...«
Er kam immer näher. Schon streckte er die Hände aus. Sein freundliches, nicht mehr junges Gesicht sah aus wie immer. Nur die Augen – in seinen Augen stand der Wahnsinn ...
Langsam wich Gwenda vor ihm zurück. Der Schrei blieb ihr in der Kehle stecken. Sie hatte nur einmal geschrien, jetzt brachte sie keinen Laut mehr heraus. Es hätte sie sowieso niemand gehört.
Denn außer ihr und dem Mörder war niemand im Haus, weder Giles noch Mrs. Cocker. Nicht einmal Miss Marple hatte Gwenda im Garten gesehen, und die nächsten Nachbarn wohnten zu weit entfernt, um sie zu hören, selbst wenn sie geschrien hätte. Aber sie konnte ohnehin nicht schreien, weil sie zuviel Angst hatte. Angst vor diesen entsetzlichen Händen, die sich nach ihr ausstreckten ...
Sie konnte vor ihm zurückweichen, und er würde ihr folgen,

bis sie mit dem Rücken zur Tür zum Kinderzimmer stand, und dann – dann – würden sich diese Hände um ihren Hals legen ...
Ein kleiner kläglicher Jammerlaut kam über ihre Lippen.
Da blieb Dr. Kennedy plötzlich stehen und taumelte zurück. Ein Strahl Seifenlauge traf ihn zwischen den Augen. Er rang nach Luft, blinzelte und schlug die Hände vors Gesicht.
»So ein Glück«, sagte Miss Marple ziemlich atemlos, weil sie gerade die Hintertreppe hinaufgelaufen war, »daß ich eben dabei war, die Blattläuse von Ihren Rosen zu spritzen.«

25

»Aber meine liebe Gwenda«, sagte Miss Marple, »selbstverständlich hätte ich nicht im Traum daran gedacht, Sie allein im Haus zu lassen. Ich wußte, daß ein sehr gefährlicher Mann frei herumlief, und habe vom Garten aus alles unauffällig im Auge behalten.«
»Ahnten Sie schon die ganze Zeit, daß er es war?« fragte Gwenda.
Dieses Gespräch wurde auf der Terrasse des »Imperial« in Torquay geführt, wo sie zu dritt zusammensaßen. Miss Marple hatte gemeint, ein Tapetenwechsel würde das beste für Gwenda sein, und Giles hatte ihr zugestimmt. Inspektor Primer brauchte sie nicht mehr.
»Nun ja«, antwortete Miss Marple jetzt auf Gwendas Frage, »ich hatte ihn sehr früh im Verdacht. Leider gab es zunächst gar keine Beweise, nur gewisse Anhaltspunkte, sonst nichts.«
Giles musterte sie neugierig. »Was für Anhaltspunkte? Ich sehe nicht mal die!«
»Lieber Giles, überlegen Sie doch! Erstens war er am Ort des Geschehens.«
»Wieso?«
»Aber ja. Erinnern Sie sich nicht? Als Kelvin Halliday ihn an jenem Abend aufsuchte, war Kennedy gerade aus dem Kran-

kenhaus gekommen. Das Krankenhaus lag damals, wie wir von verschiedenen Leuten gehört haben, gleich neben ›St. Catherine‹, wie Ihr Haus noch hieß. Er war also zur richtigen Zeit am passenden Ort. Und dazu kommen noch hundert kleine, bedeutsame Einzelheiten. Helen hatte Erskine auf dem Schiff erzählt, sie fahre nach Indien, weil sie zu Hause unglücklich sei. Das heißt also, sie lebte nicht gern bei ihrem Bruder. Doch nach allen Berichten, die wir hatten, war ihr Bruder ihr sehr ergeben. Warum war sie also nicht glücklich? Mr. Afflick erzählte Ihnen, das arme Mädchen habe ihm leid getan, und ich glaube, daß es die Wahrheit war. Helen tat ihm wirklich leid. Warum traf sie den jungen Afflick damals heimlich, obwohl sie nicht besonders verliebt in ihn war, wie er selbst zugab? Konnte sie sich etwa überhaupt nicht offen mit jungen Männern treffen? Es hieß, ihr Bruder sei ›streng‹ und ›altmodisch‹.«

Gwenda erschauerte. »Er war verrückt«, sagte sie, »verrückt.«

»Ja, er war nicht normal«, fuhr Miss Marple fort. »Kennedy vergötterte seine Halbschwester Helen, und seine Liebe wurde eigensüchtig und ungesund. So etwas geschieht häufiger, als man denken sollte. Manchmal sind es Väter, die ihren Töchtern nicht erlauben zu heiraten oder sich auch nur mit jungen Männern zu treffen. Als ich die Geschichte mit dem Tennisnetz hörte, fiel mir ein ähnlicher früherer Fall ein.«

»Wieso?«

»Es schien mir sehr bezeichnend zu sein. Stellen Sie sich Helen als junges Mädchen vor, wie sie gerade aus dem Internat kommt und nun ein bißchen Freude vom Leben haben will, junge Männer kennenlernen und flirten möchte . . .«

»Sie war hinter den Männern her.«

»Nein«, erklärte Miss Marple mit Nachdruck. »Das ist beinahe das Schlimmste an dem ganzen Fall. Dr. Kennedy hat Helen nicht nur physisch umgebracht. Wenn Sie sich genau erinnern, kam der einzige Anhaltspunkt, daß Helen mannstoll oder – wie Sie, meine Liebe, es so fein ausdrückten – eine Nymphomanin sei, von Dr. Kennedy. Meiner Meinung nach

war sie ein ganz normales junges Mädchen, das nur ein wenig Spaß haben, sich amüsieren und flirten und schließlich mit einem Mann ihrer Wahl glücklich werden wollte – nicht mehr und nicht weniger. Nun sehen Sie, was ihr Bruder dagegen unternahm. Zuerst war er streng und altmodisch und erlaubte gar nichts. Als sie Tennis spielen wollte – ein höchst normaler und harmloser Wunsch –, gab er zunächst nach und zerschnitt dann eines Nachts heimlich das Tennisnetz – eine sehr bezeichnende und sadistische Tat. Dann, da sie immer noch zu anderen Leuten eingeladen werden konnte, nutzte er die Gelegenheit, als sie sich an einer herumliegenden Harke den Fuß aufschürfte, und behandelte die Schramme so geschickt, daß sie nicht heilte. O ja, ich glaube, daß er das getan hat. Eigentlich bin ich sogar sicher.
Verstehen Sie mich nicht falsch, ich denke nicht, daß Helen irgend etwas gemerkt hat. Sie wußte, daß ihr Bruder sie sehr liebte, und konnte sich nicht erklären, warum sie sich zu Hause so unbehaglich fühlte. Deshalb beschloß sie schließlich, nach Indien zu fahren und den jungen Fane zu heiraten – nur um wegzukommen. Doch wovor floh sie? Helen war zu jung und unerfahren, um die wahren Gründe ihres Unbehagens zu erkennen. Sie fuhr also nach Indien, und auf dem Schiff lernte sie Richard Erskine kennen und verliebte sich in ihn. Und auch hier benahm sie sich nicht wie eine mannstolle Person, sondern wie ein nettes, anständiges Mädchen. Sie drängte ihn nicht, seine Frau zu verlassen. Sie wollte sogar, daß er bei seiner Familie blieb. Doch als sie Walter kurz danach wiedersah, erkannte sie, daß sie ihn nicht heiraten konnte, und in ihrer Ratlosigkeit schickte sie ihrem Bruder ein Telegramm und bat ihn, ihr das Geld für die Rückreise zu schicken.
Auf der Heimfahrt begegnete sie Ihrem Vater, meine Liebe, und da zeigte sich ihr ein anderer Ausweg. Und diesmal glaubte sie, daß sie in gewissen Grenzen glücklich werden könnte.
Sie hatte Ihren Vater nicht unter falschen Vorspiegelungen geheiratet, Gwenda. Kelvin Halliday trauerte noch um seine geliebte Frau, Helen erholte sich gerade von einer unglückli-

chen Liebesaffäre. Sie konnten sich gegenseitig trösten und helfen. Ich halte auch für bedeutsam, daß sie in London heirateten und erst dann nach Dillmouth kamen, um Dr. Kennedy die Neuigkeit beizubringen. Helen muß instinktiv geahnt haben, daß es so klüger war, obwohl sie sich üblicherweise in Dillmouth hätte trauen lassen müssen. Sicherlich begriff sie die Wahrheit immer noch nicht, sie hielt es einfach für besser, ihn vor die vollendete Tatsache zu stellen.

Kelvin Halliday kam seinem Schwager sehr herzlich entgegen, und dieser scheint sein möglichstes getan zu haben, Freude über das Glück des jungen Paares zu zeigen. So zogen die Hallidays in ein Haus in Dillmouth.

Und nun kommen wir zu einem sehr wichtigen Punkt – der Behauptung, Kelvin Halliday habe von seiner Frau Betäubungsmittel bekommen. Dafür gibt es nur zwei mögliche Erklärungen, weil nur zwei Personen eine Gelegenheit dazu hatten. Entweder Helen setzte ihren Mann tatsächlich unter Drogen – und wenn ja, warum? –, oder Dr. Kennedy verabreichte sie ihm. Kennedy war ihr Hausarzt, was durch den Umstand bewiesen wird, daß Halliday ihn zu Rate zog. Er vertraute seinem ärztlichen Können, so war es für Kennedy ein Kinderspiel, ihm die Mittel selbst zu verabreichen und gleichzeitig wachsendes Mißtrauen gegen Helen einzuflößen.«

»Aber gibt es denn Drogen, die einem Menschen einen Mord suggerieren können, den er nicht begangen hat?« fragte Giles.

»Mein lieber Giles, da sind Sie wieder in die Falle gegangen, vor der ich immer warnte: zu glauben, was Ihnen erzählt wird. Sie hatten nur Kennedys Wort dafür, daß Halliday jemals diese bestimmte Halluzination – das Erdrosseln seiner Frau – durchlebte. In seinem Tagebuch findet sich kein Hinweis darauf, nur auf allgemeine Halluzinationen, Alpträume, ohne nähere Erklärung. Aber ich wage zu behaupten, daß Kennedy ihm von Männern erzählte, die ihre Frauen umbrachten, als sie eine Phase der Gemütsverwirrung wie die seine durchmachten.«

»Wie niederträchtig, wie gemein!« sagte Gwenda.

»Ich glaube«, fuhr Miss Marple fort, »daß Kennedy zu der Zeit die Schwelle zwischen Vernunft und Wahnsinn endgültig überschritten hatte. Und Helen, das arme Kind, begann zu begreifen. An jenem Tag, als Lily sie von der Halle aus belauschte, muß es ihr Bruder gewesen sein, zu dem sie sagte, er sei nicht normal, und sie wisse jetzt, daß sie eigentlich schon immer Angst vor ihm gehabt habe. Deshalb beschloß sie, von Dillmouth wegzuziehen. Sie überredete ihren Mann, in Norfolk ein Haus zu kaufen, und sie überredete ihn, es niemand zu erzählen. Das war an sich schon eine sehr seltsame Sache. Und die Heimlichtuerei dabei sehr aufschlußreich. Ganz offensichtlich hatte sie Angst davor, daß es jemand erfuhr – doch Fane oder Afflick kamen dafür nicht in Frage. Denn nach allem, was wir wußten, gab es keinen Grund, ihnen den Umzug zu verschweigen. Sie waren nur Randerscheinungen in ihrem Leben, wie Erskine auch. Nein, es wies auf jemanden hin, der ihr nahestand.
Und am Ende erzählte Halliday seinem Schwager alles, weil ihn das Geheimnis zweifellos drückte und er den Grund von Helens Bitte nicht einsah.
Damit war sein und Helens Schicksal besiegelt. Kennedy war nicht gesonnen, Helen ziehen zu lassen und zuzusehen, wie sie mit ihrem Mann glücklich wurde. Vermutlich war es seine Absicht gewesen, nur Hallidays Gesundheit zu untergraben. Doch über der Entdeckung, daß sein Opfer und Helen ihm entschlüpfen wollten, drehte er völlig durch. Er ging direkt vom Krankenhaus, ein Paar Chirurgenhandschuhe in der Tasche, durch den Garten von ›St. Catherine‹ ins Haus. In der Halle traf er auf Helen und erwürgte sie. Niemand sah ihn, es war niemand da, der ihn hätte beobachten können – so dachte er wenigstens –, und da zitierte er plötzlich, gepeinigt von seiner Liebe und seinem Wahnsinn, die Worte aus der *Herzogin von Amalfi*, die so paßten.« Miss Marple seufzte und schnalzte mit der Zunge.
»Ich war dumm – so dumm. Wir alle waren es. Wir hätten es sofort merken müssen. Jene Zeilen aus der *Herzogin* waren der Schlüssel zu der ganzen Tragödie. Sie werden von dem *Bruder* gesprochen – nicht wahr? –, der gerade aus Rache

seine Schwester ermordet hat, weil sie den Mann geheiratet hatte, den sie liebte. Ja, wir waren nicht sehr klug...«
»Und dann?« fragte Giles.
»Dann führte er den ganzen teuflischen Plan aus. Er trug die Tote hinauf ins Schlafzimmer und packte den Koffer, er schrieb den Brief und warf ihn in den Papierkorb, damit er Halliday später überzeugte.«
»Ich finde«, sagte Gwenda, »daß es, von seinem Standpunkt aus betrachtet, besser gewesen wäre, man hätte meinen Vater tatsächlich als Mörder verurteilt.«
Miss Marple schüttelte den Kopf.
»O nein, das konnte er nicht riskieren. Als Schotte hatte Kennedy eine gute Portion Gerissenheit und einen gesunden Respekt vor der Polizei. Es brauchte eine Menge überzeugender Beweise, bis diese jemand eines Mordes für schuldig hält. Vielleicht hätte man viele unangenehme Fragen darüber gestellt, wer sich wann und wo aufgehalten hatte. Nein, ich finde, sein Plan war einfacher und viel teuflischer. Er brauchte nur seinem Schwager einzureden, daß er erstens seine Frau getötet hatte und zweitens verrückt war. Er machte ihn glauben, er müsse in eine Nervenklinik. Kennedy wollte nämlich gar nicht, daß Halliday alles für eine Halluzination hielt, obwohl er uns gegenüber das Gegenteil behauptete. Ihr Vater, Gwenda, akzeptierte Kennedys Theorie wohl vor allem Ihretwegen. Er glaubte also, daß er Helen getötet hatte. Und in dem Glauben ist er gestorben. Mit dieser infamen Idee hatte Kennedy außerdem den einzigen Menschen, der wirklich nach Helen gesucht hätte, erledigt.«
»Teuflisch«, stammelte Gwenda tonlos, und immer wieder nur: »Wie teuflisch und gemein!«
»Ja, es gibt kaum treffendere Worte dafür«, sagte Miss Marple. »Und deshalb hat sich dieses frühe Erlebnis wohl auch so tief in Ihre kindliche Seele eingeprägt. An jenem Abend war das Böse im Haus.«
»Aber die Briefe?« fragte Giles. »Helens Briefe? Es war ihre Handschrift, es konnte keine Fälschung sein!«
»Natürlich waren sie gefälscht! Doch in diesem Punkt grub Kennedy sich sein eigenes Grab. Es lag ihm nämlich sehr viel

daran, daß Sie und Gwenda mit Ihren Nachforschungen aufhörten. Wahrscheinlich konnte er Helens Schrift sogar ganz ordentlich nachmachen, obwohl er einen Fachmann bestimmt nicht getäuscht hätte. Deshalb war auch das Schriftmuster, das er zusammen mit dem Brief brachte, falsch. Er schrieb beides selbst. Kein Wunder, daß sie übereinstimmten.«

»Mein Gott!« sagte Giles. »An so was hätte ich nie gedacht!«

»Eben! Weil Sie einfach für wahr hielten, was er sagte. Es ist wirklich gefährlich, den Leuten zu glauben. Ich persönlich habe es viele Jahre lang nicht getan.«

»Und was war mit dem Brandy?«

»Den vergiftete er an dem Vormittag, als er Helens Brief brachte und sich mit mir im Garten unterhielt. Mrs. Cocker hatte ihn nur ein paar Augenblicke allein gelassen, um mir seinen Besuch zu melden. Das genügte ihm.«

»Unfaßbar!« sagte Giles. »Er hat mir noch freundlich geraten, Gwenda einen Brandy zu geben, als wir auf dem Polizeirevier gewesen waren, wegen der toten Lily Kimble. Wie hat er es eigentlich fertiggebracht, sie vorher zu treffen?«

»Das war ganz einfach. In seinem ursprünglichen Brief schrieb er ihr nämlich, sie solle ihn in Woodleigh Camp treffen und mit dem Zwei-Uhr-fünf-Zug von Dillmouth Junction abfahren. So konnte er ihr am Waldrand auflauern und sie umbringen. Dann tauschte er einfach den Brief, den Sie auf der Wache gesehen haben, gegen den in ihrer Tasche aus – er hatte ihr geraten, ihn wegen der komplizierten Wegbeschreibung lieber bei sich zu haben –, und danach spielte er Ihnen zu Hause die armselige Komödie vor, daß er auf Mrs. Kimble warte.«

»War Lily denn wirklich eine Bedrohung für ihn? Ihr Brief klang doch eher, als hätte sie Afflick im Verdacht!«

»Vielleicht. Aber Leonie, das Schweizer Kindermädchen, hatte Lily Kimble etwas erzählt, und Leonie war die einzige wirkliche Gefahr für Kennedy. Denn sie blickte aus dem Fenster des Kinderzimmers und beobachtete, wie er das Grab grub. Am Morgen nahm er sie sich vor und erklärte ihr rundheraus, Major Halliday habe seine Frau ermordet, Halliday sei wahnsinnig, und er, Kennedy, vertusche die Sache um des Kindes willen. Wenn Leonie es allerdings für ihre Pflicht halte, zur Polizei zu gehen, so möge sie es tun, aber die Folgen würden für sie recht unerfreulich sein – und so weiter.

Leonie geriet bei der Erwähnung der Polizei in Panik. Sie liebte die kleine Gwennie und hatte volles Vertrauen zu allem was *Monsieur le docteur* sagte. Kennedy zahlte ihr eine hübsche kleine Summe und schob sie in die Schweiz ab. Doch vor ihrer Abreise deutete sie Lily irgendwie an, daß Ihr Vater seine Frau getötet und sie beobachtet habe, wie man die Tote begrub. Es paßte zu dem, was Lily damals dachte. Sie war überzeugt, daß es Halliday gewesen war, den Leonie gesehen hatte.«

»Aber Kennedy wußte das natürlich nicht«, sagte Giles.

»Natürlich nicht. Was ihn an Lily Kimbles Brief erschreckte, waren ihre Bemerkungen über Leonies Beobachtungen und den Wagen.«

»Einen Wagen? Jack Afflicks Wagen?«

»Noch ein Mißverständnis. Lilys lebhafte Phantasie hatte sich nun einmal auf einen großen Unbekannten mit einem schicken Wagen versteift, der Mrs. Halliday besuchte. Nun dürfte vor dem Krankenhaus nebenan täglich eine Menge Wagen geparkt haben. Das Auto des Doktors natürlich auch – und er war überzeugt, Lily spiele auf dieses an. Das Beiwort ›schick‹ war für ihn bedeutungslos.«

»Nun begreife ich«, sagte Giles. »Ja, wenn man ein schlechtes Gewissen hat, könnte man Mrs. Kimbles Brief als Erpressungsversuch deuten. Aber wieso wissen Sie über Leonie so genau Bescheid?«

Miss Marple schürzte ein wenig die Lippen, bevor sie antwortete:

»Kennedy drehte durch, gleich bei der Festnahme durch die Polizisten, die Inspektor Primer in der Nähe postiert hatte. Er schrie hinaus, was er getan hatte, wieder und wieder. Offenbar ist Leonie bald nach ihrer Rückkehr in die Heimat gestorben: Überdosis Schlaftabletten ... O ja, er ging kein Risiko ein.«

»Deshalb hat er auch den Brandy vergiftet!«

»Sie waren beide zu gefährlich geworden. Ein Glück, daß Sie ihm nie von Ihrem schrecklichen Kindheitserlebnis erzählt haben. Er hat nie gewußt, daß es einen Augenzeugen gegeben hatte.«
»Jene Telefonanrufe bei Fane und Afflick«, sagte Giles. »War er das?«
»Ja. Wenn es wegen des vergifteten Brandys zu einer Untersuchung gekommen wäre, hätte er den Verdacht bequem auf einen der beiden lenken können, und falls nur Afflick hinüberfuhr, konnte er auch noch für Lilys Tod verantwortlich gemacht werden. Walter Fane hätte wahrscheinlich ein Alibi gehabt.«
»Er schien mich doch gern zu haben«, meinte Gwenda. »Die ›liebe kleine Gwennie‹.«
»Er mußte seine Rolle durchhalten«, sagte Miss Marple. »Überlegen Sie doch, was es für ihn hieß, als Sie nach so vielen Jahren auftauchten, in der Vergangenheit herumstocherten und peinliche Fragen über einen Mord stellten, der so lange zurücklag, der tief in der Vergangenheit ruhte. Eine schrecklich gefährliche Sache, meine Lieben. Ich habe mir die größten Sorgen gemacht.«
»Die arme Mrs. Cocker hätte es beinahe erwischt«, sagte Gwenda. »Ein Segen, daß sie es überstanden hat. Ob sie wohl zurückkommt, Giles? Nach allem, was sie wegen uns durchgemacht hat?«
»Wenn's im Kinderzimmer was zu tun gibt, bestimmt«, antwortete Giles ernst. Gwenda errötete, und Miss Marple lächelte ein wenig und blickte über die Torbay hin.
»Seltsam, wie alles gekommen ist«, meinte Gwenda nachdenklich. »Daß ich gerade Gummihandschuhe trug und auf meine Hände sah, als er in der Halle stand und etwas von ›Gesicht‹ und ›flimmern vor den Augen‹ sagte, das mich so an jene andern Worte erinnerte . . .«
Sie schauderte. »*Bedeckt ihr Antlitz – vor meinen Augen flimmert es – sie starb so jung . . .* So hätte es mir ergehen können, wenn Miss Marple nicht gekommen wäre!«
Sie schwieg einen Augenblick und fügte leise hinzu: »Die arme Helen . . . die arme schöne Helen, die so jung gestor-

ben ist . . . Weißt du, Giles, sie ist jetzt nicht mehr dort – im Haus, in der Halle. Das habe ich schon gespürt, als wir abfuhren. Es ist nur noch das Haus da. Und das Haus mag uns. Wir können zurückfahren, wenn wir wollen . . .«

Die Krone der «Queen of Crime»

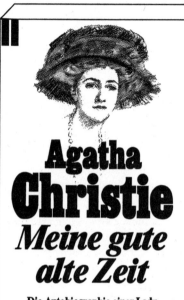

540 Seiten / Paperback

Agatha Mary Clarissa Miller, geschiedene Christie, lebte ein ungemein interessantes, ereignisvolles Leben – reich an Situationen und Begegnungen.

Und so haben ihre Memoiren das, was echte Größe ausmacht: Lebendigkeit, farbige Dichte, Distanz, Beobachtungslust, Humor, den Blick für das Wesentliche einer Zeit und ihrer Menschen, Toleranz – und unglaublich viel Charme.

Scherz

Agatha Christie

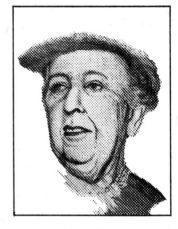

Agatha Mary Clarissa Miller, geboren am 15. September 1890 in Torquay, Devonshire, sollte nach dem Wunsch der Mutter Sängerin werden. 1914 heiratete sie Colonel Archibald Christie und arbeitete während des Krieges als Schwester in einem Lazarett. Hier entstand ihr erster Kriminalroman *Das fehlende Glied in der Kette*. Eine beträchtliche Menge Arsen war aus dem Giftschrank verschwunden – und die junge Agatha spann den Fall aus. Sie fand das unverwechselbare Christie-Krimi-Ambiente.

Gleich in ihrem ersten Werk taucht auch der belgische Detektiv mit den berühmten »kleinen grauen Zellen« auf: Hercule Poirot, der ebenso unsterblich werden sollte wie sein weibliches Pendant, die reizend altjüngferliche, jedoch scharf kombinierende Miss Marple (*Mord im Pfarrhaus*).

Im Lauf ihres Lebens schrieb die »Queen of Crime« 67 Kriminalromane, unzählige Kurzgeschichten, 7 Theaterstücke (darunter *Die Mausefalle*) und ihre Autobiographie.

1956 wurde Agatha Christie mit dem »Order of the British Empire« ausgezeichnet und damit zur »Dame Agatha«. Sie starb am 12. Januar 1976 in Wallingford bei Oxford.

Von Agatha Christie sind erschienen:

Das Agatha Christie Lesebuch
Agatha Christie's Miss Marple
   Ihr Leben und ihre Abenteuer
Alibi
Alter schützt vor Scharfsinn nicht
Auch Pünktlichkeit kann töten
Auf doppelter Spur
Der ballspielende Hund

Bertrams Hotel
Die besten Crime-Stories
Der blaue Expreß
Blausäure
Das Böse unter der Sonne
   oder Rätsel um Arlena
Die Büchse der Pandora
Der Dienstagabend-Klub

- Ein diplomatischer Zwischenfall
- Dreizehn bei Tisch
- Elefanten vergessen nicht
- Die ersten Arbeiten des Herkules
- Das Eulenhaus
- Das fahle Pferd
- Fata Morgana
- Das fehlende Glied in der Kette
- Ein gefährlicher Gegner
- Das Geheimnis der Goldmine
- Das Geheimnis der Schnallenschuhe
- Das Geheimnis von Sittaford
- Die großen Vier
- Das Haus an der Düne
- Hercule Poirot's größte Trümpfe
- Hercule Poirot schläft nie
- Hercule Poirot's Weihnachten
- Karibische Affaire
- Die Katze im Taubenschlag
- Die Kleptomanin
- Das krumme Haus
- Kurz vor Mitternacht
- Lauter reizende alte Damen
- Der letzte Joker
- Die letzten Arbeiten des Herkules
- Der Mann im braunen Anzug
- Die Mausefalle und andere Fallen
- Die Memoiren des Grafen
- Mit offenen Karten
- Mörderblumen
- Mördergarn
- Die Mörder-Maschen
- Mord auf dem Golfplatz
- Mord im Orientexpreß
- Mord im Pfarrhaus
- Mord im Spiegel oder Dummheit ist gefährlich
- Mord in Mesopotamien
- Mord nach Maß
- Ein Mord wird angekündigt
- Die Morde des Herrn ABC
- Morphium
- Nikotin
- Poirot rechnet ab
- Rächende Geister
- Rotkäppchen und der böse Wolf
- Ruhe unsanft
- Die Schattenhand
- Das Schicksal in Person
- Schneewittchen-Party
- Ein Schritt ins Leere
- 16 Uhr 50 ab Paddington
- Der seltsame Mr. Quin
- Sie kamen nach Bagdad
- Das Sterben in Wychwood
- Der Tod auf dem Nil
- Tod in den Wolken
- Der Tod wartet
- Der Todeswirbel
- Tödlicher Irrtum oder Feuerprobe der Unschuld
- Die Tote in der Bibliothek
- Der Unfall und andere Fälle
- Der unheimliche Weg
- Das unvollendete Bildnis
- Die vergeßliche Mörderin
- Vier Frauen und ein Mord
- Vorhang
- Der Wachsblumenstrauß
- Wiedersehen mit Mrs. Oliver
- Zehn kleine Negerlein
- Zeugin der Anklage

Ein literarischer Giftcocktail

548 Seiten / Paperback

Die Grand Old Lady des klassischen Kriminalromans präsentieren hier drei Klassiker mit *einem* Thema: Gift.

Das verspricht eine giftige Lektüre, die es in sich hat – vorausgesetzt, das Buch fällt einem nicht zuvor aus der zitternden Hand.